CHRISTINE ARNOTHY

Le Cavalier mongol

RÉCITS

FLAMMARION

LE CAVALIER MONGOL

Née en 1930 à Budapest (Hongrie), Christine Arnothy, tout en faisant de solides études classiques, se passionne dès l'enfance pour la littérature et la langue françaises. C'est ainsi tout naturellement en France qu'elle vient se fixer quand, avec ses parents, passant la frontière à pied, elle quitte la Hongrie en 1948. Les seuls biens qu'elle emporte avec elle sont, cousus dans son manteau, les feuillets qu'elle a écrits tandis qu'elle vivait le siège de Budapest. Ces feuillets du temps du siège, les voici dans J'ai quinze ans et je ne veux pas mourir. *Le Grand Prix Vérité a couronné en 1954 ce récit unanimement célébré par la critique, traduit dans le monde entier et devenu livre scolaire dans plusieurs pays. En 1957 paraîtra une suite autobiographique :* Il n'est pas si facile de vivre.
Christine Arnothy commence alors une brillante carrière d'écrivain français, notamment avec ses romans : Le Cardinal prisonnier, La Saison des Américains, Le Jardin noir *(Prix des Quatre Jurys),* Aviva, Chiche !, Un type merveilleux, J'aime la vie, *et avec un recueil de nouvelles :* Le Cavalier mongol *(Grand Prix de la Nouvelle de l'Académie française).*
Christine Arnothy a également écrit pour le théâtre, ainsi que des œuvres pour la radio et la télévision. Elle a publié un pamphlet sous le titre : Lettre ouverte aux rois nus.

Une mère encore jeune, et amoureuse de son fils, regarde celui-ci avec tendresse : « Qu'as-tu fait pendant le week-end, mon trésor ? » Et le jeune architecte promis à un bel avenir répond : « J'ai failli tuer un homme. » La mère est seule à savoir l'origine de la violence qui éclate dans l'âme de ce garçon, si paisible jusqu'ici. Bientôt, Marc s'en ira sous le regard noir du Cavalier mongol venu prendre possession de lui...
Le récit, fiévreux, s'ouvre sur les ténèbres. N'avons-nous pas tous un « Cavalier mongol » en nous ?
Apparemment, rien ne distingue les êtres que Christine Arnothy met en scène de ceux que nous rencontrons chaque jour : la dame de compagnie, si effacée et si gentille qu'on l'appelle « cochon d'Inde » ; le G.I. timide, à Saigon, et Phuong, la prostituée vietnamienne ; le comptable fanatique des restaurants chinois ; la patronne féroce d'un salon de coiffure ; le jeune technocrate et les jolies Noires aux longues jambes de la 7e Avenue, à New York ; et tous les autres...
L'être le plus banal peut avoir un destin fantastique. Tout dépend du déclic, du moment fatidique où il va se révolter contre sa propre insignifiance. Redoutable épée de Damoclès que Christine Arnothy suspend au-dessus de la tête de chaque être né de son imagination, mais que vous allez peut-être croiser tout à l'heure.

DU MÊME AUTEUR

Dans Le Livre de Poche :

J'ai quinze ans et je ne veux pas mourir *suivi de*
Il n'est pas si facile de vivre.
La Saison des Américains.
Chiche.

Tous les personnages de ce recueil de récits intitulé *Le Cavalier mongol*, comme leur nom ou leur caractère, sont purement imaginaires, et leur identité ou leur ressemblance avec tout être réel, vivant ou mort, ne pourrait être qu'une coïncidence insoupçonnée de l'auteur.

Pour Claude, à qui je dois la vie,
et à nos fils
François, mon lumineux compagnon,
et Pierre, ma pierre philosophale.

LE CAVALIER MONGOL

« Et qu'a-t-il fait, mon trésor, pendant ce long week-end, tout seul à Deauville ? »

Elle avait tendu vers lui un pain grillé chaud encore. Cela faisait partie de ses perfections, de ses petits déjeuners qui étaient de vrais chefs-d'œuvre d'organisation. La table était harmonieuse et raffinée; jeune dentelle et vieille France s'y confondaient. La lourde théière en argent portait les initiales d'un parent évaporé dans le passé. Le flot des héritages les avait à la fois comblés et encombrés de toutes sortes d'objets, de la petite cuiller solitaire en argent jusqu'aux candélabres lourdement sculptés.

« Du samedi midi au dimanche soir, ce n'est pas un long week-end... » avait-il dit.

Vêtue de cette robe d'intérieur en soie dont les manches se resserraient autour des poignets tout en entourant la fine ossature d'une corolle brodée, sa grâce évoquait la fragile beauté des camées.

Elle avait continué son interrogatoire velouté :

« Tu n'as pas encore goûté la confiture de roses... Donc, mon unique chéri, qu'as-tu fait ?

— J'ai failli tuer un homme... »

Saisie, elle avait déposé la théière d'une manière hâtive comme si le poids de celle-ci était devenu soudain insupportable.

« Tu plaisantes ?

— Je ne plaisante pas », avait dit Marc. Et il avait répété.

« Non, je ne plaisante pas. Hier, je me suis promené sur la plage déserte tôt le matin; la mer était très loin; j'avais mes bottes en caoutchouc; je marchais dans des flaques d'eau; l'eau avait pris une couleur très particulière, elle était devenue d'un bleu ciel métallisé. C'était beau. J'ai aperçu une espèce de brute qui venait juste de lever son fusil; il visait longuement une mouette. Quelques secondes de plus et il allait tirer. J'ai été pris d'une colère foudroyante. Je me suis arrêté derrière lui. De mes deux mains jointes, je l'ai frappé sur sa large nuque de buveur, cramoisie d'alcool. Il est tombé, sans lâcher son fusil; il avait serré l'arme contre lui-même dans sa demi-inconscience. La mouette s'est envolée. Elle planait, les ailes presque immobiles. Elle ressemblait à un petit avion tout blanc.

— Les toasts doivent être froids, avait dit Thérèse. Veux-tu un fruit ? »

Marc n'avait pas répondu. Il avait fait juste un « non » de la tête. Depuis des jours, il était poursuivi par une phrase : « Ne rampez plus, volez; l'avion, c'est la vie. » Il était absorbé par l'idée d'un départ que cette phrase judicieusement répandue dans Paris avait fait germer dans sa tête.

Elle s'était enfin exclamée :

« Il aurait pu te tirer dans le dos. T'abattre de sang-froid. Et je te promets qu'on l'aurait acquitté.

— Sans aucun doute », avait répondu Marc. Et il avait ajouté :

« Dans ce pays, certaines institutions, même surannées, sont sauvagement sauvegardées. C'est à peu près le seul pays où l'on peut massacrer les bêtes d'une manière aussi révoltante. J'étais un empêcheur de « tuer en rond ». Et, en France, on se venge pour moins... »

Elle avait eu le cœur serré. Pourquoi disait-il « dans ce pays » comme s'il ne parlait pas du sien ?

« Je me suis éloigné, avait continué Marc, et je me suis mis à observer le tueur. Il s'est levé; son premier soin a été de vérifier quelque chose sur son fusil et, aussitôt après, de lever le poing et de me menacer... Ostensiblement — je voulais qu'il en soit conscient — j'ai haussé les épaules et j'ai continué ma promenade vers Blonville. J'étais assez heureux... et je lui souhaitais la mort. Une mort lente et atroce. »

Et il avait ajouté, comme quelqu'un qui aurait fredonné une mélodie : « Ne rampez plus, volez; l'avion, c'est la vie.

— Comment ? avait-elle dit, de plus en plus désorientée.

— J'ai un slogan accroché dans le cerveau : « Ne « rampez plus, volez; l'avion c'est la vie. » Il me plaît, ce slogan. Il y a partout des affichettes dans Paris. Des affichettes jaunes avec cette phrase imprimée en bleu. »

Elle avait tourné vers lui son visage fin et légèrement maquillé. Puis elle avait annoncé :

« J'ai écrit en Suisse. Il était temps. Les réservations se font déjà. J'ai retenu les chambres dans notre hôtel habituel. Je ne sais pas comment je survivrais sans nos randonnées pédestres où j'accumule toute une année de santé. »

« Ne rampez plus, volez »... La phrase avait éclaté en Marc avec vigueur; il avait senti des couches de violence s'agiter en lui. Il avait prononcé :

« Je regrette qu'il ne soit pas mort... Un chasseur de moins sur cette terre. Sur cette terre torturée. L'être humain devient ignoble. »

Elle avait levé le regard sur lui. Le monde lui semblait ne plus avoir son rythme, sa cadence jalousement préservée. Les fidèles de jadis, barricadés dans une église pour se sauver des hordes qui allaient déferler, avaient dû ainsi jauger la résistance des portes. Elle avait un peu froid. Juste les doigts de pieds. Ceux-ci semblaient vouloir devenir des glaçons dans les délicates pantoufles décorées de plumes roses...

Elle avait pris un petit ton minaudant qu'elle savait artificiel :

« Et notre théâtre ce soir, mon chéri ? »

Il avait poussé un profond soupir. C'était comme un bâillement avorté, un faux soulagement. Il aurait adoré pousser une énorme plainte, une sorte de gémissement articulé en disant : « Oh ! en finir ! »

« Je viendrai te chercher à vingt heures... avait-il dit.

— Je serai en bas, devant la porte. »

Toujours cette désolante perfection; elle savait très bien qu'il ne pouvait guère laisser la voiture en double file, le temps de monter et de la chercher. Elle devançait toutes les difficultés. Avec une grâce qui ne la rendait, aux yeux de Marc, que plus agaçante.

« Qu'allons-nous voir ? Tu as dit que tu n'étais pas sûr des billets à obtenir... »

Elle avait plutôt le style de la Comédie-Française d'il y a trente ans. Or, il allait l'amener voir une pièce de boulevard, du genre ambitieux.

Il s'était levé et il avait embrassé la petite femme fine et élégante.

« A ce soir... »

Elle avait apprécié contre son visage la fraîcheur de la peau de Marc. Elle avait faibli au contact de cet épiderme d'où se dégageait une odeur discrète d'eau de toilette.

« Au revoir... »

Lorsqu'ils avaient pénétré dans la salle du théâtre, elle avait perçu quelques regards. Prise de bonheur, elle avait avancé avec l'espoir d'être encore le point de mire. Les souvenirs de sa beauté avaient attiré l'attention. Accompagnée par ce beau jeune homme, d'un type particulier, son entrée n'en était que plus fastueuse. Il tenait à la main un programme, et elle avait dit en s'asseyant :

« Tu achètes toujours le programme et tu ne le regardes jamais. »

Sans un coup d'œil sur la distribution, il avait en effet refermé la brochure et l'avait tendue à Thérèse, lorsque, soudain, il avait été ému.

« Tu me le donnes ? »

Elle avait laissé sa petite main savamment gantée auprès de la brochure qu'il regardait maintenant, hypnotisé.

« Quelle belle fille ! »

Le dos de la plaquette était entièrement occupé par le portrait d'une hôtesse de l'air. Elle avait un visage admirablement dessiné, de grands yeux clairs qui semblaient scruter l'horizon. Ses cheveux blonds étaient resserrés en chignon, mais avec quelle grâce cette fausse sévérité laissait échapper, ici et là, une boucle rebelle ! Les lèvres à peine entrouvertes esquissaient un mot.

Et au-dessous de la photo : « Ne rampez plus, volez ! L'avion c'est la vie ! »

« Oh ! regarde ! Quelle merveille de fille ! Elle est digne de la phrase : « Ne rampez plus, volez ! »

Elle avait dû, pour mieux voir la photo, éloigner d'elle le programme.

« Elle ressemble à tout le monde, avait-elle dit sans aucune amabilité. Jolie, mais sans plus. Un peu style vendeuse de grands magasins !

— S'il y avait des vendeuses comme ça, je me ruinerais en achats, avait-il répliqué. Elle a un visage insolite. Sa beauté n'a rien à voir avec la beauté moderne. »

Et soudain, avec une cruauté extrême, et pourtant d'une manière délicate — lorsqu'un chirurgien opère ses proches, ne devient-il pas à la fois téméraire et brûlant de trac ? — il avait ajouté :

« Je vais te dire une chose... Cette fille, je l'adore, maman. »

Elle avait sursauté. Ce « maman » l'avait écorchée. Elle avait compris avec une désolation certaine qu'elle était toujours amoureuse de son fils ! Et, lorsque le rideau s'était levé et que l'acteur si connu était entré en scène, tout le monde avait applaudi, sauf elle. Elle en avait voulu, ce soir, au monde entier.

Il y a vingt-sept ans, elle avait applaudi à s'arracher les paumes des mains, dans un immense stade qui sentait le fauve et la sueur. A l'époque, Paris avait encore le don de délirer d'enthousiasme. Ce soir-là, trois mille personnes avaient été en transe. Un grand poète russe était en visite, un enfant terrible du verbe, un révolutionnaire qui n'avait nulle intention de dédaigner les salons, une force de la nature pleine de charme que toute la France aurait aimé serrer dans ses bras. Il était apparu comme un dieu. Il était beau et grand, avec des articulations délicates et des mains qui, elles-mêmes, étaient des poèmes, et des meilleurs. Il avait déclamé ses textes où révolution, printemps, amour, femmes et plantes se mélangeaient dans sa langue russe dont la musique avait chauffé le sang de Thérèse. Pendant l'entracte, tandis que le public français qui était venu voir ce phénomène d'enthousiasme et de jeunesse, buvait, un peu énervé, du Coca-Cola, et que ceux qui savaient le russe essayaient de traduire de mémoire quelques strophes de ses poèmes, la petite Thérèse s'était frayé un passage dans les couloirs interminables de ce Palais populaire. Son instinct seul l'avait guidée. Elle n'avait demandé, par prudence, aucun renseignement, tant elle avait peur qu'on l'empêchât d'aller plus loin. Elle avait pu parvenir ainsi à l'emplacement des loges improvisées. Çà et là, quelques petits groupes, parlant à la fois russe et français, piaillaient. Elle avançait et, avant que quiconque ait pu l'arrêter, elle était entrée dans la loge.

Surpris, le poète s'était retourné vers elle. Il avait la poitrine lisse et légèrement hâlée, et son cou splendide aurait pu être taillé par Michel-Ange.

Elle était là, flamboyante d'audace. Plus rien ne comptait que ces minutes. Obscurs complexes, éducation serrée donc bornée, terreurs religieuses judicieusement injectées allaient disparaître. Elle avait même semblé grandir, cette petite Française, et elle grandissait, en effet, par ce délire conscient qui la transportait.

Le Russe lui avait tendu la main. Il l'avait attirée vers lui, comme on le fait d'un oiseau, juste apprivoisée, sur le dos de la main. D'un seul geste, il l'avait serrée contre lui.

Elle avait ouvert les yeux. Elle ne voyait que la naissance du cou. Le Russe avait trouvé le temps de fermer à clef la porte de la loge. Emportée par une force surgie du fond des temps, elle s'était retrouvée sur le canapé. Ses vêtements la quittaient; le froid entamait ses cuisses, puis ses bras, et son ventre. Le froid avait dessiné aussi des cercles sur ses seins. Une avalanche chaude s'était abattue sur elle. Le haut de son visage avait été enfermé dans des mains soyeuses. Et lorsqu'il avait détaché ses lèvres des lèvres de Thérèse, ç'avait été pour prononcer quelques mots en russe. Elle était partie ainsi vers l'infini dans les bras de ce cavalier mongol.

Pour elle, c'était la révolution. Fille d'un clerc de notaire de haute Provence, elle avait accompli son destin dans une loge en désordre. Mariée depuis six mois à un jeune homme paisible et rempli davantage d'espoir d'argent que d'esprit, elle l'avait trompé ainsi d'une manière imprévue. De cette soirée, elle avait gardé un souvenir proche du rêve et un enfant.

Son jeune mari, le futur industriel, avait fêté la naissance du petit garçon dans la plus grande joie.

« On n'a pas voulu un enfant si vite; il est là, tant mieux... L'important, c'est que notre nom continue. Tu as assuré la suite, ma petite Thérèse. »

Thérèse avait adoré « son petit Russe ». L'enfant avait grandi dans le cadre d'une bourgeoisie tamisée. On lui avait caché le monde. Thérèse avait si peur d'un accident qu'elle l'avait supplié de ne jamais prendre l'avion. Il était devenu un garçon beau et insolite. Avec quelque chose de particulier dans le regard. A vingt-sept ans, élancé, avec ses pommettes hautes et ses yeux hésitant entre un vert tendre et un gris métallique, et légèrement étirés, il détonnait. Il avait hérité du corps félin de ce poète, de ses yeux et de ses mains.

« La pièce ne te plaît pas ?

— Si, mon chéri, mais... »

Mais comment lui dire qu'elle venait de revivre l'essentiel de son passé, et qu'en se tournant vers lui, elle n'aurait eu qu'un seul désir, c'est d'embrasser les mains de son fils ?

« Hôtesse de l'air... avait-il dit pendant l'entracte. Un agréable métier...

— Elles servent les voyageurs, c'est tout », avait-elle répondu.

Il n'avait pas voulu l'agacer; il avait tout juste ajouté :

« Sur la plage de Deauville, la mouette ressemblait à un petit avion. Elle a crié plusieurs fois : rig, arig... ou oarig...

— Te voilà spécialiste du langage des oiseaux », avait-elle dit, dévorée de jalousie.

Le monde était hostile aujourd'hui. L'incident sur

la plage de Deauville lui avait révélé la nature violente de son fils. Quel Français de souche s'attaquerait à un chasseur pour sauver une mouette ? Est-il possible qu'une âme issue de l'Est se manifeste tout à coup dans le cerveau si cartésien de ce jeune architecte ? Commencer à interpréter le langage des oiseaux ! « Oarig », « oarig »... Est-ce le fils d'un poète qui veut interpréter un cri ?

« La plage était à Deauville d'une rare beauté, avait-il dit encore une fois. Un jour, j'y retournerai pour chasser les chasseurs... »

Puis :

« La mouette... une flèche blanche qui fend le ciel bleu, une flèche blanche qui se déploie en criant : « Rig »... J'avais l'impression ensuite de marcher dans un doux néant... un aimable néant... »

Elle l'avait regardé; ce n'était guère le langage d'un architecte préoccupé par les problèmes d'énergie à résoudre en vue du chauffage des appartements.

« Il faudrait que tu revoies la petite Saussaie; elle est mignonne. »

Elle avait pensé : « Au secours ! Vite une Française ! Qu'il épouse vite une Française. Rationnelle, aimant et accumulant les biens. Une femme qui a du cœur, mais qu'aucune passion ne dévore. Se méfier des passions... la passion annihile. » Aimer ce garçon, comme elle avait aimé son poète de père, n'était-ce pas une dérision ? Vouloir garder son enfant slave enfermé dans une carapace française, n'était-ce pas un mauvais pari ?

« La petite Saussaie m'ennuie, avait dit Marc, pendant que la sonnerie qui annonçait la fin de l'entracte leur agaçait les tympans.

— Elle va avoir une dot copieuse, avait ajouté la mère. Une centaine d'hectares avec un manoir, et une ferme.

— Tu es bien renseignée », avait-il dit, sans ironie

aucune, mais ses beaux yeux gris-vert étaient perdus dans un horizon indéchiffrable.

Elle n'avait pas ajouté qu'elle aurait une prise sur la petite Saussaie, laquelle, dans les limites d'une passion à sa petite mesure, brûlait du désir d'épouser ce beau Marc. Avec la petite Saussaie, on s'arrangerait pour les week-ends, pour les maternités. Devenir grand-mère ? Une invention bizarre, mais elle ne serait pas la seule à en passer par là. Et puis, avec la fortune des Saussaie, on pourrait louer encore les services de la dernière nurse qui reste sur cette terre.

Marc avait contemplé le programme.

« J'adore cette fille, maman », avait-il dit, cruel.

Il avait levé la tête. Il avait presque oublié le théâtre.

Cavalier mongol, artistocrate déchu ou paysan anobli, qu'importe ! Cavalier venant des grands larges, homme porté par le vent puissant, seigneur sauvage, de grâce, tu es un Français moyen ! Alors ?

« Elle n'a rien de particulier, cette femme...

— Chut ! » avait dit une voisine ronchonneuse.

Lorsque, après le spectacle, il lui avait pris le bras pour la guider dans la foule, elle avait eu les jambes coupées d'émotion. Il avait récupéré avec une certaine grâce la veste de vison de sa mère. La dame du vestiaire s'était aussitôt oubliée éperdument dans les yeux verts de Marc et, dans son vertige, aurait voulu lui rendre aussi une écharpe en hermine.

« Non, ce n'est pas à moi... »

Emue, la dame du vestiaire avait une seconde fermé les yeux, le temps que Marc disparaisse en laissant un souvenir indélébile derrière lui.

« Cette fille, je veux l'aimer, avait-il dit dans la voiture.

— Pourquoi juste celle-là ? » s'était-elle exclamée.

Marc avait démarré d'une manière assez rugueuse.
« Parce que j'en ai envie.

— On ne peut quand même pas épouser une fille parce qu'elle a un joli profil ?

— Qui parle de mariage ? »

Il avait traversé un carrefour à un feu orange. Jeu dangereux, à minuit.

« Qui parle de mariage ? avait-il répété... Entre l'envie et le mariage... il y a une marge... Même une très grande marge. »

Dans ce Paris qui passait si vite de l'étincellement des Champs-Elysées au noir frigide entourant le parc Monceau, il conduisait avec allégresse. Dans le tréfonds de son âme venait d'éclore une musique moderne dont les vagues turbulentes portaient le message de quelques mouettes libérées de tout esclavage. Une mélodie insidieuse qui, ici et là, dans un rythme fougueux, apparaissait parsemée de cris : « Rig, rig, Oarig, orig... ig, rig... » Grand large, horizon bousculé par le passage des nuages impétueux, éclairs, ailes, becs foudroyants, becs avides qui plongent dans la mer pour ramener une proie argentée, l'extrême crispation d'un poisson, l'extrême plaisir de Oarig !

« Tu as loupé la rue », avait dit sa mère, et le pauvre argot qu'elle aurait adoré complice ou familier avait été jeté sur l'humeur de Marc comme une loque.

Il avait arrêté la voiture.

« Tu es à deux pas d'ici... Si tu voulais rentrer... Je ne peux pas encore... »

Elle avait quitté la voiture, toute droite, la tête haute, l'âme écorchée... Elle était seule.

Jadis, elle avait quitté la loge, toute droite, la tête haute, l'âme brûlante d'un bonheur qui venait de pénétrer les ténèbres de sa conscience. Elle était seule.

Il l'avait vue passer sous un réverbère. Le visage d'une pâleur mortelle. Il l'avait interpellée par la vitre baissée :

« Maman ! »

Lorsqu'il l'avait pénétrée, le Russe avait été frappé par ce visage d'une extrême pâleur. Il l'avait cajolée avec des mots incompréhensibles, comme une multitude de pierres dures et de toutes les couleurs qu'on aurait jetées contre elle...

« Maman ? Tu m'en veux ? »

Elle venait d'arriver à la porte cochère. Et de poser sa petite main gantée de blanc sur le bouton de la sonnette.

Le poète l'avait mise à la porte. Elle avait juste eu le temps de boutonner son chemisier... Quel geste à la fois protecteur et efficace il avait eu pour expédier cette petite Française dans le couloir !

Il lui avait dit en russe que, de la scène, ses poèmes lui seraient adressés à elle. A elle seule. Elle ne l'avait pas compris. Elle aurait voulu rester encore une seconde...

La porte de la loge s'était ouverte.

La porte cochère s'était ouverte.

Dehors. En dehors de toute affection.

Elle avait monté lentement les marches de l'escalier de l'immeuble. Elle était arrivée essoufflée à sa porte. Et la clef tournée dans la serrure, elle s'était mise à pleurer.

Bourré de remords, Marc avait démarré. Il n'avait pas de but précis dans cette nuit fraîche où le noir de l'heure se confondait avec l'éclairage jaune des rues. Marc était gagné par un curieux sentiment, par une sorte de distraction; il avait l'impression qu'il suffirait de diriger d'un seul doigt le volant, comme si la voiture, cette bête mécanique, avait été transformée en un animal sensible qui se serait orienté à l'aide de son seul flair, tant son maître était perdu dans ses pensées. Au bout d'une longue pérégrination dans ce Paris dont certains quartiers étaient à cette heure-ci de vrais déserts, il était revenu vers les Tuileries et il s'était engagé en direction des Champs-Elysées. Il avait débouché sur le Rond-Point. Une folle inquiétude et une sourde jubilation l'avaient échauffé; il aurait juré avoir de la fièvre. D'où venait ce goût amer d'une insondable nostalgie ? D'où venait cette certitude de ne valoir rien et, simultanément, dicté par l'orgueil, le sentiment d'être capable de tout ? Ces impressions mélangées, ce bonheur qui traînait à sa suite un ancien goût de malheur l'avaient bouleversé. Comme s'il était déguisé derrière un masque qui ne correspondait en rien à sa nature intérieure. D'où venait ce mot : déguisement ? Le mot n'appartenait pas à son vocabulaire quotidien. Et d'où venait cette certitude enivrante qu'un destin particulier lui était promis ? Cette envie d'appuyer sur l'accélérateur et de foncer comme s'il allait crever la nuit en obéissant à un ordre supérieur ? Supérieur ? Le mot l'avait secoué aussi; il n'était intervenu jusqu'ici que pour désigner la qualité d'un matériel.

C'est à ce moment précis que le cavalier mongol était apparu dans l'arrondi majestueux de l'Arc de triomphe. Marc venait d'arriver en haut des Champs-Elysées. Heureusement, un feu rouge lui avait permis de s'arrêter, et de contempler, fasciné, sa vision intérieure projetée ainsi, en grandeur naturelle, sur la plate-forme qui précédait la Flamme symbolique.

C'était un vrai Mongol, un guerrier somptueux, la tête recouverte d'une toque en fourrure noire, ses cheveux dégringolant jusqu'à ses épaules. Dans ce visage basané d'air, de vents, du grand froid des steppes, les yeux noirs envoyaient un faisceau de lumière. Une grande moustache ornait la lèvre supérieure de cette apparition robuste, râblée. Ce corps rodé dans les luttes au corps à corps. Le cheval noir et luisant de sueur venait de se cabrer; hissé sur ses deux jambes arrière, de ses deux jambes de devant il tambourinait dans le vide. Le cavalier soudé à la selle s'était, dans un immense éclat de rire, renversé en arrière, tant la révolte de l'animal l'amusait.

Marc avait déjà tourné deux fois autour de l'Arc de triomphe. Le Mongol dominait son âme et dominait Paris. L'Arc de triomphe avait disparu, mangé par la nuit. Il restait juste la flamme du Soldat inconnu.

« Vous voulez passer la nuit ici ? »

Un agent de police s'était adressé à Marc. Et il avait continué aussitôt :

« Vous tournez autour du monument... vous ne voulez pas aller dormir ?... Etes-vous étranger ?

— Oui », avait-il répondu comme dans un rêve. Il n'aurait pas pu définir le pourquoi de sa réponse bizarre. Et il avait ajouté :

« C'est si beau, l'Arc de triomphe illuminé, que je n'ai pas pu m'en détacher...

— Depuis vingt ans, je l'admire », avait dit l'agent. Et puis, soudain, parce qu'il venait d'en prendre conscience, il s'était exclamé :

« Etranger ? Mais vous n'avez aucun accent...

— J'ai eu une nurse française, avait répondu Marc, et il avait adoré sa plaisanterie.

— Et vous êtes de passage ? avait continué l'agent sans qu'une seconde sa curiosité ait pris l'aspect d'une enquête ou d'un interrogatoire.

— De passage, oui. Merci, monsieur l'agent...

— Il n'y a pas de quoi...

— Si. Vous m'avez ramené à la réalité.

— Vous savez, il y a de quoi être ébahi... C'est beau ! »

Il avait vécu une nuit tumultueuse. Des images somptueuses se succédaient en lui, images inconnues, déconcertantes, sorties de profondeurs qu'il ne savait pas être les siennes. Parfois, il aurait eu envie d'allumer sa lampe de chevet, et de se réfugier ainsi à l'intérieur du cercle jaune d'un monde exploré; il aurait retrouvé avec joie ses tableaux, ses objets. Son peignoir en soie, jeté sur un fauteuil, lui aurait donné un sentiment de chaude familiarité. Mais, fasciné par ses visions, il se laissait absorber par l'atmosphère d'une fête barbare. Des groupes de cavaliers surgissant de la nuit noire se déversaient sur une plaine; ces petits hommes trapus, qui poussaient des cris rauques, tenaient des flambeaux dont la flamme ocre vacillait au gré des vents. Il y avait aussi quelques tentes plantées autour d'un feu. Celle du milieu attirait surtout l'attention de Marc. Elle était écarlate, lourdement décorée et brodée de fils d'or; les rayons d'une lune impavide glissaient sur ces dorures dont chaque fibre devenait ainsi, comme dans une fusion céleste, métallisée.

Ces hommes à la peau mate, aux pommettes saillantes, harnachés de chaînes et de peaux de bêtes, préparaient une fête. Une musique — où beuglements déchirants et sons de tambours se mélangeaient, baignés dans une mélopée qui ne pouvait naître que dans la gorge d'une femme — s'élevait dans la nuit. C'était une curieuse polyphonie d'instruments sonores, de formes et d'origines inconnues, que des sons de cithare — amenés par le vent qui s'abattait sur le camp en rafales — recouvraient.

Cette musique, çà et là transpercée de cris arrivés par saccades, s'amplifiait. C'est alors qu'était apparu le cavalier mongol, le chef, dans l'ouverture de la tente. C'était lui, indiscutablement lui, le cosaque de l'Arc de triomphe, le chevalier fier qui venait de faire un large signe avec ses deux bras, ordonnant ainsi un silence immédiat. Et maintenant il fustigeait ses hommes, il les admonestait, dans une langue sinueuse, rocailleuse parfois, une langue qui semblait, à Marc, envoûtante.

Le petit peuple de guerriers une fois sermonné, certains s'étaient éclipsés comme en suivant les règles d'une liturgie; les autres avaient aussitôt formé une double haie couverte, grâce aux sabres brandis, d'une voûte acérée. Dans cette allée faite de corps musclés et d'armes dont le tranchant était peut-être encore taché de sang, s'avançait une jeune femme nue, aux longs cheveux dorés, tressés en une lourde natte qui battait à chaque pas ses mains prisonnières, nouées dans le dos.

Elle était aussi fière que ceux qui la gardaient. Aucun halètement ne s'échappait de ses lèvres. Aucun pleur ne mouillait ses yeux; elle se tenait droite, et, du fait de son courage même, sa nudité n'avait rien d'indécent. C'était une nudité d'une extrême pureté, une nudité qui inspirait le respect et qui évoquait par sa dignité les premiers moments de l'homme et de la femme à peine sortis de l'esprit de Dieu. Elle semblait intouchable. Arrivée devant la tente, elle avait planté son regard dans les yeux de celui dont elle allait être la proie. C'était un moment de fantastique défi. Les rayons de la lune glissaient sur les lames toujours brandies, vision argentée, image recouverte de platine. Dans un immense rire silencieux, le cavalier mongol avait une fois encore rejeté la tête en arrière et, aussitôt après, s'étant redressé, il avait ôté sa cape de fourrure et il avait recouvert la jeune femme à la fois de la peau de bête et de ses bras puissants, puis il l'avait happée à l'intérieur de la tente...

« Tu es rentré tard hier soir ? » avait demandé Thérèse et, dans le moment même, deux tranches de pain grillé avaient jailli d'un appareil élégant.

« Oui, assez tard.

— Tu as bien dormi ? »

Marc l'avait regardée avec une tendre indulgence. Cette femme qui se donnait tant de mal pour le garder, pour le servir, pour fignoler l'image qu'elle voulait donner d'elle-même, cette femme, c'était sa mère. Il aurait adoré se permettre quelques cruautés gratuites, l'appeler « maman » avec insistance, reparler de la photo vue sur le programme; il aurait pu, et avec talent, écorcher sa mère couleur pastel, cette perfection qui lui semblait, et il en était presque triste, indifférente.

« Je vais m'en aller », avait-il dit.

Apeurée à n'en plus pouvoir, elle s'était mise à trembler de terreur. Tout cela n'était qu'un mouvement intérieur, un halètement d'oiseau, elle était juste devenue un peu plus rose. Elle aurait voulu nier le drame qu'elle pressentait et elle avait répliqué :

« Tu vas être un peu en retard... Il est déjà neuf heures...

— Je vais quitter Paris, avait-il dit avec douceur et, à la seconde même, deux tranches de pain avaient surgi de l'engin chromé. Elles avaient surgi comme deux petits diables de leur boîte.

— De Paris ?... Je ne te comprends pas bien.

— Si. Tu me comprends. Tu sais très bien de quoi je parle... »

Ils avaient retrouvé une certaine complicité, une atmosphère de sous-entendus, une entente née de la cohabitation. Mère et fils ensemble, l'un n'étant pas pour l'autre tout à fait un homme et l'autre se trouvant soudain être plus qu'une femme. Situation beaucoup plus complexe que compliquée, où chacun d'eux était l'objet d'un chantage. Un chantage doux. Venant de l'autre. Elle prétendait avoir sacrifié sa vie pour lui, tandis que Marc avait la certitude de se sacrifier pour elle.

« Tu me laisserais seule ?

— Je n'ai jamais voyagé, maman, avait-il dit délicatement.

— Si je pense à ton pauvre père qui... »

Elle s'était presque étranglée à la moitié de la phrase. Il valait mieux ne pas penser à ce pauvre père à qui elle avait fait encaisser la paternité de ce jeune homme qui se dressait aujourd'hui devant elle comme un somptueux lion juste sorti d'une longue paresse. Un peu plus de lucidité et il allait bondir.

« Tu sais, depuis très très longtemps, j'aurais voulu te dire quelque chose... d'une importance... »

Cela ne dépendait que d'elle... d'ajouter l'ordre de l'importance. De dire : une importance capitale, ou une importance moyenne... ou...

« Je t'écoute, maman...

— Je... toi... »

Qui était donc, en face d'elle, ce seigneur de jadis, ce personnage fascinant, ce Raskolnikov en herbe ? Pourquoi ce merveilleux visage habitué à tous les agréments esthétiques de l'Occident semblait-il presque mal rasé ? Pourquoi ce jeune architecte qu'on avait fait s'asseoir dans un cabinet acheté et préparé pour lui, pourquoi avait-il pris l'allure d'un fugitif ? On aurait dit qu'il était presque tassé, le cou rentré dans sa veste. Pourquoi cette transformation en personnage, alors que, voici quelques jours, il n'était qu'une personne ?

« Je te haïrais, si je restais là, avait-il dit sans aucune agressivité.

— Une autre femme ? avait-elle demandé, désespérée. Parce que tu as eu la photo d'une...

— Ce n'était que le déclic, maman... Je ne supporte plus rien, ici. Ni un type qui tire sur les mouettes, ni des toasts qui sautent du grille-pain, ni cette nappe en dentelle. »

Elle avait l'impression de se retrouver au fond d'une poubelle. Chiffonnée, éclaboussée de drame, et rejetée comme une vieille poupée. Une feuille de papier dont on aurait fait une boule. Et qui se découvre avec de vieilles factures liquidées. Parce qu'on fait du vide. Et quel serait l'intérêt de dépouiller le paisible industriel enterré depuis dix ans, de le dépouiller de sa gloire d'être le père de ce garçon ?...

« Quelle chose importante voulais-tu me dire ?

— Rien, avait-elle répondu. Rien. »

Lui dire cette lutte acharnée depuis toujours pour sauvegarder sa beauté, cela n'avait été qu'une tentative de plus pour le retenir. Toutes les inventions culinaires, les petites coquetteries et les grands mensonges. « Un tel m'a demandée en mariage; je l'ai refusé, pour toi... » Cette perfection préméditée dans chaque détail pour lui plaire, pour se montrer unique et l'Unique. Avoir voulu depuis toujours paraître plus mystérieuse qu'elle ne l'avait été en vérité. Etre devenue sophistiquée, même capricieuse. Hisser le rétro sur un piédestal pour pouvoir se déguiser en robe de style 1925, avoir même un long fume-cigarette, se défouler dans leurs petits déjeuners interminables et se punir en jeûnant, après, toute la journée. L'aimer, quoi, avec une passion dévorante, sachant qu'à travers lui l'autre revenait. Etre meurtrie à l'agonie lors de l'apparition de la première fille dans la vie de Marc, subir le martyre en pensant à son plaisir, fêter ses ruptures comme si, chaque fois, ç'avait été Noël. Dans son âme, elle avait installé la notion de l'antifête. Chaque réussite de Marc la laissait pantelante. Tel ou tel succès allait-il l'éloigner d'elle ? Tandis qu'une maladie, une grippe quelconque, c'était la jubilation; il allait avoir besoin d'elle plus que jamais. Elle avait si peu de moyens pour la lutte. Elle n'était pas plus intelligente qu'une autre. Elle avait été belle, elle devenait plaisante, et elle avait des instincts. Elle enfermait aussi en elle un profond chagrin, celui de n'avoir pas été quelqu'un qui aurait compté dans l'Histoire.

Elle aurait adoré prendre le corps d'une muse flamboyante, d'une hétaïre discrète. Elle aurait été aviatrice aussi avec courage. Elle aurait participé à des partouses magistrales — avec hommes et femmes célèbres jetés pêle-mêle dans le plaisir — ou bien à des fêtes de charité où on lui aurait baisé la main avec solennité : « Madame, tout cela a réussi grâce à vous. » Malgré ses gros budgets, elle se sentait petite, sans envergure, et souffrait cruellement de ce vain déploiement d'élans intérieurs.

Lorsqu'elle était allée voir le poète dans la loge de ce stade de jadis, elle n'avait pas supposé ce qui allait se passer; transportée d'un enthousiasme délirant, elle se serait contentée de s'asseoir et de le regarder. Que le poète l'ait prise, cela avait été aussi naturel pour elle. Qu'avait-elle de plus à offrir que son corps de vingt ans ? Elle s'était ainsi épanouie comme dans une fête païenne. Jamais aucune chevauchée n'avait eu ce goût de sauvage liberté que celle qu'elle avait vécue dans les bras de ce Russe.

« Je ne supporte plus rien », avait répété Marc avec étonnement. Soudain, il n'était plus du tout pressé; il mesurait sa force en voulant élargir les barreaux de sa prison.

« Et où iras-tu ?

— Voir un peu le monde... » avait-il répondu. Elle avait fait un geste d'impuissance.

« Ton bureau ? Que se passera-t-il avec les affaires en cours ?

— Tout cela marche presque mieux sans moi qu'avec moi », avait-il dit. Et il avait continué : « Je vais partir pour quelques mois.

— Et où pars-tu ?

— Je vais commencer par l'Allemagne; je remonterai après vers les pays nordiques; j'explorerai la

Finlande, la Norvège, le Danemark. J'irai après à New York et...

— Ça va coûter cher, avait-elle dit sans rancune, sachant aussi que cela n'était pas un argument valable pour empêcher les pérégrinations de Marc.

— C'est possible, mais je me fiche de mes vieux jours... Je préférerais bazarder tout le bureau, vendre n'importe quoi, mais il faut que je voyage...

— Parfait », avait-elle répondu. Et elle s'était laissée glisser dans un morne désespoir, dans le sable mouvant de la dépression à venir; elle s'était enfoncée jusqu'aux chevilles dans son marasme secret, alors que les premières larmes remontaient sous ses paupières.

« Ne pleure pas, maman », avait-il dit d'un ton fiévreux.

Le vernis occidental avait éclaté, le masque était tombé et elle avait devant elle un garçon blême, en rupture avec son âme, en proie à des vertiges.

« Au revoir », avait-il dit d'un ton glacé.

Au cours des mois suivants, Marc avait lutté d'abord contre les bouleversements chaotiques de son âme; il n'aurait désiré qu'élucider le mystère intérieur qui le dévorait et le poussait à la course. Il aurait fallu — pour sa paix intérieure — analyser et dominer les tristesses immenses qui le gagnaient à des heures et des endroits qui, apparemment, ne correspondaient pas aux chagrins qui montaient en lui, pareils à des sources glacées. Pourquoi certaines petites villes allemandes couvertes d'une pellicule de neige et les trottoirs luisants d'une bouillasse passagère avaient-elles pu le plonger dans une nostalgie déchirante ? Pourquoi, par contre, un rayon de soleil vagabond, le contact d'un verre de cristal rempli d'un vin sournois, pourquoi une musique entendue dans la rue l'inondaient-ils d'une allégresse jamais supposée ?

Dans les bas-fonds de Hambourg, il avait circulé, le col du manteau relevé, les mains enfouies dans les poches. Héros romantique à la dérive, il avait vu dans une boîte un couple faire l'amour sur un plateau rehaussé, bien au-dessus de la tête des spectateurs. Pendant que le plateau rond tournait lentement, un homme taillé en athlète pénétrait une fille aux longs cheveux noirs. Le plateau rond tournait en silence. Ici et là, une respiration rauque transperçait l'air comme une sorte de ronflement. Marc avait regardé, fasciné, ceux qui regardaient.

« Tu t'en vas déjà ? lui avait dit une fille, lorsqu'il s'était enfui du cabaret... Tu ne veux pas monter avec moi ? »

Elle avait la peau grasse et elle avait touché, de sa main droite, le revers de la veste de Marc. Il avait regardé avec dégoût cette main dont les ongles noirs portaient encore des traces d'un vernis écaillé.

Il avait continué son voyage vers le nord; il avait découvert la campagne finlandaise; il avait vu des bateaux à voiles glisser en silence sur la surface d'un lac qui, malgré la brise, paraissait immobile. Il avait vu au Danemark des dames fumer des cigares dans des pâtisseries qui ressemblaient à des purgatoires noyés dans la crème. Il avait posé sa main sur les pierres glacées de Copenhague et, longuement, il avait observé la petite sirène recouverte de mouettes, de grosses mouettes blanc et gris qui avaient crié à leur tour, dès qu'elles s'envolaient vers le grand large : Oarig, oarig... Les pieds trempés — clochard céleste, qui es-tu ? — il avait erré à Copenhague d'une rue à l'autre.

Combien de filles avait-il dévisagées sans pouvoir retrouver la trace de l'image qu'il avait chérie ! La beauté blonde, la beauté un peu à l'ancienne, l'héroïne du slogan : « Ne rampez plus, volez. L'avion c'est la vie » avait disparu pour toujours; seule la brochure, de plus en plus fatiguée, témoignait qu'elle avait bien existé.

Varig... Il avait continué son chemin, pourtant, dans cette rue danoise, dans cette rue de Copenhague où on pateaugeait à la fois dans la boue due au dégel et dans un sentiment de liberté.

Varig...

Marc s'était arrêté une seconde. Il avait tout d'un coup compris qu'il venait de voir un mot qui ressemblait étrangement aux cris des mouettes... Il avait rebroussé chemin, et il s'était retrouvé devant un bureau de voyages dont la vitrine affichait un immense Christ sur fond bleu. Et en haut trônait le mot : VARIG.

« C'est quoi, Varig ? » avait demandé Marc, presque tremblant de fièvre, à une jeune employée qui lui avait répondu en anglais : « Une minute, monsieur. »

« C'est quoi ? avait-il répété, hébété, appuyé contre le comptoir.

— C'est une compagnie brésilienne qui va d'ici à Rio de Janeiro...

— En combien de temps ?

— Quoi, monsieur ?...

— Combien d'heures pour aller à Rio ?

— Environ quatorze heures de vol.

— C'est quand le prochain départ ?

— A dix-neuf heures. »

Il était quatre heures de l'après-midi.

« Demandez s'il y a une place pour y aller...

— Où ?

— A Rio. Avec Varig. Ce soir...

— Une place économique ? avait dit l'employée.

— Non. En première. Je n'en peux plus. Je suis mort de fatigue.

— Ça va être assez cher », avait dit l'employée.

Marc lui avait tendu une de ces cartes de crédit qui lui permettaient le voyage en liberté.

L'employée avait téléphoné au bureau central d'où la carte était originaire. Pour se rassurer.

« Je ne paie pas de mine, mais les notes je les paie, oui », avait dit Marc en français.

L'employée l'avait dévisagé une seconde.

« Je ne suis pas fou, lui avait dit Marc. Je suis tout simplement fatigué. »

Il était arrivé à l'aérodrome de Copenhague dans un état d'épuisement visible.

« Voulez-vous choisir votre place, monsieur ?

— Près du hublot. Au premier rang. A droite.

— Voilà. Où sont vos valises à enregistrer ?

— Je n'ai pas de valises. Juste une serviette. »

Quelques cafés brûlants et de la pâtisserie danoise. La vie jouée à la roulette. L'embarquement. Et soudain, une femme ravissante qui s'adresse à lui :

« Je peux prendre votre manteau, monsieur ?

— Non. J'ai très froid. J'aimerais plutôt une couverture sur mes pieds. »

Il avait même eu droit à un minuscule oreiller sous la nuque. Une coupe de champagne à la main et, soudain, la certitude d'avoir pris, cette fois-ci, la bonne direction. Le ton orange de cette cabine de première classe, l'éclairage savant et la musique lui donnaient l'impression qu'il s'était installé dans un large rayon de soleil. Il avait le sentiment qu'on l'avait pris en charge, que plus rien de mauvais ne pouvait lui arriver. Il n'avait même plus honte, cette honte passagère qu'il avait éprouvée, dans la salle d'attente, du fait de ses vêtements fatigués. Il avait la curieuse sensation qu'on l'aimait. Que ce voyage allait lui apporter quatorze heures de bonheur.

Il était devenu en effet le sujet d'innombrables soins et attentions. « L'écouteur, monsieur ? Musique... Classique ou moderne ?... Le film aussi... si vous voulez l'écouter en français. » Délicieux tourments qui ne lui avaient pas laissé une seconde pour des réflexions bizarres ou amères. « Je n'ai pas besoin, mademoiselle... »

Mais comment refuser tout, ce repas dont le goût venait de l'autre monde, et cette chanson ?... Cette femme à la voix de velours noir qui susurrait à l'oreille de Marc une mélopée brésilienne dans laquelle revenait périodiquement le mot : « corazon » ?

Comment ne pas se laisser sombrer dans le soleil intérieur de cette cabine dorée, et dans ce sommeil agité mais heureux, entrecoupé par certaines scènes du film, un policier où un utopique James Bond se mesurait à un géant oriental.

« Corazon »...

« Nous avons des vins excellents, monsieur... Voulez-vous juste les goûter... juste... juste... »

Sommeil profond dans ce paradis qui navigue. Etait-ce une impression ou bien une des hôtesses avait-elle abaissé légèrement le dossier de son fauteuil ? Et une autre couverture. Et plus tard :

« Voulez-vous un verre d'eau minérale ? »

En arrivant à Rio — « quarante-cinq degrés à l'ombre, mesdames et messieurs; nous espérons que vous avez fait un bon voyage et que vous allez revenir sur nos lignes » — en arrivant à Rio, il était sorti de l'avion comme un personnage de roman russe. On va voir ce qu'on va voir, mon petit père. Nostalgie, neige, cauchemar blafard, blondes vaporeuses et vent glacé, c'est ce que tu aimes, petit père ? Alors, petit père, tu auras ton compte. Chaleur intenable... Intenable ? mer glacée ? Ah ! non, mer chaude et bleue. Fille blonde ? Oh ! non, mon petit père, mais métisse éblouissante et, si tu rêves à Tchaïkovski, tu vas avoir des sambas ! Et ils sont tous là, ces musiciens presque noirs agitant leurs instruments qui ne ressemblent à aucun autre. Ce n'est pas le carnaval; pourtant, tout le monde semble ici danser ! Chaque homme ou femme qui passe est un orchestre. Les corps se déplacent avec la souplesse de lianes. Tout est rythmes, bruits, chaleur. Vie. Et samba, la samba ! Mon petit père, tu ressembles plus à un corbeau qu'à un voyageur ! Laisse ton visage au soleil ! Et samba, la samba !... Tes vêtements qui traînent l'hiver dans leurs fibres, jette-les dans une poubelle. Et samba, la samba ! Les plus belles filles du monde à Rio... Et samba, la samba, mon petit père ! »

Il avait trouvé le bureau de Varig à Copacabana. Sublime folie, Copacabana ! Plus étendue, la plage, que celle de Miami-Beach, et on surfe !... Samba, la samba, mon petit père ! Regarde donc ce type pas rasé, sale, avec des vêtements d'hiver, accroché presque à son portefeuille dont les cartes lui permettent le retour. L'autre évasion !

« Corazon ! » Un corazon caché dans la samba ! Et la samba, mon petit père ! Une jolie fille, soyeuse, avec ses yeux de braise, lui avait adressé la parole. Comme ça... Pour voir si le spectre pouvait répondre. Ou pas.

« Corazon... » ? Ou samba ?

Dans le bureau de Varig, un jeune homme guindé avait vraiment compris le problème de ce voyageur étrange. Le jeune homme avait longuement regardé la photo de l'hôtesse de l'air que le Français lui avait tendue, et il avait dit :

« Monsieur, nous ne donnons aucun renseignement quant à nos hôtesses de l'air. Ecrivez-nous et expliquez-nous votre problème. On vous répondra. Oui, votre place est réservée pour le vol de nuit. Vous ne voulez même pas passer une nuit à Rio ? Comme vous voulez, monsieur... Comme vous voulez ! »

« Corazon » !... Et puis, peut-être aussi quelque chose qui ressemblerait à « more », ou « amore »...

C'est le portugais du Brésil, messieurs, mesdames... Parfois, en l'entendant de loin, vous pourriez croire que c'est du russe... Oh ! une toute petite impression. Et fugitive... Et samba, la samba, mon petit père !

C'est seulement après le décollage de Rio que l'hôtesse blonde était apparue dans la cabine de première classe. C'était une beauté à l'ancienne, le visage ovale et les pommettes assez hautes, et la ligne du cou d'une extrême grâce, un cygne... Comme un cygne.

Marc avait été secoué par le choc. Il avait interpellé l'hôtesse, avec une infinie politesse.

« Pardon, mademoiselle, auriez-vous une seconde pour moi ? Parlez-vous français ?

— Oui, monsieur. »

« Il ne faut surtout pas l'effrayer », avait pensé Marc. « Du calme. »

Il avait cherché fiévreusement à l'intérieur de sa veste, et il en avait sorti la photo presque déchirée.

« Est-ce bien vous ?... »

Elle s'était mise à sourire.

« Oui... J'ai posé pour cette photo, il y a un an environ... C'était une publicité collective pour les voyages aériens. » Et puis, elle avait ajouté avec un accent délicieux : « Ne rampez plus, volez ! L'avion, c'est la vie... »

« Voilà, j'ai quelque chose à vous dire... avait continué Marc. Ne me prenez pas pour un fou... ni pour un sadique ou un maniaque... Je suis tombé amoureux de cette photo... Au début de mes recherches, j'ai pensé qu'en vous trouvant quelque part dans le monde, j'allais vous demander en mariage dès la première seconde... Je n'ose pas... Mais est-ce que vous accepterez de me voir et de me revoir ?... Je suis architecte, célibataire, un Français moyen à la dérive... »

En onze heures de vol, on peut parler. Par bribes. Selon le travail de l'hôtesse, ses possibilités matérielles et ses mouvements d'humeur. Elle était célibataire. Elle avait vingt-cinq ans...

Elle était brésilienne. Blonde.

Avant que l'avion arrive à proximité du Portugal, à peine au-dessus de l'île du Sel, soudain l'engin avait été comme enterré dans de somptueux nuages qu'un soleil naissant avait teints en rose.

« Je vous aime », avait dit Marc à la silhouette qui passait.

Les autres passagers dormaient profondément. Elle s'était penchée sur lui.

« Vous croyez que vous m'aimez... Il faut du temps, beaucoup de temps, pour savoir si vous ne vous trompez pas... et si moi... »

Elle s'était redressée, puis éloignée. Elle s'était alors retournée une seconde, et elle avait dit :

« Ma famille est d'origine russe... Mes arrière... arrière... grands-parents... s'étaient installés au Brésil au début du siècle... Venant d'une des régions les plus éloignées de la Russie. D'Oulan-Bator... »

Marc n'avait pas su d'où était venu l'extrême bonheur dans son âme. Ni pourquoi... Il avait tout juste compris que c'était la fin de la course...

Les yeux voilés d'émotion, il s'était penché vers le hublot. Un des nuages avait la forme particulière d'un homme à cheval. Et, comme si le cheval avait été retenu dans son élan, il s'était dressé sur ses jambes arrière et tambourinait de ses jambes avant sur l'univers bleu. Une toque, de grands cheveux, la tête rejetée en arrière, c'est dans un grand rire joyeux qu'il s'était élancé pour redevenir nuage, le cavalier mongol.

LE POULPE

C'ÉTAIT une gosse de riches, conçue dans le fric, mise au monde dans la haine et élevée dans l'indifférence.

Elle avait des parents jeunes et beaux — « ils se remettront vite de cette erreur de jeunesse », avait dit l'entourage — et des grands-parents plus qu'alertes, argentés et fluides, courant d'un avion à l'autre.

« Vous ne connaissez pas le Brésil, ma chère ? » avait lancé la belle-mère à sa belle-fille. « Si vous n'y avez pas vu le Carnaval, vous n'avez rien vu ! » Ce n'est pas elle, cette fervente des « hautes saisons », qui aurait voulu prendre soin de la petite fille qui allait passer sa jeune vie d'une nurse à l'autre.

L'autre belle-mère était champion de bridge — champion de l'arrondissement, mais champion quand même; la cigarette au bec, les yeux plissés à cause de la fumée qui nourrissait ses conjonctivites, elle faisait le mort avec une joie butée. Ce n'est pas elle qui aurait tendu les bras à cette petite qui ne ressemblait à personne.

Ils avaient décidé ça, des deux côtés. Ainsi personne n'avait eu même un semblant de remords.

Elle avait aussi ses grands-pères, « verts », joueurs de golf, et partouzards dans des auberges de luxe... « Mon ami, ça ne m'étonne pas qu'on ait fermé le manoir de X; à la fin, l'endroit était trop connu, il était évident qu'une fuite interviendrait. Je vais vous dire une chose. Vous allez m'envier en diable. La petite brune, vous vous souvenez ? Avec ses jambes écartées, sur la table... Mais oui, celle qui... celle à qui... Je la revois. Mais oui... »

C'était donc le beau monde. La petite fille aurait pu être considérée comme une privilégiée. Vous vous rendez compte, quels avantages donne l'argent ! Elle a dit son premier mot en anglais. Papa ? Non. A qui elle aurait dit papa ? A une carte postale de Toronto ? Maman ? Encore moins. A qui elle aurait dit maman ? A une chèvre en peluche ? Non. Le premier mot de cette privilégiée, qui aura donc une culture supérieure grâce à son entourage raffiné, son premier mot était : Sheet... Ça veut dire : Merde, en anglais.

Pendant six mois, elle vivait avec maman, c'est-à-dire avec la nurse que maman avait engagée à Paris. Et, pendant six autres mois, elle vivait à Toronto... C'est-à-dire avec la nurse que papa avait engagée à Toronto. Les hôtesses de l'air des lignes Paris-Toronto connaissaient bien cette fillette blonde qui voyageait en première classe, seule toujours, avec un écriteau accroché sur la poitrine : « Nathalie Beauvalon. Paris-Toronto. » Ou bien : « Toronto-Paris. »

Cette fois-ci, elle était revenue à Paris pour le printemps et l'été. Maman avait embrassé sa poupée encombrante, et l'avait confiée aussitôt à la Suédoise « au pair », Ulla, une belle bête blonde, une ravissante jument sur deux jambes, une Suédoise à ce point stéréotypée que presque « rétro ». On en trouvait des Suédoises comme ça, il y a dix ans, lorsqu'elles étaient arrivées à la conquête de Paris et engloutissaient dans leur sexe, au septième étage, toutes les envies des immeubles bourgeois.

Mai et juin avaient passé paisiblement. Ulla promenait Nathalie au Bois; elles patinaient presque dans les crottes molles des chiens et respiraient l'oxyde de carbone des véhicules qui surgissaient des voies souterraines.

Ulla était déçue par l'absence d'hommes. Elle aurait adoré être assiégée, poursuivie, conquise surtout, et le plus rapidement possible. Le charmant bois, le seul havre des enfants de Paris — N'est-ce pas, messieurs ? La verdure réconforte la jeunesse ! — le charmant bois était peuplé de chiens et d'exhibitionnistes. Pendant que les canards gras plongeaient leurs têtes stupides dans les lacs vaseux, toutous et sadiques à la dérive se côtoyaient parmi les arbres qu'avaient jaunis les gaz envoyés par le pot d'échappement des voitures. Un paradis, quoi ! Deux ou trois types avaient entrouvert leur manteau pour essayer d'effrayer Ulla avec leur sexe vermoulu; elle n'avait pas crié « au secours »; elle ne s'était pas mise à courir; elle n'avait pas rougi de honte; elle avait juste dit à Nathalie : « Ne regarde pas, chérie, ça ne vaut pas la peine. »

Maman avait reçu une invitation tout à fait imprévue d'un petit armateur qui allait réunir quelques amis pour une croisière en Grèce. Au mois de juillet. Ce mois où maman aurait dû aller sur la Côte avec sa fille si a... do... raaable... Le petit armateur valait quand même quelques milliards, et sur le bateau, que maman avait connu le temps d'un cocktail, il y avait plusieurs cabines comportant chacune un lit large et une salle de bain.

L'armateur était en train de divorcer, et déjà, il y a six mois, maman avait eu l'impression que ses chances auprès du Grec — un peu abrupt, mais porté sur les Parisiennes à la mode — n'étaient pas négligeables. Je ne vous ai pas raconté encore que maman avait de longues jambes, c'était « maman longues jambes », des cheveux solides comme des crins de cheval, des cheveux balayés par le vent et par les mains des amants de passage; elle avait la taille mannequin : « Follement représentative, cette petite; vous ne trouvez pas qu'elle ressemble un peu, surtout lorsqu'elle se cache derrière ses lunettes noires, à une Américaine plus connue que l'Amérique même ? »

« Ma petite fille Ulla, si vous alliez seule sur la Côte... C'est-à-dire avec Nathalie, mais sans moi... »

Leurs regards s'étaient croisés. Vraiment, le seul être superflu dans cette affaire était Nathalie. L'une aurait été au septième ciel sur le bateau et l'autre serait allée à la recherche de son premier enfer, s'il n'y avait pas eu entre elles et leurs désirs cette fillette exigeante et parfois même — on dirait que l'éducation ne sert à rien — agressive.

Maman s'était vue déjà dans une nudité improvisée sur un des ponts du bateau; elle faisait partie de ces femmes qui enlèvent plus aisément leur soutien-gorge que leur bracelet-montre. Enduite d'huile solaire, rendue presque masculine par le bronzage intégral, elle s'était observée, couchée sur un matelas; elle pliera juste sa jambe droite lorsqu'elle entendra les pas de l'armateur, et dans un grand soupir — « visiblement, elle s'est endormie au soleil », pensera l'armateur — elle profitera de ses mains croisées sur la nuque pour faire bomber encore plus un sein. « Respirez, ne respirez plus », le plexus solaire bien creusé, la taille affinée grâce aux abdominaux, et voilà que le beau — ou même s'il est laid, tant pis ! c'est une question de goût, la beauté d'un homme — donc voilà que le beau ou le laid Grec se penchera sur elle pour lui dire : « Je crois que je vais vous demander en mariage. »

« Seule sur la Côte ? avait dit Ulla. Je ne serai pas seule, mais avec Nathalie... Quelle responsabilité !...

— Je vous donnerai beaucoup plus que l'argent de poche convenu, avait dit maman. Je vous paierai, pendant ce mois-là, comme une vraie nurse serait payée...

— Je n'aurai même pas un jour de sortie, avait surenchéri Ulla.

— Je vous paierai, très cher, vos journées « libres » non prises.

— L'hôtel est dans la ville même ?

— Pas très loin... Un hôtel très chic, très calme...

— Calme ? Il n'y a donc que des vieux ?

— Que des gens très aisés... Donc plus âgés... Vous descendez de votre chambre et la plage est sous vos pieds. Un endroit sublime avec un formidable restaurant en plein air... Vous allez vous reposer, vous aussi.

— Je ne suis pas fatiguée, avait répondu Ulla d'une manière assez abstraite. Pas fatiguée du tout... »

Nathalie était en train de jouer dans sa chambre. Papa lui avait offert, pour Noël passé, une maison de poupées : trois chambres en haut, au deuxième niveau, un grand salon-salle à manger et une cuisine au premier niveau. Avec de vrais petits meubles dont Nathalie cassait actuellement, sciemment et avec beaucoup d'adresse, les pieds. Les minuscules chaises étaient déjà démolies. Elle s'acharnait sur les pieds du tout petit piano noir, et — crac, crac, crac, trois pieds seulement ? — ils étaient ôtés avec une rapidité qui démontrait à la fois la fragilité de ces objets coûteux et la force de la petite fille.

« Pas très loin, l'hôtel, ça veut dire quoi ? pas très loin...

— Je ne sais pas. Supposons deux ou trois kilomètres du centre de la ville... Une jolie promenade...

— Ce n'est pas une jolie promenade, avait dit Ulla. Ou bien il fait chaud à en crever et on ne peut pas marcher, ou bien, le soir, vous êtes abordée et même importunée. »

« Vous avez un ravissant nombril, aurait dit l'armateur grec dans un film de deuxième catégorie. Je le couvrirais bien avec un diamant. »

« Vous pourriez louer un vélo.

— Un vélo ? Avec la circulation sur la côte ?

— Alors, dites-moi ce que vous voulez... Dites-le carrément... Je dois — vous comprenez ? — je dois être libre et dégagée de Nathalie au mois de juillet. »

Nathalie avait entendu cette dernière phrase et, dans une rage sauvage, elle s'attaquait à une des petites poupées, celle qui représentait la maîtresse de maison, la petite maman de sa petite maison...

« Je ne peux pas la prendre avec moi, sur un bateau; elle peut tomber à l'eau; et, enfin, c'est un milieu d'adultes, je serais encombrée à mort avec elle. »

Nathalie venait d'arracher un des bras de la petite poupée-maman.

« Je désire, avait susurré Ulla, le salaire d'une nurse « extra » et diplômée, et la location d'une petite voiture. »

La main de l'armateur remontait lentement sur la cuisse droite de jolie maman nue sur le bateau.

« De la soie, avait-il dit. De la soie. » Manquer ça ? Jamais.

« D'accord, avait dit jolie maman. D'accord. Je m'arrangerai avec l'hôtel pour que vous puissiez arriver quelques jours plus tôt. »

Etre débarrassée de ces deux-là... Se mouvoir librement. Ne pas faire semblant de manger, de dorloter, oh si peu, mais c'est quand même du temps à perdre avec cette mouflette odieuse. Tout à fait son père. Elle n'a rien de moi, rien. Blondasse comme elle est, c'est le père... Il manque juste le grain de « beauté », sur la tempe, qu'il avait, lui... Comme une mouche tenace, collée sur la peau, une mouche qui voudrait se suicider... Cette garce de Suédoise m'exploite. On est livré au personnel. Quelle époque ! Où sont les cœurs simples de jadis, les domestiques dévouées ?

Elles sont remplacées par ces étrangères dévergondées et avides d'argent.

Perfide, jolie maman avait ajouté, comme par hasard, comme si c'était un détail minime qu'il ne valait même pas la peine de signaler :

« Vous aurez la même chambre toutes les deux. Une ravissante chambre avec une ravissante salle de bain et une ravissante terrasse... »

« Et c'est pour toi, ma garce ! Tu vas être la prisonnière de Nathalie, la proie du « raconte-moi une histoire », la victime du pipi à cinq heures du matin. « Mais va donc faire pipi seule, à quoi bon me réveiller ? » « Parce que j'ai peur », va répondre Nathalie, aussi neurasthénique que sa grand-mère — paternelle, évidemment ! Les *Tintin* à lire à vous faire racler la gorge d'effort. Et surtout le face à face avec cette gosse qui vous dévisage soudain et qui demande avec un sang-froid exemplaire : « Pourquoi tu me laisses seule, si souvent ? »

« Toutes les deux dans la même chambre ?

— Elle est grande, avait lancé jolie maman. Plus que spacieuse... »

Plus de rendez-vous secrets. Aucune liaison possible. Le beau garçon de ses rêves ne se glisserait donc pas dans son lit vers dix heures du soir ? Aucun mâle impétueux ne la pénétrerait ? Chaste et bien payée, elle crèvera d'ennui.

« Il faut savoir ce qu'on veut dans la vie, ma petite », avait lancé jolie maman.

Et Ulla savait que, si elle avait demandé davantage, elle aurait été virée. Au prix où elle se sacrifierait, on pouvait même avoir une future agrégée en psychologie enfantine. Qui ne demanderait pas mieux que de faire sa thèse, sur le vif.

« D'accord. » Et elle avait ajouté, comme signe de soumission : « Madame. »

De la petite poupée-maman il ne restait que le

tronc; les bras étaient arrachés, les jambes aussi. Nathalie avait voulu également tordre le cou de cette poupée, mais elle n'y arrivait pas aisément...

« Quelle sale petite gauchiste, regardez-moi ça ! s'était exclamée jolie maman. Ça promet pour l'avenir... Elle va tout casser, sans savoir même pourquoi... Odieuse gosse... »

Nathalie avait levé sur elle un regard lourd.

« Sale gosse, pourquoi tu as fait ça ? Pourquoi ?... »

Elle regardait jolie maman d'un œil torve, avec une moue collée sur la bouche comme une moustache de carnaval.

« Vous avez beau les aimer, s'était exclamée jolie maman, les gosses auront un jour votre peau... Mais regardez-moi ça, le ravissant petit piano... les petites chaises, style Louis XV, reproduites en jouet, et on les casse... Et si je te renvoyais chez ton père ? Hein ? Le beau cadeau que je pourrais lui faire... Empaqueter la morveuse et l'expédier... Mais alors, comment il irait, lui, faire le tour du Groenland... Comment ? En te faisant bouffer par des Eskimos ? Hein ? Qui t'enfermeront dans leurs maisons faites de blocs de glace... Mais oui... Ou ils te mettront dans une grande casserole et te mangeront... Vilaine fille...

— Elle va avoir des cauchemars, madame », avait dit Ulla.

Son français semblait de plus en plus impeccable. Les phrases étaient correctes, et cette correction grammaticale était soulignée par un accent assez lourd.

Jolie maman avait donné un coup de pied dans la maison de poupée.

« Voilà, c'est éventré aussi... Tout à la poubelle, Ulla. Tout. Et que cette foutue gosse ne regarde pas la télévision au moins pendant dix jours. »

Plus tard, elle était venue dans la chambre d'enfant; elle s'était agenouillée devant Nathalie.

« Embrasse maman, vilaine fille, embrasse maman ! »

Nathalie avait la tête baissée; butée, elle se cachait aussi le visage avec un bras.

« Embrasse-moi; tu ne vois pas que j'attends... »

Nathalie s'était mise à pleurer plus fort que jamais. « Si l'idée de m'embrasser te fait cet effet », avait dit jolie maman.

Et Nathalie avait pleuré, pleuré, mais elle n'avait pas embrassé sa mère.

Pour Nathalie, le monde était celui des géants. Maman longues jambes devait s'agenouiller pour être près de son visage en larmes, et papa avait l'habitude par contre de la soulever plus haut que ses épaules à lui et de faire semblant de la laisser tomber en faisant des Ha... ha... ha... et, chaque fois, Nathalie croyait qu'elle allait tomber par terre et s'écraser comme un œuf. Lors de ces jeux, elle riait quand même; c'était un rire que les autres prenaient pour un rire de gaieté. Pour maman longues jambes, papa était un « type moche » et, pour papa, maman était une « foutue garce »... Qui croire, n'est-ce pas ?...

Arrivée sur la Côte, armée de pelles, de moules de toutes sortes pour fabriquer des pâtés de sable, Nathalie circulait sur la plage. Son va-et-vient incessant énervait parfois les gens. Nathalie barbotait juste au bord de la mer; elle regardait, les yeux écarquillés, quelques ombres fugitives, mais précises, qui semblaient passer sous l'eau et pourtant collées à la surface. Nathalie avait reculé de quelques pas. Elle avait eu soudain peur. Il y a un an, maman longues jambes lui avait dit, ici, dans le même hôtel et sur la même plage, qu'il y avait dans les profondeurs un poulpe qui était là pour happer les enfants avec ses bras qui arrivaient vers l'objet, ou vers l'être humain convoité... Maman longues jambes avait longuement décrit le poulpe à Nathalie. « Un grand corps rond comme en caoutchouc, beaucoup de bras qui sortent de ce corps rond, de vilains yeux dont le regard transperce les vagues. Ses yeux, au poulpe, t'ont peut-être déjà repérée; il n'attend qu'une chose, c'est de t'attraper et de t'attirer contre lui et de t'amener au fond de la mer. »

Ulla était passée à la seconde même; elle allait presque en courant vers l'eau; c'était aussi une attitude pour l'extérieur, pour le monde qui était censé l'observer... « Et la jeune Nordique, toute bronzée, les cheveux en cascade sur les épaules, s'était jetée dans l'eau; c'était une belle vision, mes amis, une belle vision; il n'y a que sur la Côte qu'on voit ce genre de filles... »

En nageant, Ulla avait failli se casser le nez contre un cageot pourri qui flottait sur la mer. Il y avait d'autres débris aussi, des morceaux de bois, presque comme si un bateau avait chaviré; quelques tomates éventrées émergeaient des vagues étincelantes; et d'autres détritus surnageaient aussi, plus ou moins bien.

« Que voulez-vous, mes braves ? La pollution, en été, n'y a que sur la Côte qu'on voit ce genre de filles... »

« Le poulpe ! s'était écriée soudain Nathalie. Le poulpe ! »...

Sa voix plutôt perçante avait fait sursauter certains vacanciers absorbés par leur lecture. Ces gens étaient bien calmes, presque sans réaction visible; un regard levé, un regard désapprobateur, un hochement de tête, un livre juste baissé une seconde pour voir ce qui se passait dans le monde.

« Le poulpe ! », avait dit Nathalie et elle avait reculé encore.

C'était une plage où les gens auraient pu s'ennuyer prodigieusement s'ils ne s'étaient pas donné l'attitude de « l'argent fatigué ». Tout devait se passer dans un silence ouaté; à notre époque, le silence n'est-il pas le plus apprécié des luxes ?

Certains Anglais, dont la composition du sang était depuis longtemps changée par l'alcool, attendaient, rubiconds et paisibles, l'heure du premier whisky; des Américains sophistiqués jouaient, couchés sur leur matelas, comme des empereurs romains de jadis, au backgammon; des Français, qui, malgré l'inflation flamboyante, pouvaient se permettre ce havre...

Nathalie s'était mise à hurler parce que Ulla l'avait saisie en la surprenant, l'avait attirée dans la mer et l'avait presque plongée sous l'eau. L'enfant, les yeux remplis d'eau de mer, les oreilles bourdonnantes et suffoquée, avait émergé à temps pour revomir l'eau de mer qu'on lui avait fait avaler ainsi, de force.

« Ah ! cette gosse, quelle chose épouvantable... »

« Le poulpe ! avait hurlé Nathalie. Le poulpe va me manger »...

« Qu'il la bouffe et n'en parlons plus », avait dit la jeune mariée à son époux, technocrate distingué, les jambes à peine arquées et la poitrine creuse. Signes indiscutables de l'intellectualité pratique.

Le technocrate de choc s'était penché sur la jeune épouse :

« Ma minou serait-elle énervée ? »

Elle avait senti une seconde l'odeur de la sueur condensée qui s'était nichée dans l'aisselle creuse de son mari. « Quel mâle ! » s'était-elle dit en attendant un frisson épidermique.

« La minou n'aime pas les gosses mal élevés... »

L'intellectuel des chiffres s'était penché sur elle.

« Et quand ma minou aura un bébé...

— Ça va être différent, avait répondu ma minou.

— Tu n'as pas le droit de me plonger comme ça dans l'eau... avait hurlé Nathalie. Tu n'as pas le droit. Je vais dire ça à papa et à maman... »

Ulla avait hoché la tête.

« Ta mère est sur un bateau quelque part en Grèce, et ton père, au Groenland. Alors... Si tu n'es pas sage... »

Ulla semblait devenir — elle aussi — gigantesque, aux yeux de Nathalie. Ses yeux à Ulla étaient exorbités, comme ceux de la méchante femme qui avait voulu tuer les petits dalmatiens pour faire de leur peau un manteau.

« Pourquoi tu me regardes comme ça ? »

Elle avait aussi de grandes dents, Ulla, et un sourire effrayant. « Et je te mangerai, mon enfant »... Un autre conte de fées.

Mario, le garçon qui s'occupait de la plage, s'était dressé près d'elles.

« Ça ne va pas ? »

Ulla avait levé la tête. Le garçon était juste dans les rayons du soleil; autour de ses cheveux bouclés, ces rayons aveuglants avaient dessiné une vraie couronne. Ulla l'avait regardé dans la même attitude et avec la même admiration que ceux qui contemplent le plafond de la chapelle Sixtine.

Cette créature fantastique, sentant l'huile solaire rance à cause de la chaleur, ce type dont le grand sexe replié dans un minuscule slip semblait être porté par ses jambes fuselées, ce ventre lisse et plat, avec autour du nombril, quelques touffes de poils blondis par des ultra-violets, ce dieu au rabais, dont la peau était raffinée et comme bichonnée par crèmes, huiles, mains féminines, dont la peau semblait avoir été parcourue par une multitude de langues à la fois protectrices et au service de quelques petites perversions, ce phénomène prometteur dont les doigts et les articulations des poignets avaient trahi une force rudimentaire, ce Don Juan des parasols lui avait adressé la parole. Enfin. Eurêka !

Le géant aux cheveux bouclés s'était penché sur Nathalie.

« Tu cries toujours : « Le poulpe ! Le poulpe ! »... Un jour, si tu cries comme ça, il va vraiment venir et il te mangera !

— Va-t'en ! Va-t'en ! » avait hurlé Nathalie et elle s'était mise à taper sur le géant; elle arrivait à peine avec ses petits poings fermés à la hauteur des cuisses du jeune homme.

Minou, la jeune mariée, avait dit à son bijou de technocrate :

« La nôtre sera bien différente... »

Le jeune mari s'était fendu dans un grand sourire béat; bientôt, ça allait être le déjeuner, le vin rosé, l'ivresse passagère avec une boisson trafiquée, comme est trafiquée la vie même. Il avait pensé à ses tendances homosexuelles cachées, pitoyablement, dans leur milieu; et c'était comme ça, malgré évolutions et révolutions, il fallait bander avec une dame. La voilà...

Et elle, elle avait pensé aux usines de son beau-père. Des cimenteries... Ça pue et ça rapporte... Jamais, plus jamais de problèmes d'argent...

« Elle dort, la petite, après le déjeuner ? »

L'accent italien avait provoqué aussitôt un vertige dans le sang d'Ulla. L'Italien de ses rêves était là. Plaza di Spagna; O, sole mio; ils sont tous des voleurs, ma chère; ils font l'amour divinement, mais aussi quel cynisme ! Les nouilles ? Evidemment que ça fait grossir.

« Elle doit dormir après déjeuner, avait répondu Ulla.

— Je ne veux pas dormir après déjeuner ! s'était mise à hurler Nathalie. Ne m'enferme pas, ne m'enferme pas ! »

Une Espagnole d'un âge plus que certain avait levé la tête avec une indignation non déguisée. Cette gosse, quel calvaire !

« Une petite fille doit dormir après déjeuner ! avait dit Mario... Et une grande fille... »

Il s'était mis à rire. Il avait quelques molaires en or...

« Une grande fille doit...

— Le poulpe va me manger si tu m'enfermes ! »

Donna Gracia della Merdia avait refermé l'*Histoire d'O.* Bien recouverte d'une liseuse en cuir travaillé portant les initiales des Merdia, famille noble fort connue en Espagne.

« Oh ! avait dit donna Gracia della Merdia... Oh !... La France n'est pas seulement d'une extrême immoralité, mais aussi les enfants sont mal élevés, vraiment, horribles... »

Ulla venait de se lever du matelas. Elle avait trébuché, et Mario s'était emparé d'elle pour l'aider à se redresser...

Elle avait adoré ce geste. Elle s'était laissé rafler moralement et physiquement, les yeux aveuglés par une extrême luminosité et l'intérieur des cuisses mouillé d'émotion. Ulla avait susurré à l'oreille de Mario :

« Chambre 226, je me débrouillerai avec la petite...

— Vers trois heures, avait répondu Mario. Tu as compris, mi amore ? »

Il y avait beaucoup d'arêtes dans les loups grillés au fenouil.

« Les loups, il y a aussi des loups dans la mer ?... »

Expliquer à la morveuse, à la laissée-pour-compte, à l'inutile, à l'encombrante que c'était le nom d'un poisson ?

« Il y a des loups, avait dit Ulla, impatiente... Et ils viendront avec le poulpe pour te saisir, pour t'emporter. »

Nathalie s'était mise à hurler; en même temps, elle toussait, à cause des arêtes. « Tapez-lui dans le dos ! De la mie ! Beaucoup de mie de pain, ça fait descendre les arêtes... »

« Je ne veux pas dormir, avait-elle répété, épuisée et son petit nez brûlé de soleil.

— Alors, c'est moi qui vais dormir, avait dit Ulla. Et toi, tu vas jouer. Seule. Tu vas être toute seule sur la plage, parce que, à cette heure-ci, tout le monde dormira. »

En effet, ceux qui déjeunaient avaient une certaine tendance aux somnolences de toutes sortes. L'air était-il plein de miasmes, et pourquoi ne l'aurait-il pas été ? Cette odeur, odeur curieuse qui venait de loin et par vagues pour s'immobiliser soudain dans des parcelles d'oxygène, cette odeur n'aurait pas été acceptée par quiconque consciemment. On payait ici si cher que l'idée de toute pollution était bannie pour toujours. Donc, ni l'odeur, ni les miasmes, ni les cageots flottants ne gênaient les gens heureux — heureux ? — qui dévoraient leurs loups. « Et encore un quart de rosé, ma belle ! » avait dit un client italien.

« C'est toi qui vas dormir, avait dit Nathalie. C'est toi, c'est toi...

— Et si maman appelle ce soir, avait continué Ulla, tu ne dois pas lui dire que tu es restée seule sur la plage.

— Elle va pas le demander, maman... »

C'est vrai, elle ne demandait jamais rien. Elle parlait pour remplir les trois minutes. Pas plus.

L'accalmie venait de gagner un terrain propice à toutes sortes d'événements. Vers quinze heures, les clients étaient allés vers leurs chambres. Donna Gracia della Merdia s'était soûlée; avec une infinie discrétion, elle s'était dirigée en titubant, elle aussi, vers sa chambre où elle rêverait de fouets, et de menottes, l'éternel rêve espagnol, n'est-ce pas ?... O à genoux, la tête juste devant le pénis de.... Sacrilège ! Elle avait imaginé une seconde une des hautes personnalités de son pays, livrée aux jeux d'O. Malheur !

s'était-elle dit. Et aussitôt elle était allée se renseigner auprès du portier quant aux heures des services religieux et surtout des moments où l'on pouvait se confesser...

Le technocrate brillant allait sombrer dans son phantasme préféré : coucher avec un éphèbe grec. « Quel artiste dans l'amour, avait souvent pensé Minou, il me prend toujours par-derrière ! » Fantastique aventure, douloureuse, mais, ô combien, enrichissante. Sur tous les plans.

Et puis, on ne saurait jamais pourquoi, il y avait eu un revirement. Peut-être parce que le déjeuner s'était terminé trop tard, ou bien parce que chacun était poussé par une obscure curiosité, ou encore pressentait un événement à venir. Je vous le dis, on ne saurait jamais pourquoi la plupart des pensionnaires étaient restés sur la plage, recroquevillés sur leur matelas et bien à l'ombre.

Ulla avait laissé Nathalie sous leur parasol.

« Et tu ne toucheras pas à ton matelas pneumatique... Juré ?

— Juré...

— Et tu resteras sage.

— Sage...

— Et tu ne feras aucune bêtise.

— Aucune...

— Tu ne veux vraiment pas dormir ?...

— Non... »

Ulla était arrivée avant Mario dans la chambre. Elle avait pris une douche, presque froide, et elle avait entendu à travers les persiennes fermées :

« Le poulpe, il y a un poulpe... »

Elle avait regardé à travers la fente des persiennes. Dans une bande de lumière étincelante, comme sur un ruban de sable, Nathalie faisait semblant d'avoir peur.

Mario était entré dans la pièce avec la sûreté de mouvement habituelle aux Italiens.

« Le poulpe ! »

Le cri aigu avait franchi le silence épais de l'après-midi étouffant. Les gens qui somnolaient sur leur matelas avaient sursauté à nouveau. « Quelle horreur, cette gosse !... »

Une Anglaise aux articulations rouillées — « Rhumatismes ! Il n'y a que du soleil dans ce cas-là » — était en train de faire craquer ses doigts, et crac et crac et crac... C'était de la nervosité. La solitude de la plage pour elle devenait intolérable et surtout cette gosse avec son « poulpe ».

« Le poulpe !... »

Mario venait de pénétrer Ulla, les cheveux gras de l'Italien sentaient la plonge...

« Ulla ! Ulla !... avait appelé Nathalie.

— Tchut... avait dit un Anglais.

— Ulla, je peux prendre le matelas ?...

— Fous-nous la paix, et prends ton matelas ! avait dit le technocrate dont les phantasmes étaient bouleversés par les cris de « poulpe » et de « poulpe ».

— Je peux prendre le matelas », avait constaté la petite Nathalie.

« Il faudrait prier pour le salut de l'âme de la mère qui la laisse ainsi seule », avait pensé Della Merdia, de retour, et sachant les heures où l'on pouvait se confesser avec un curé qui « hablar espagnol », évidemment.

L'Italien sentait vraiment la cuisine. Ulla avait détourné la tête. L'Italien avait ramené son visage vers le sien et il avait embrassé la Nordique à pleine bouche.

« Le poulpe ! Le poulpe va m'emporter... »

Voix d'enfant. Voix aiguë.

« Les Italiens salopent tout avec l'ail... Oh ! un Français. » Ulla ne savait plus du tout qui il fallait injurier. Cet amour d'après-midi avait l'odeur d'une voiture d'éboueurs laissée au soleil. Douceâtre, épicée, et un peu cadavérique. La décomposition.

« Quelle brute, ce type haletant, quelle brute ! »

« Le poulpe ! » « Il arrive, le poulpe ! »

Nathalie était couchée sur le ventre, allongée sur son petit matelas pneumatique; en balayant l'eau avec son bras, elle observait les profondeurs vertes, grises et bleues. Et saumâtres aussi parfois...

« Encore un peu et je vais vomir », avait pensé Ulla.

« Le poulpe, il y a un poulpe. »

Les clients fixaient maintenant le petit bateau pneumatique et la gosse dont les cris perçants empêchaient le règne des phantasmes, des demi-sommeils, des demi-satisfactions, cette gosse qu'on aurait envoyée au diable...

« Le poulpe va venir. »

Un de ces coups de vent si caractéristiques du Midi avait secoué la plage. En une seconde, on avait eu l'impression que les parasols allaient être arrachés et envoyés n'importe où. Della Merdia avait les yeux pleins de sable. L'Anglaise s'était mise à tousser.

L'enfant sur son bateau pneumatique était assez loin maintenant de la plage. Le vent capricieux avait tourné et balayait la mer en envoyant des vagues ourlées de blanc et de beige vers le grand large.

« Le poulpe ! avait crié l'enfant. Le poulpe !... »

Le matelas pneumatique s'était mis à s'éloigner à une vitesse vertigineuse. Vagues sournoises, coups de vent imprévus, écumes chargées de rage et de toutes sortes de passions, haine générale et indifférence patentée portaient donc ce matelas vers l'infini.

« Le poulpe !... »

Même la voix de l'enfant allait maintenant vers le large, sur la surface bleue, verte ou grise, comme je vous l'ai dit. La voix d'une petite fille blonde entraînée vers le néant... « Le poulpe ! »...

Evidemment, personne ne le savait, et personne ne

pouvait le savoir, qu'au fond de cette mer bénie et pourrie, et sanctifiée et putrifiée, vivait une pieuvre béate, goulue, aux réactions bizarres, une pieuvre qui avait besoin d'êtres vivants. D'abord, elle n'avait fait que capturer et avaler de gros poissons, et puis elle n'en avait plus trouvé que des petits, et désormais elle devait se contenter des détritus des cageots et de fragments de mazout.

Alors, maintenant, la pieuvre, ce poulpe géant, avec une extrême joie, avec une joie délirante, lançant un bras d'abord, et deux bras ensuite, et même trois bras pour être sûre de sa prise, avait saisi le petit matelas pneumatique.

La petite fille vivait encore lorsque le poulpe l'avait serrée contre sa poitrine caoutchouteuse. Le poulpe avait bien serré la petite fille tout en la regardant avec ses yeux ronds et assez exorbités. Comme elle, ce poulpe avait besoin d'affection.

J'ATTENDS MON JOHNNY

ROBUSTE, carré, le visage épanoui dans de larges sourires francs — il était toujours de bonne humeur — Johnny, au début de son séjour à Saigon, avait eu très peur des maladies vénériennes. Ce n'était pas uniquement à cause des reproches véhéments que lui aurait faits sa femme, Joan, qui exigeait qu'on lui fasse l'amour tous les dix jours, même si c'était un va-et-vient sans conviction, mais aussi à cause du docteur Mitchell qui était considéré comme un incurable bavard dans la petite ville américaine d'où Johnny était originaire. Le docteur Mitchell, confident des familles honorables, était devenu, malgré lui, le détenteur de tous les secrets de la ville blanche et plate, et, parfois, il suffisait qu'on lui offre un verre de whisky pour que les événements intimes des autres familles déferlent de sa bouche déjà empâtée par les boissons précédentes.

Il fallait donc revenir sans plaies ni malaises quelconques qui auraient pu empêcher le déroulement normal de la vie conjugale de Joan. Elle y tenait très fort, surtout depuis la naissance de leur garçon. Ce garçon, il était là, depuis treize ans déjà. Laid, gentil et serviable, il était d'une telle timidité que sa survie en classe ne tenait qu'à un fil. Sa mère lui confiait parfois les courses à faire au super-market, où il se rendait à vélo, le guidon surmonté d'une corbeille.

A Saigon, jusqu'à l'extrême limite de ses forces, Johnny avait résisté aux tentations qui s'offraient aux braves soldats arrivés de leur ville natale puritaine, et tombés dans ce puits de putréfaction.

Saigon ressemblait à une page vengeresse arrachée du Vieux Testament. A une de ces descriptions bibliques qui comportent souvent le risque d'inciter le bon chrétien à commettre des fautes. Lorsqu'on vous apprend l'interdit, on vous insuffle simultanément une curiosité aussi humaine que malsaine et on réveille en vous la tentation d'essayer les vices qui vous fermeront les portes du Paradis. Vivre à Saigon la ceinture serrée et l'âme en berne, ce n'était pas le bonheur, et, malgré la dose de frustration qu'on lui avait injectée dans les veines depuis son adolescence, Johnny commençait à se sentir un peu à l'étroit dans sa peau. D'autant que les autres soldats étaient plus téméraires que lui, ou bien plus faciles à entraîner dans le guet-apens de la vie quotidienne.

Dans cette somptueuse ville-poubelle où les dieux déversaient tous les jours sang, sexe, tortures et pacotilles, des lambeaux de l'âme aussi et toutes sortes de farces et attrapes — par exemple les erreurs d'un débutant au marché noir, ou les malaises dont étaient victimes les novices des fumeries d'opium — dans cette ville à l'odeur de sueur et d'enfer, Johnny le solitaire n'était qu'un spectateur triste. Hier, le gosse qui lui avait offert sa petite sœur de douze ans n'avait guère compris le refus de ce géant américain; le petit Vietnamien avait même abaissé le prix et, lorsqu'il avait saisi que la conclusion du marché n'était pas une question d'argent, mais peut-être de scrupules — « l'Amerloque, interloqué, avait redemandé l'âge; vraiment ? seulement douze ans ? » — alors, le gosse sur son Solex, volé ou non, avait éclaté d'un grand rire de mépris et était reparti en appuyant sur les pédales; son moteur toussait, crachait le venin; et le gosse avait dû l'injurier, l'Amerloque, dans sa langue et avec virtuosité, parce qu'une petite vieille édentée qui l'avait écouté s'était mise à rire à en avaler sa gencive nue.

« S'envoyer une fillette de douze ans ! » Johnny avait hoché la tête avec beaucoup d'indignation. « Comme ma petite nièce ! Et encore, elle, ma nièce, a des seins comme une femme, et les cuisses déjà tapissées de graisse... » Johnny avait mûri ses réflexions : « Même adultes, ces Vietnamiennes sont aussi fines et graciles qu'étaient les petites filles de jadis, celles que l'époque n'avait pas encore gonflées de vitamines et de milk-shakes. Une Vietnamienne de douze ans, ça doit ressembler à une poupée. Que fait-on avec une poupée ? Surtout lorsqu'on est bien pourvu et qu'on a un sexe de belle taille. »

Si on lui avait moins inculqué la notion du mal et du bien, sa vie aurait été plus facile. N'empêche, sincère avec lui-même, Johnny avait reconnu aisément que, pour franchir le pas, les autres avaient dû passer d'abord par la ligne blanche de la drogue. Ils vomissaient au début des expériences; après, ils se vantaient de leur plaisir; à la fin, ils sombraient, hagards, dans le mutisme. Les soldats savaient que leur vie était perpétuellement en danger. Qu'ils participent aux expéditions militaires ou à des excursions, déguisés en simples touristes, ils risquaient de terminer leur existence déshabillés, mutilés, le visage enfoui dans une flaque de boue ! A Saigon, on vivait depuis toujours les derniers jours d'un règne éphémère. La vie à Saigon ressemblait à une immense scène de ménage avec l'Histoire; il était prévu que l'un des deux conjoints forcés claquerait la porte pour laisser l'autre seul dans son désastre. Aux Américains on donnait le conseil de déguerpir. Et le plus vite possible.

Ce soir-là, Johnny avait accepté l'invitation d'un de ses copains, sergent lui aussi. « Le bordel que j'ai trouvé est très cher, mais le danger est pratiquement inexistant. On ne nous retrouvera ni drogués à mort, ni égorgés, ni contaminés par une saloperie de maladie... Le plaisir dans son état pur... »

Cette phrase avait fait réfléchir Johnny : « Le plaisir dans son état pur... » Comment le mot « pur » pouvait-il aller avec le « plaisir » inventé par le diable ?

La maison en question n'était qu'à cinq minutes du Palais du gouvernement — cinq minutes à vol d'oiseau; le quartier était donc sélect; les trottoirs n'y vomissaient pas les ordures; non, il n'y avait aucune puanteur, et la rue, assez large, suggérait l'idée de respectabilité.

La patronne de la « maison » avait écouté avec intérêt les explications du sergent. Johnny, gêné, faisait glisser son poids d'un pied sur l'autre, et ne cessait de tourner dans ses mains moites sa petite casquette militaire.

Johnny avait observé, à la dérobée, le visage plissé de la Vietnamienne, ses yeux qui, dans leurs fentes étroites, remontaient vers les tempes, son petit chignon caché, serré derrière la nuque, ses lunettes à fine monture dorée. Peut-on être la reine des vices lorsqu'on a des lunettes ? s'était-il demandé, et il avait fixé les verres avec une attention accrue. Ces lunettes étaient en train de le déculpabiliser. Cette dame aurait pu être dentiste, ou conseillère céleste. Pourquoi pas ? Le Créateur a dû prévoir les périls que représenterait ce bout de chair, parfois encombrant, qu'on appelle le sexe.

« C'est pour la première fois avec une Vietnamienne ? » avait demandé la patronne.

Et l'éclairage indirect du grand salon mauve et doré avait fait des ricochets sur ses verres épais.

« Oui, je... Il se trouve que... Depuis peu de temps à... »

Allait-il se justifier ? Morale et honnêteté ne seraient-elles ainsi que tares et maladresses ?

« Ça va être Phuong. Avec Phuong, vous apprendrez ce qui est plus important à Saigon que la vie ou la mort. Avec elle, vous allez connaître le plaisir... »

Une autre Vietnamienne avait presque arraché Johnny à la compagnie de son camarade. « Viens avec moi », avait-elle gazouillé, « viens ». Autant être interpellé par un oiseau qui vous invite à rejoindre d'autres volatiles à l'intérieur d'une immense cage dont les grilles invisibles se perdent dans le feuillage d'arbres gigantesques; ainsi les oiseaux ont-ils une impression de liberté, et c'est seulement lorsqu'ils veulent voler plus haut qu'ils retombent à terre, le cou brisé, ou bien les ailes cassées contre les fils de fer coupants.

Poli, Johnny aurait bien voulu frapper à la porte avant de franchir le seuil de cette chambre où on l'attendait, paraît-il...

La petite Vietnamienne, son guide, avait fait « non » de la tête et avait gloussé de rire. « Entre donc ! »

Le seuil franchi, il était resté immobile. Du haut de son mètre quatre-vingt-sept, la chambre était apparue petite, une chambre de poupée, avec une poupée vivante au milieu, en kimono brodé. Etait-ce vraiment un kimono, ou peut-être une autre sorte de vêtement, brodé lourdement ? Il aurait pu croire qu'il y avait plus de broderie que d'étoffe. Il avait l'impression que c'était des ailes sur les manches. « Tourne-toi donc une seconde », avait-il dit, Dieu sait pourquoi.

La Vietnamienne s'était retournée. Un bel oiseau, presque aussi grand qu'elle-même, lui couvrait le dos.

« Elle s'appelle Phuong », avait dit la petite guide fluette. Et elle avait ajouté en riant, et le rire était aussi artificiel que le son répété par des verres en faux cristal : « Phuong veut dire Phénix; tu connais l'oiseau, le Phénix ? »

Elle n'avait pas attendu la réponse; elle était déjà partie et, la porte refermée, Johnny, seul avec Phuong, avait respiré profondément l'odeur d'encens qui montait en petite fumée nacrée de deux récipients différents de taille et de couleur posés en des endroits opposés de la pièce.

« Phuong... avait-il prononcé maladroitement. Phuong ? »

Elle s'était retournée, lentement, en laissant glisser ses bras le long de son corps, comme si elle avait replié ses ailes.

Avide, Johnny avait dévoré du regard le visage de Phuong. Comme on était loin de la blondeur couperosée de Joan, de sa peau desséchée par le soleil brûlant de la Caroline du Sud, comme on était loin de sa grande taille, de ses épaules à la fois larges et un peu anguleuses, comme ses yeux bleu fade étaient apparus, dans les souvenirs immédiats de Johnny, presque incolores ! Comme ses lèvres, les lèvres de Joan, sa femme pour l'éternité, avaient été ramenées cruellement à leur vérité, donc à une minceur avare !

Il avait fait un pas en avant, pour se perdre dans les yeux de Phuong — profond lac doré, avec des ombres marron chaud, dans un éclairage de crépuscule. Lorsque le soleil se couche accompagné d'une lumière fidèle, elle glisse encore, cette lumière, dans l'élan du dernier au revoir, sur la surface de l'eau devenue miroir obéissant. Les yeux en amande de Phuong nageaient ainsi dans un flux luminescent. Quel jour lointain était en train de naître dans ses pupilles ?

Sa peau de pêche rare n'avait rien à voir avec l'épiderme rugueux de Joan, habituée au savon détergent et à une eau saturée de chlore... Le menton ? Aucune comparaison non plus avec celui de Joan, volontaire et un peu en pointe; il n'avait jamais osé faire remarquer à Joan cette habitude qu'elle avait prise de s'acharner sur ses poils du menton lorsqu'elle ne se sentait pas surveillée, mais ses mouvements répétés et saccadés gênaient Johnny, surtout pendant les matches de rugby que transmettait la télévision.

Les cheveux de Phuong étaient différents de ceux de Joan, d'un blond froid, souvent enroulés sur des bigoudis qui, eux-mêmes, étaient enserrés dans une espèce de filet, rose souvent, c'est vrai, rose; elle allait comme ça au super-market, en voiture; ça ne la gênait pas... Question d'habitude.

Les cheveux de Phuong étaient ramassés en un lourd et somptueux chignon. Johnny avait envie de toucher cette masse fantastique de soie foncée.

« Viens », avait dit Phuong, et elle avait regardé avec une certaine pitié ce géant ébahi.

« Viens. »

Elle l'avait amené vers la salle d'eau, où la baignoire ronde était au niveau du sol. Mannequin démesuré d'une vitrine où on afficherait les surplus américains en solde, il s'était laissé déshabiller. Il avait fallu qu'il se baisse pour que les petites mains de Phuong arrivent à déboutonner son col, et ainsi, pour la première fois, il avait senti l'odeur de Phuong, une odeur de fleur exotique, une odeur chaude, composée d'une multitude de parfums différents, une odeur qui rendrait fou n'importe quel puritain.

Phuong avait laissé couler l'eau dans la grande baignoire ronde, et Johnny avait attendu déjà nu, exhibant ainsi son grand corps de blond parsemé de taches de rousseur rigolardes, et son sexe en réveil timide. « C'est curieux, aurait dit un médecin, comme le sentiment de culpabilité joue sur les glandes. N'est-ce pas, mesdames et messieurs ? »

Rire comme un gros ours qui aurait la sensibilité d'un myosotis, lorsqu'on se met à brosser votre dos avec une espèce d'engin bizarre, un mélange de chiendent et d'éponge. Voir cette merveille qu'est Phuong vêtue juste d'un slip blanc et d'un soutien-gorge, et perlée de sueur. « Auriez-vous cru qu'une orchidée sue ? Eh bien, mes chers amis, la copine vietnamienne que j'ai eue transpirait; on aurait dit des perles qui roulaient sur elle, mais je ne le dis pas, parce que je ne suis pas poète, seulement un voyageur de commerce. Et mon sexe qui n'était qu'une babiole d'abord dans ses mains, elle l'a savonné et massé en le savonnant. Le plaisir propre, vous voyez, et qu'on ose dire encore que Saigon est une ville sale ! Quel jet, mes amis, quel jet sorti de moi, mélangé au savon, au bain chaud, comme un éclatement ! Et encore ce n'était rien. A genoux devant moi, elle avait lavé aussi mes pieds, en en massant longuement la plante et en tirant sur les doigts, juste un tout petit peu. Quelle félicité, mes bons amis ! Ah ! si vous saviez ce qu'était ce bain !... Plus tard, j'ai su qu'un Japonais avait aussi ses intérêts dans la boîte; alors, c'était le mélange de tout l'Orient, un paradis jaune, mes amis. Mais surtout, que Joan ne le sache jamais ! »

Ensuite, Johnny — gros bébé hissé sur ses deux jambes velues et blondes — avait été emballé dans un peignoir de bain, épais, doux, sentant l'encens... Phuong l'avait fait coucher sur le grand lit. Préparé à l'avance ? Il n'en savait rien. Comment garder sa lucidité lorsqu'on vous transporte dans un délire incroyable ? « Mes amis, c'est dommage que vous n'ayez pas fait votre service militaire en Orient ! Ces femmes-là !... Rien à voir avec les nôtres... Rien, mes amis... » Sur le dos, et les yeux fermés, il bandait comme un diable.

« Elle m'a enduit de je ne sais pas quoi, j'ai senti

un contact un peu froid. Assez dangereux ? Si on songe à la terreur que vous flanque ce genre d'endroits, n'importe qui risquerait la « débandade » !... Donc, l'endroit le plus proéminent de mon être avait été enduit et, soudain, comme roulé dans ses paumes, je crois. Alors, après un bain de chaleur, un gouffre de délices. J'imagine, sa bouche... Mais ce n'est pas sûr, mes amis. Je n'ai pas osé ouvrir les yeux...

« Bref, j'ai pris l'habitude de Phuong. C'était pire que la drogue. C'était quelque chose d'inhumain dans le bonheur physique et dans le bonheur tout court. C'était la soif perpétuelle de Phuong, la volonté de me la réserver, l'impossibilité d'imaginer que d'autres aussi... Combien, madame la Patronne ? Combien, s'il n'y a que moi ?... Vous plaisantez ? Je ne suis pas un homme riche... Trafiquer quoi ? Evidemment, il y a des possibilités. Pas tant qu'on voudrait, mais il y en a... »

Démuni d'imagination, enserré dans l'étau d'une jalousie extrême, Johnny, pour se sauver de toutes souffrances, avait commencé à faire le marché noir du bonheur. Mais en truquant la marchandise. Il n'avait vendu à Phuong que du vent ! En lui racontant des histoires...

L'Orientale avait l'habitude de regarder les Américains comme s'ils étaient des bêtes dont la peau allait être tannée et vendue. Il fallait les abattre au bon moment et les dépouiller de leur pelure pendant qu'ils étaient encore chauds. Phuong n'avait ressenti aucune passion, ni proche de l'amour ni voisine de la haine, pour Johnny, jusqu'au moment où celui-ci avait commencé à parler de son pays, de sa ville, de sa maison blanche entourée d'une pelouse verte. De sa vie. Il avait tout juste oublié de parler de sa femme et de son fils.

Mentir, voler, piller, massacrer, vider de sa substance quiconque, tricher, combiner, marchander, n'étaient que monnaie courante, même obligatoire, à Saigon. Mais promettre le bonheur, c'était autre chose. Une sorte de piraterie céleste, un piège cruel.

A partir d'un moment bien précis — Phuong s'en souviendrait pendant tout ce qui lui restait de vie — elle était devenue crédule.

« Si tu restes à moi, si tu ne reçois plus personne, je t'épouserai et je t'amènerai dans ma maison blanche; elle va être notre maison blanche; tu vas t'habiller comme les Américaines; tu apprendras à conduire; tu auras ta voiture.

— Et j'aurai aussi mon enfant », avait dit Phuong, avec sa tête posée sur la poitrine de Johnny.

Elle pouvait entendre les bang-bang-bang du cœur de Johnny, des bang... comme si quelqu'un avait frappé sans cesse, au même rythme, sur une porte fermée.

« Evidemment, avait-il continué, presque heureux d'avoir eu cette idée d'un bonheur supplémentaire, évidemment. Tu auras un garçon. »

Et il avait imaginé le sien, ayant comme mère Phuong, son fils maladroit et lourd de corps comme lui, devenu souple et futé, rapide comme un courant d'air, et mystérieux aussi avec son âme à moitié orientale.

Dès que Phuong avait cru à une nouvelle vie, elle s'était réservée à Johnny. Elle abandonnait ses économies à la patronne; elle payait de sa poche la part de la maison sur chaque rendez-vous refusé. Bientôt elle connaissait par cœur la petite ville américaine, le nom des rues, l'emplacement du super-market, et l'église presbytérienne aussi, qui n'était pas loin de chez eux, « et juste sur une toute petite place, tu vois ? ».

Un jour, après l'amour, Johnny, épuisé jusqu'à la moelle, s'était levé lourdement; il était allé jusqu'à la chaise, pour prendre quelque chose dans son blouson.

« Tiens, mon oiseau, c'est pour toi. Ne le perds pas, et ne le croque pas non plus... »

Il avait tendu à Phuong une toute petite boîte. N'importe quel homme digne de ce nom aurait, dans cet assemblage prometteur, offert un bijou.

Phuong avait ouvert la boîte pour y découvrir une capsule assez longue et large.

« La dose est suffisante pour tuer quelqu'un en une seconde. Et sans douleur, ma petite fleur chérie... »

Phuong avait levé sur lui ses yeux marron doré.

« Pourquoi ?

— Si jamais tu devais tomber dans les mains des Vietcongs, il vaut mieux croquer ça avant... Tu vois, ma petite chérie, l'Amérique n'abandonne jamais ses alliés... Si on ne peut pas vous offrir la liberté, on vous assure une mort propre et rapide... Tu ne dois jamais perdre confiance dans ton Oncle Sam.

— Il n'y a pas de Vietcong dans ta ville blanche, en Amérique. »

La voix de Phuong était métallique.

« Non, avait répondu Johnny. Non. Et Dieu soit loué !

— Mais, parce que je vais devenir ta femme, et vivre là-bas, pourquoi m'empoisonner ? »

C'était logique, vraiment logique.

La débâcle était arrivée d'une manière dure. Les canons tonnaient à quinze kilomètres de Saigon. L'air moite et chaud transportait à la fois les sons effroyables et les miasmes. La saison des pluies devait arriver aussi, et Johnny savait déjà le jour où il serait évacué.

« Garde-la quand même, la capsule, avait-il marmonné, gêné. Garde-la. On ne sait jamais ce qui peut arriver dans la vie. »

Plus les canons semblaient proches, plus Johnny était devenu lointain. Et puis, il était sorti de la vie de Phuong. Apparemment tout à fait.

Au long des jours interminables, elle n'avait cessé de répéter : « J'attends mon Johnny. » « J'attends mon Johnny. » Les réfugiés avaient déferlé sur Saigon. L'odeur des soupes chinoises s'était mêlée à l'odeur de la fumée des bâtiments qui brûlaient. Des pillards emportaient même des pianos. « J'attends mon Johnny », avait répété Phuong devant l'ambassade américaine à un marin, grand lui aussi, et affublé d'un sourire crispé.

Les gens avaient bousculé Phuong. Accroupie sur le trottoir, exsangue, sa beauté éclaboussée par la première averse tropicale, elle avait passé la nuit devant l'ambassade. Comme une bête écorchée, elle avait attendu son Johnny.

Malades de phantasmes, drogués à mort, des soldats américains déambulaient dans la ville en décomposition. Ils erraient, désemparés. Ce n'est pas dans le Michigan, ni dans l'Ohio ni ailleurs, qu'ils allaient avoir leur dose quotidienne ! Envoyés à cet abattoir et ayant survécu à la putréfaction tropicale, ils se promenaient, le regard rempli d'images de terreur. Dans leur subconscient, la panique naissante du manque. De toutes sortes de manques...

C'étaient les derniers jours d'un enfer délirant et dégoulinant de vices. Au revoir, cuisses lisses de Vietnamiennes au corps enfantin; au revoir, fumeries d'opium où ils avaient accepté, de mains noires de crasse, et peut-être d'excréments, les petites boules roulées du bout des doigts; adieu, terre battue et humide. Adieu cette terre qui, sous le regard impassible des Vietnamiens, les avait accueillis. Au revoir, petites filles, dont le sexe déchiré, cicatrisé, avait connu tant de Blancs robustes. Au revoir, regards de fillettes. Au revoir, regards menaçants qui glaceraient n'importe qui de terreur. Combien de fois, dans ces regards, la mort sous forme d'armes blanches était apparue. Au revoir, tripots clandestins et fausse complicité avec l'habitant... Tout cela, ce n'était qu'un compromis, mon vieux Johnny; ta peau ne vaut pas cher, mon pauvre Johnny; tu joues perdant... Mon pauvre Johnny, que tu es sot!...

Heureusement qu'entre-temps Phuong était revenue vers la maison. Les Américains allaient évacuer ce lieu de plaisirs.

« Vite, emballe le strict nécessaire, Phuong, lui avait dit la sous-maîtresse.

— J'attends mon Johnny, avait-elle répondu.

— Tu l'attendras aux Etats-Unis, avait répliqué la sous-maîtresse. On nous y amène. »

Phuong avait dit humblement « merci » à ses dieux pour cette grâce qui allait lui permettre d'être peut-être plus proche de Johnny. Dès que l'Histoire ne serait plus qu'une histoire, elle allait être épousée. Elle allait avoir une vie blanche, la vie des Blancs, dans une maison blanche. Et peut-être même, parce que Johnny l'avait promis, un voyage dans le nord des Etats-Unis... « Tu vas voir la neige, mon oiseau, la neige. »

On avait amené les prostituées dans un grand camion. Celui-ci avait été, à la fin, bâché, parce que la foule injuriait ces putes qui avaient servi l'occupant allié. Encore un peu, et elles auraient été bombardées de pourritures de toutes sortes... « C'est encore des putes qui se sauvent... »

La vieille ville, en Georgie, était peut-être plus chaude que Saigon. C'était une ville traversée par un fleuve large et sale. Jadis, on y avait utilisé les esclaves pour débarquer le coton arrivé dans des bateaux trapus. C'était une ville fière de ses maisons âgées de presque deux siècles, de ses bâtiments à colonnades, et aussi de ses petites habitations décorées de balcons fragiles, de ses squares verdoyants, de ses arbres centenaires, de son passé. Durant les périodes de pesante chaleur, comme en ce début d'août, les belles rues étaient presque désertes. Seuls, quelques chômeurs noirs se prélassaient sur les bancs de petites places ombragées. C'était une beauté de ville où spectres et mortels se côtoyaient dans une curieuse allégresse. A partir de 45° à l'ombre, la paresse devient comme une légitime défense. « Rien n'est plus normal, mesdames, messieurs, dirait le guide; rien n'est plus normal. » Et, après le déjeuner plutôt frugal, les gens dorment. Un petit avant-goût de l'éternité leur est attribué tous les jours. Ne plus exister entre deux heures et cinq heures. Une manière de ne pas être.

Il en était de même dans le bordel. Celui-ci avait été reconstitué non loin de la ville respectable. Uniquement parce qu'il y avait une base militaire. Autrement, ç'aurait été le scandale, et les pétitions. Et le reste. Amener ici ces prostituées qui avaient causé la perte de tant de patriotes !... Horreur ! Mais il fallait s'incliner devant l'esprit de grandeur d'un pays qui n'abandonnait jamais ses alliés. Aucune de celles, aucun de ceux qui croient en lui. Jamais.

D'abord, elles avaient été parquées dans des bidonvilles, faits de tôle ondulée. Mais, parce que le sexe affaiblit l'homme, les braves militaires avaient, d'instinct, retrouvé le chemin menant vers ces dames. Et, alors, ils avaient tout fait pour avoir du confort. Au moins l'air conditionné. Parfois, des clients avaient aperçu une petite femme très triste, un peu dingue, n'est-ce pas ? A cause de sa petite taille, elle avait dû s'accrocher à ces grands Américains, et répéter avec son anglais cassé, son « broken english » : « S'il vous plaît ! J'attends mon Johnny... N'avez-vous pas vu mon Johnny ? Il est grand, plutôt blond, et il va m'épouser... »

Un jour plus chaud que d'habitude, le 13 août — « Que le ciel leur soit clément », avait dit un missionnaire, « l'âme cuit toute vive dans cette fournaise » — la sous-maîtresse s'était précipitée dans la chambre de Phuong et lui avait dit :

« Ça y est... C'est lui. Ton Johnny est là... Je le fais entrer ? »

Le bonheur avait foudroyé Phuong, mais, parce qu'elle était sûre qu'il allait revenir, elle s'était remise de ce choc, assez vite.

« Fais-le monter... »

Quelques minutes plus tard, Johnny était apparu dans la porte, en civil. C'était curieux, de le voir ainsi, le dieu officier, dévêtu, son pouvoir ôté, parce que c'est la paix et qu'il est chez lui. Plus gros aussi, et rubicond, et saturé de bière. Il avait serré Phuong — qui avait volé comme un oiseau contre sa poitrine — dans ses bras. Il avait une odeur de sueur rance, et Phuong s'était mise à regretter la salle d'eau de Saigon.

« Je savais que tu étais là.

— On s'en va maintenant ? avait demandé Phuong. J'ai ma valise faite. Je savais que tu allais venir. Je t'attends depuis deux ans... On se marie quand ? »

Johnny en avait eu une crampe dans les jambes; il avait été obligé de s'asseoir.

« C'est que je suis marié, mon oiseau...

— Depuis deux ans ?

— Depuis toujours... Si je suis venu aujourd'hui, ce n'est pas pour moi. Ni pour toi. C'est fini entre nous. On restera amis. Ma ville est à deux cents miles d'ici. J'ai su, il y a un an, qu'on vous avait amenées ici, près de la base militaire. Je te parle en ami, ma petite fleur. En copain... Veux-tu ? J'ai amené mon fils. On est venu par le train. Il attend à la gare... Ma femme est partie pour quelques jours chez sa mère; il fallait saisir l'occasion.

— Ton fils !... Tu as un fils ?

— Oui, mon oiseau... Et justement... »

Le visage de Phuong était immobile.

« Et justement ?

— Il faudrait le déniaiser... Timide, ce pauvre type... Pas comme son père... Tu n'avais pas à te plaindre de moi, n'est-ce pas ? Lui, il n'a jamais connu de femme. Alors, lorsque j'ai appris que tu étais là... j'ai pensé que c'était l'occasion à saisir... Je vais te l'amener ici, et je l'attendrai dans le bar, au coin de la rue... Pas de grand jeu... Du tout... Il ne faut pas l'habituer à des choses qu'il n'aura jamais sans guerre en Extrême-Orient, mais à l'amour à l'américaine. Rapide et pudique. Ne pas l'effaroucher surtout. Il est complexé, le pauvre...

— Dans combien de temps tu vas être là avec lui ? avait demandé Phuong. Pour que j'aie le temps de me préparer.

— Dans trois quarts d'heure.

— Parfait... Amène-le donc, amène ton fils.

— Tu es chic, Phuong, une chic fille ! »

L'air conditionné avait dû tomber en panne, parce que la sueur dégoulinait sur le corps frêle de Phuong. Mais, lorsqu'elle avait tourné le bouton de l'appareil, celui-ci s'était mis en marche avec une vigueur insoupçonnée. L'air devenait vraiment glacé. Phuong s'était mise à s'habiller. A se maquiller. Elle avait longuement cherché quelque chose, peut-être un rimmel noir, dans ses petites boîtes, imbriquées les unes dans les autres. Elle avait même retrouvé au fond de sa valise profonde, qu'elle n'avait jamais voulu déballer, son kimono avec le phénix brodé sur le dos, et avec les ailes du même oiseau dessinées sur les manches. Elle avait mis l'encens dans trois récipients différents... Ce n'était plus les Etats-Unis, mais Saigon qui attendait le jeune garçon timide.

Celui-ci était arrivé avec beaucoup de retard. Anéanti par la peur, tremblant. « Va donc », lui avait dit son père en lui tapant dans le dos. « Va. »

Il fallait aussi monter ces marches qui craquaient à chaque pas, apercevoir les visages asiatiques et les portes qui s'entrouvraient et qui se refermaient, être environné de regards mystérieux et d'odeurs de toutes sortes.

Et puis, entrer dans une pièce assez obscure, les volets à demi fermés, baignée dans une odeur d'église de jadis, trembler de terreur lorsqu'on aperçoit une femme couchée sur le lit, immobile, les yeux ouverts et le visage bleu, bleu, bleu comme un myosotis. Comprendre, beaucoup plus tard, qu'elle s'est empoisonnée avec une capsule de cyanure que papa lui avait donnée à Saigon... Se mettre à hurler, dévaler les marches. Sortir en criant dans le soleil qui vous arrache la peau; il est si puissant. Et savoir, même boutonneux, même maladroit, même candide... qu'on ne touchera jamais à une femme. Jamais... Parce que celle-ci, devenue bleue et immobile, apparaîtra toujours dans sa vie... Le hantera... Sans pitié aucune. La femme bleue de cyanure spécial, parce que plus foudroyant encore que l'autre, la femme bleue va rester sa maîtresse punitive pour toujours.

« Il ne faut pas courir comme ça dans cette chaleur », dit quelqu'un à ce garçon qui avance, haletant, les yeux exorbités... Il court. Il courra autant que l'autre a attendu. Le temps de l'éternité.

BRUITS

« YVETTE s'est mariée avec un jeune Allemand, ingénieur, je crois, oui, belle situation à Hambourg, famille plus qu'aisée... Riche. A partir d'une certaine catégorie, les Allemands sont tous riches... Mais si, elle va habiter là-bas... Non, non, elle ne va plus travailler... Qu'est-ce que tu voudrais qu'une secrétaire française fasse à Hambourg ? Bilingue ? Mais oui, bilingue, français-anglais... Alors, en Allemagne... Oui, je l'ai vu, le mari... Pas mal du tout. Dans le genre un peu sévère, mais grand, châtain clair. La couleur de ses yeux ? En tout cas, pas noirs... Avec des lunettes, c'est plus difficile à savoir... Je n'aurais quand même pas pu lui dire : « Monsieur, « ôtez vos lunettes, je suis d'une nature curieuse, et « je veux savoir si vos yeux sont bleus, gris ou verts... » Il paraît que ce sont de très bons maris, les Allemands, attentifs, avec un bouquet de fleurs chaque semaine, même deux, polis aussi, tu passeras toujours devant eux lorsqu'ils ouvrent une porte... Je trouve qu'Yvette a vraiment de la chance.

« Entre nous soit dit, elle n'est pas jolie, jolie; c'est-à-dire : elle est jolie par moments. Elle s'habille bien; à quoi veux-tu qu'elle dépense son salaire ?... Elle peut le faire; le contraire serait étonnant. Il veut, paraît-il, trois enfants... Non, je te dis : trois. Pourquoi trois ? Je n'en sais rien, moi. Et puis, elle va s'occuper de son intérieur... Une vie en or... Avec les week-ends... Et circuler au bord d'un lac en Mercedes ! Quel lac ? J'ai oublié son nom... C'est difficile à retenir, ces noms étrangers... Ils en ont des lacs, là-bas... Mais froids, très froids. Plus froids qu'Annecy, évidemment... Son pavillon à Yvette ? Elle le louera... et l'argent, c'est pour l'écureuil... »

Yvette avait surpris au bureau trois conversations téléphoniques de ce genre-là. Pour savoir ce qu'on pensait d'elle, il lui avait suffi d'arriver un peu plus tard, d'aller se refaire une petite beauté. Et de revenir plus tôt que prévu. Les filles étaient jalouses. Il y avait de quoi ! Yvette allait s'envoler et briser la cage de la vie quotidienne. Elle allait avoir un autre pays, une autre langue, et d'autres habitudes. C'était comme renaître, et recommencer à zéro.

Mais le plus important, c'était ce garçon auprès d'elle, dans son lit. Encore une semaine ici, dans le pavillon, et, après, ce serait le départ pour Hambourg. « Une ville assez éventée, Liebling », avait dit Hans.

Dormait-il ?

« Tu ne dors pas ? »

Elle s'était penchée sur lui, et l'autre, le visage si nu sans lunettes, avait répondu avec son accent qui ne cessait de provoquer en elle de délicieux frissons :

« Non, je ne dors pas; il y a des bruits, trop de bruits...

— Des bruits ? »

Elle s'était assise et le vieux lit aux ressorts peut-être rouillés avait aussitôt émis plusieurs sons différents, comme si, tous les deux, ils avaient été allongés sur une cithare désaccordée.

Les bruits variaient selon les positions qu'ils prenaient : ils s'asseyaient sur une cithare, ils se retournaient sur un vieux piano et, lorsqu'ils faisaient l'amour, le lit devenait comme un chantier déserté où un seul type resté par hasard aurait tapé sur une barre de fer. Selon le rythme de la respiration de Hans, l'ouvrier fantomatique tapait de plus en plus rapidement.

« Le lit ? Tu l'entends quand même... »

Hans était irrité et son accent avait pris un relief agressif. Il semblait faire partie de la distribution classique d'un des innombrables films français sur la Résistance dans lesquels, le plus souvent, le vilain officier allemand est joué par le même acteur, importé directement d'Allemagne mais parlant bien le français; et ce vilain officier aurait dit en gros plan : « J'entends tes pruits. Derroristes, derroristes...

— Je ne les entends plus, avait dit Yvette. C'est le lit de mon enfance. Ma tante, qui m'a élevée, m'a couchée dans ce lit quand j'avais quatre ans, et je m'y retrouve à vingt-quatre avec toi... »

Elle avait mis sa main droite sur la poitrine lisse de son jeune mari. Si sensible.

« Il faudrait brûler ce pavillon », avait dit Hans. Et, clément, il avait ajouté :

« Pour en rebâtir un neuf. »

La main d'Yvette descendait lentement vers le nombril de Hans; elle allait, cette main, continuer son trajet vers la zone de légère broussaille, puis vers ce joli sexe tout neuf, tout allemand, tout beau.

Pac, pac, pac, pacpacpac... pac... pacpac...

« Tu entends ? »

Hans s'énervait de plus en plus.

« C'est le lavabo au premier... avait dit Yvette dont l'intérieur des cuisses devenait chaud de désir. Ce n'est rien. »

Sa main était arrivée, délicatement, vers le sexe, pour l'instant peu enclin à la collaboration, de Hans.

Pac... Pac... et aussitôt un immense grrr-ou-rr... C'était le gargouillement des tuyaux, parce que ce qu'elle appelait « le dingue » des canalisations, lesquelles dataient de 1925, était en train de frapper avec sa vieille casserole sur les conduites d'eau engorgées !

Hans avait écarté la main d'Yvette.

« Ça va aller mieux chez nous à Hambourg... Tu vas avoir une surprise ! Ma mère a fait meubler l'appartement par le décorateur le plus à la mode. »

Yvette avait pensé que le nianh, nianh du lit et le pac du lavabo du premier n'auraient pas arrêté l'élan éventuel d'un mari français. Mais, choquée par son racisme en éveil soudain, elle avait écarté de son esprit toute comparaison.

Il y avait eu comme une accalmie. Hans était resté immobile par prudence et Yvette par délicatesse. Ils n'étaient plus loin maintenant de l'agréable fuite dans le sommeil lorsque, quelque part au-dessus d'eux, un klap klap klap klap agressif s'était manifesté.

« C'est quoi encore ?

— Rien, mon amour... »

Klap, klap, klapklapklap.

« Comment rien ? »

Klap.

« Il faudrait un jour faire réviser le toit. Les crochets de certaines ardoises sont rouillés ou cassés. Les ardoises bougent, lorsqu'il y a un coup de vent. Ce système est plus efficace qu'une grenouille dans un bocal. Grâce aux ardoises, je sais tout de suite que le temps va changer. Il suffit d'une brise... »

Klap, klap, klap...

Hans avait grommelé quelque chose dans sa langue maternelle. Peut-être un gros mot.

Yvette s'était levée et, emmitouflée dans son peignoir, elle s'était dirigée vers la porte.

« Où vas-tu ?

— Au jardin... »

« Jardin ? avait-il pensé. A peine la place pour deux arbres, quelques buissons et les crottes du chien.

Heureusement crevé de vieillesse, il y a quelques jours. Jardin ? Même pas la place pour faire bâtir un garage. Laisser la Mercedes dehors !... Heureusement, c'est juste pour quelques jours. » Après le mariage, il aurait voulu amener Yvette à l'hôtel pour y vivre jusqu'à leur départ. Mais elle avait tenu à passer cette semaine de lune de miel officielle dans cette vieille baraque. « Jolie petite femme, Yvette ! Il faut l'habituer à un certain ordre... En tout cas, elle est différente des Allemandes robustes. Et c'est un avantage. Fine, brune, pétillante, elle rit et elle pleure... On ne sait jamais tout à fait pourquoi... Ces Latins. »

Le père de Hans, en évoquant la guerre, avait raconté quelques-unes de ses aventures à son fils : « Lorsque j'occupais Paris, j'ai eu des petites Françaises... En pagaille... Elles sont assez bizarres, mais ça vaut la peine de s'y attaquer... Les hanches fines, tu comprends, mon petit gars, de petits seins, pas comme ta mère qui est une sainte femme, mais quelle poitrine !... Ach ! Paris, Paris... »

Lorsqu'on avait proposé à Hans ce stage à Paris, il avait aussitôt accepté le poste. « Ach ! Paris, Paris... » De même, à la nouvelle de sa promotion, toute une génération de vieux guerriers avait gémi autour de lui : « Ach ! Paris, Paris, et les petites femmes »...

Alors, quoi ! Méprisant un peu ces hableurs, ces éclopés, avec un grand rire moqueur étouffé en lui, il était venu en France, sans uniforme. Et il avait eu, pour de bon, sa petite Française. « Les vieux vont en baver de jalousie », avait-il pensé.

La fine pluie allait tomber sur la banlieue. Yvette contemplait songeuse son jardin, le jardin minuscule, juste suffisant pour y faire pousser quelques salades, des ciboulettes et du cerfeuil. C'est dans ce jardin qu'elle avait fait enterrer son vieux boxer qui, la peau pelée d'eczéma, l'avait vue grandir. « Ce chien a un cœur d'or », répétait la tante, laquelle avait sauvé Yvette de l'Assistance publique. Après la mort de cette femme douce comme une mie de pain, Yvette avait gardé le pavillon. Evidemment, elle aurait pu le remettre à neuf; elle le ferait un jour; elle avait l'argent à la banque, le fruit de cinq ans d'économies, ajouté à l'argent venu de la tante elle-même. Mais toucher au pavillon lui aurait fendu le cœur; elle avait été élevée dans les bruits familiers de la bâtisse.

Quant à la chaudière à gaz au sous-sol, un employé de l'E.D.F. l'avait révisée chaque année. « Ce n'est que de la ferraille, ma petite dame. C'est même dangereux. » Lors du dernier hiver passé avec la tante, l'une d'elles devait descendre au sous-sol deux fois par jour et donner un coup de pied à la chaudière pour l'inciter à mieux marcher. « Elle a quarante ans, la chaudière, avait dit la tante. L'année prochaine, on la changera. »

Elle était morte avant. Bien sûr, il aurait fallu aussi vider la vieille cuisine comme l'intérieur d'un poulet et tout remplacer par du neuf. L'évier ne marchait qu'à l'aide de la pompe en caoutchouc; l'eau dégoûtée de son trajet encombré y stagnait toujours dans une encoignure.

Selon les histoires que racontait sa tante, l'oncle avait eu quelques déboires avec les Allemands : « Ils sont même venus pour fouiller le pavillon. »

Yvette avait été élevée dans la peur de l'ennemi de jadis... « J'ai dévisagé le Boche, je l'ai bien regardé dans les yeux et je lui ai dit : « Faut pas exagérer, « monsieur. Ici, je suis chez moi. ... »

Et l'oncle avait raconté encore l'histoire du pistolet caché, justement, derrière la fidèle chaudière.

Alors, le jour où Yvette avait connu Hans, son cœur s'était mis à battre très vite; elle avait été envahie par une délicieuse terreur; les histoires d'antan et les désirs d'aujourd'hui s'étaient confondus dans son esprit; elle avait laissé inonder son subconscient d'un doux mélange : « Hans, jeune... Non, pas officier; ingénieur, s'il vous plaît. Hans occupant ? Non, en stage. Coucher avec Hans et, aussitôt après, le crâne rasé ? Du tout, fleur d'oranger, ma chère, une couronne de fleurs d'oranger. Tout le monde me méprisera ? Avoir une liaison avec un Allemand ! Qu'est-ce qu'on va vous envier, ma chère, un Allemand ! Vous allez vivre dans un pays riche... Si tout le monde perdait la guerre comme eux ! Bref, savez-vous que le vison le plus beau se trouve en Allemagne ? Pourquoi ? Attendez, que je réfléchisse : ah ! oui, von Braun, c'est la lune... Alors, l'élevage des visons, c'est quelqu'un d'autre... Vous comprenez, même lorsqu'ils font un métier paisible, même là, ils sont les plus forts. »

Le mariage avait eu lieu aussitôt après la mort de la tante, donc dans la plus stricte intimité, seulement en présence des parents de Hans, des gens charmants. La belle-mère était vêtue d'un manteau de fourrure somptueux et portait autour du cou un collier en or flexible. Elle l'avait ôté et elle avait montré à Yvette que ce collier en or ressemblait à un ruban épais et qu'on pouvait le nouer... « Vous en aurez un aussi, ma petite, avait dit la belle-mère, vous en aurez un après le premier garçon ».

Hans était gentil parce qu'il avait traduit : « Le premier bébé »... Le beau-père avait jeté des coups d'œil nostalgiques sur la petite Française. Son fils, le veinard, l'avait eue, cette petite, sans avoir eu à risquer sa peau sur un front quelconque ! Et soudain, il ne savait plus du tout s'il avait parlé vraiment beaucoup de ces petites Parisiennes à Hans, et s'il avait lui-même inculqué dans l'âme de Hans le désir de cette victoire tardive.

Yvette ne savait pas non plus si l'envie épidermique si péremptoire pour son Allemand n'était pas née de toutes ces histoires d'interdits qu'elle avait entendues de son oncle. Si ce désir éperdu et ce plaisir un peu camouflé n'étaient pas l'épilogue d'une longue épopée qu'elle aurait vécue par personne interposée.

Sans qu'eux deux en aient eu conscience, ce mariage était devenu en quelque sorte un règlement, un arrangement final entre les uns qui avaient voulu conquérir, et les autres pour qui le centimètre carré de leur peau devait être estimé très cher.

« Nous, nous ne nous occupons pas du passé », avaient-ils déclaré de concert. Pourquoi donc, à cette seconde même, le visage de l'acteur qui avait l'habitude de jouer le méchant officier allemand était-il apparu dans l'imagination d'Yvette ? Et pourquoi lui, Hans, avait-il dû menacer cette petite Française avec son revolver, plus tard déposé auprès de lui, par terre — il n'avait qu'à tendre le bras; allongé sur le lit, il pouvait le saisir — pour qu'elle couche avec lui, obéissante ? Pourquoi tant de phantasmes ? Ce n'était rien. Seulement les bruits de l'âme... Les bruits dont on a hérité... Tous les deux.

Les jours suivants, Hans entêté comme un mulet avait empêché Yvette d'emballer un objet quelconque du pavillon.

« Tu peux toujours revenir et prendre ce que tu veux, après... Mais l'endroit où nous vivrons va être si différent que tes affaires y seraient forcément dépaysées. »

Surtout, il fallait éviter les tableaux de l'oncle, un charmant fabricant de croûtes, un peintre du dimanche dont les verts épinards hurlaient et où des maisons rougeâtres aux toits de chaume avaient glacé Hans.

Le pavillon n'avait pas été loué, Yvette avait décidé de laisser la clef chez le voisin. « Prenez pour vous les salades et les fines herbes. Tout à fait au bord, j'ai aussi des romaines, ne les oubliez pas... Et, si vous pouviez mettre de temps à autre un peu de nourriture pour Salaud, merci. Je vous laisse de l'argent... Mais si, mais si, tout coûte cher. »

Salaud était un chat vagabond, noir comme une nuit au Maroc, avec un triangle blanc sur la poitrine et une impertinente élégance dans la démarche. Yvette l'avait appelé Salaud, parce que c'était un chat qui venait juste pour manger, et qui repartait et revenait sans reconnaissance aucune; il ne se donnait même pas la peine de faire le dos rond ni d'esquisser quelques ronronnements d'usage. Rien.

L'avion avait atterri à Hambourg à la fin d'une matinée de printemps tiède. La mère de Hans les avait attendus.

« Ma chérie, avait dit Mme Fruchthaus, ma chérie ». C'est-à-dire : « Meine Liebe, meine Liebe. »

Elle les avait conduits elle-même dans sa grosse voiture vers la ville.

« Ne va pas trop vite, maman », avait dit Hans d'abord en allemand et, après, il avait fait la traduction à Yvette : « J'ai dit à ma mère qu'elle ne devait pas aller trop vite. » C'était un peu fatigant de traduire sans cesse et de répéter les mêmes phrases qui semblaient toujours plus bêtes, sinon plus maladroites, pour la deuxième fois, parce que amputées d'un fragment, par paresse.

« C'est là, avait dit Hans en désignant une masse grise qui s'élevait bien au-dessus de Hambourg et de ses maisons si jolies, parfois même légèrement colorées pour qu'elles paraissent plus gaies. C'était infiniment plus haut que le plus haut des immeubles.

— Mais c'est une vraie tour ! » s'était exclamée Yvette.

Son mari allemand avait dit aussitôt quelque chose à sa mère. Ils s'étaient mis à rire.

« Nous en avons aussi, des tours, avait lancé Yvette, et elle s'était tassée sur le siège de la voiture; il n'y avait pas de quoi être fière de ces tours !

— Maman va nous déposer devant, avait expliqué Hans; mais elle est très discrète. Elle ne monte pas, elle veut que tu apprécies à ton aise la grande surprise... Alors, ma chérie, la belle vie commence... »

C'était vraiment formidable, cette prise en charge par des gens adorables et si modernes. Hambourg, quelle ville fantastique ! Une ville verte ! « La plus verte en Allemagne », avait entendu Yvette. Dans ce soleil pâle et aimable, le fleuve qui traversait la ville étincelait, et partout, comme des papillons, les voiliers glissaient sur la surface limpide avec des sportifs heureux qui les menaient de main de maître.

Yvette avait la certitude qu'elle allait être très heureuse ici. Une beauté de ville et, avait traduit Hans, avec « des passages pour piétons partout; tu peux, ma chérie, aller au centre à pied; tu ne verras pas de voitures... »

Ayant suivi d'innombrables routes signalisées à merveille, montant et descendant au long des rubans enchevêtrés de ce fantastique réseau, ils étaient arrivés, comme par enchantement, devant la Tour.

La belle-mère était descendue de la voiture. Elle était élégante et sûre d'elle-même, et son bracelet chargé de breloques tintait, un vrai carillon. « C'était très à la mode,. il y a quelques années », avait-elle dit à Yvette dont l'intérêt porté à l'objet ne lui avait pas échappé. « J'ai même Marie-Thérèse là », et elle avait montré sur le bracelet une grosse pièce d'or représentant une dame dont la poitrine débordait. Marie-Thérèse était accrochée entre un poisson en or, articulé admirablement, avec les yeux en émail bleu, et une Sainte Vierge, les mains jointes, dans une attitude d'extrême piété.

« Au fur et à mesure des années, maman a collectionné ces bibelots en or, avait expliqué Hans. C'est joli, n'est-ce pas ?

— Ravissant... » avait-elle dit, ravie de découvrir quelque chose qui ressemblait à une envie.

Un immense coup de vent avait soulevé la jupe d'Yvette; elle l'avait rabattue de justesse sur ses jambes élancées. « Marilyn Monroe sur la bouche d'air », avait-elle pensé avec un certain bonheur. Hans lui avait fait un petit clin d'œil complice. « Tu vas voir, en haut, toi et moi... »

Quel bonheur d'être jeune mariée et de vivre dorénavant avec un homme qui allait prendre soin d'elle !

La belle-mère partie, ils étaient entrés dans le hall. Yvette avait découvert avec un étonnement immense les boys jaunes et petits de taille qui étaient accourus vers eux et, tandis qu'ils attrapaient les valises pour les transporter, susurraient des mots allemands.

« Qui sont ces jaunes ?

— Des Philippins, avait dit Hans. Nous en avons beaucoup en Allemagne. Peut-être remplaceront-ils un jour les Turcs. »

Dans le hall, derrière un bureau, une très grande femme, très blonde, était en train de téléphoner.

« C'est à la fois l'hôtesse et la gardienne... Viens. »

Il avait dû dire son nom et presque présenter sa femme. La blonde portait un uniforme, avait les yeux froids, une grande bouche, une belle bouche hurlante d'un rouge à lèvres carmin, les cils recourbés vers le haut, comme peints un à un et presque amidonnés ou durcis — qui sait comment ? —, les cheveux platinés, une poitrine opulente et une agressivité latente prononcée et insaisissable pourtant. Hans avait visiblement éprouvé du plaisir à bavarder avec cette jeune femme.

Un jour, l'oncle avait longuement parlé des kapos. Il n'avait pas hésité à raconter d'horribles détails devant la fillette aux yeux écarquillés ! Faudrait-il cacher les souvenirs de guerre aux enfants ? Où est la vérité, je me le demande, où est la vérité dans ce monde où le non-savoir est une tare, l'oubli une forme de lâcheté, et l'éternelle évocation des horreurs, du vice ? « Le pardon, vous dites : pardon ? Vous déraillez donc ? Ces gens, qu'ils crèvent ! L'horreur, je la sens encore sur ma peau. Ma petite Yvette, tu t'imagines livrée à un kapo ? »

« Par ici, madame... »

Ce n'était pas du tout un cachot, mais un ascenseur somptueux qui les avait happés.

« Voilà tes clefs, mon amour », avait dit Hans, et il avait tendu ostensiblement le trousseau à Yvette.

L'hôtesse regardait devant elle; elle avait vraiment un joli uniforme. Et l'oncle, un soir avant qu'elle s'endorme, lui avait raconté en guise de conte de fées : « Il suffisait que l'une d'elles lève le regard sur vous, et c'était la terreur... »

« Je m'appelle Helga, gnädige Frau, avait dit l'hôtesse. Si vous avez besoin de quelque chose, vous n'avez qu'à m'appeler; vous faites le zéro sur le cadran du téléphone et, après, le 3.

— Ma femme est française... »

« Voilà, avait pensé Helga, je comprends maintenant ses jambes en allumettes, sa poitrine plate, et cet air de chat égaré. « Elles sont toutes des putes, avait dit un jour le père d'Helga. Des putes avec des machines à calculer à la place du cerveau. »

« Enchantée, madame. J'espère que mon français va être suffisant pour me faire comprendre. »

Une voix lointaine avait susurré à Yvette : « Le kapo parle bien le français. »

« Vous parlez très bien, mademoiselle... »

« Mais oui, avait prononcé le père d'Helga, et, avec ça, elles sont serviles, toutes. A cause de la peur ou pour de l'argent, elles marchent. Des putes, quoi ! »

« Toujours à votre service, madame Fruchtenhaus. »

Un Philippin rayonnant de gaieté les attendait déjà devant une porte élégante, une des portes de ce couloir ouaté par un tapis épais et éclairé par des candélabres en bronze. Le vrai luxe. Tout cela était cossu et avait peut-être coûté plus cher que la rénovation de Versailles.

Les murs recouverts de faux cuir — ou vrai ? — et le plafond aussi, tapissé. Incroyable !

« Voilà, je vous laisse... »

La porte était maintenant entrouverte. Le Philippin, plus rigolard que jamais, avait franchi le seuil avec les trois valises et puis il était reparti. Sans attendre un pourboire.

« J'aimerais que tu me portes, avait dit Yvette, soudain émue. Ça doit se faire dans tous les pays...

— Voilà, trésor... »

Hans l'avait soulevée, elle, sa ravissante, sa conquête, sa prisonnière... Ach ! Quelle dérision, des mots comme ça qui vous passent dans l'esprit ! Papa m'a vraiment bourré le crâne.

« Regarde ! »

Il avait déposé Yvette au milieu d'un living-room dont la somptuosité avait coupé le souffle d'Yvette. Dans l'immense pièce, la moquette de haute laine qui reproduisait un dessin antique, peut-être même une mosaïque, hésitait entre le marron et le vert; l'étendue sous les pieds allait donc changer d'aspect selon les heures, marron lorsque le ciel est couvert, et vert en cas de soleil... Les murs habillés, eux aussi, en cuir de couleur châtain, étaient égayés ici et là par des tableaux ultra-modernes. Le plus original représentait trois ronds, trois cercles imbriqués les uns dans les autres, un peu comme des anneaux chinois, en rouge sur un fond gris, et, comble de raffinement, trois triangles, eux aussi bras dessus bras dessous, se superposaient sur les cercles, mais les triangles étaient d'un bleu si pâle que d'abord, en les voyant, on pouvait aisément imaginer un trouble oculaire, ou un phénomène d'occultisme.

« Merde !

— Tu dis, mon amour ? »

Yvette était recroquevillée de douleur. Elle venait de se cogner le mollet droit contre l'angle impitoyable d'une table basse en verre, coupante comme une guillotine qui entamerait la victime par la partie inférieure du corps.

Le collant d'Yvette était en train de filer et, d'une écorchure, suintaient déjà quelques gouttes de sang.

« Ce n'est rien, mon chéri », avait-elle dit, pâle, et Hans avait trouvé naturel que cela ne soit rien.

Le living-room était meublé de fauteuils et d'un canapé bas en peluche. Avez-vous déjà essayé de vous asseoir sur un caniche ? Non ? Allez-y alors. Cruel !

« C'est en quoi ?

— Un tissu qui est une nouveauté révolutionnaire. Tu peux y renverser ton café, y jeter une bouteille d'encre, ton chien peut s'y oublier...

— Je n'ai plus de chien, avait dit Yvette... Mais, si je renverse l'encre, qu'est-ce qui arrive ?

— Ça se lave admirablement, avait dit Hans, heureux, avec quelques éclats de joie sur le verre de ses lunettes. Il ne restera aucune tache.

— Formidable... Et quelle vue ! »

Yvette s'était approchée d'une des vitres orientées vers le sud. En bas, très loin, des voitures, minuscules comme des jouets, circulaient. Les arbres étaient tout petits...

« Ça s'ouvre comment ? »

Hans avait saisi une poignée et il l'avait tirée; une des fenêtres s'était entrouverte, l'ouverture ne dépassait pas la largeur d'une main.

« On ne peut pas l'ouvrir davantage ?

— Non, Liebling. Nous sommes au vingt-deuxième étage... Mais tu as l'air conditionné... Voilà... Fais maintenant le tour de ton royaume... Je te laisse... A ce soir ! Exceptionnellement nous dînerons au restaurant. Et, après, je t'apprendrai à faire des courses. Je te montrerai les bons endroits... Ici c'est notre chambre... »

Lorsque Yvette avait voulu faire glisser sa main sur l'immense couverture de fourrure qui couvrait le lit, un violent zic-vric l'avait fait reculer.

« Que tu es électrique, mon amour ! avait dit Hans, amusé. La couverture est une imitation de fourrure; elle est en matière synthétique... Viens; ici, ça va être la chambre de bébé... »

La porte venait de s'ouvrir sur une grande pièce entièrement tapissée en simili-cuir blanc.

« Lavable, trésor, tout est lavable. »

Il y avait déjà un berceau en bois laqué blanc et, à côté, une petite salle de bain dont les carreaux de faïence reproduisaient le visage des sept nains de Blanche-Neige...

« Je ne suis même pas enceinte.

— Ça ne saurait tarder. »

Hans l'avait embrassée sur la bouche. C'était un long baiser. La langue de Hans explorait sa bouche. Enfin, elle retrouvait son homme. Ici, le sol était recouvert de haute laine blanche, et une table à langer avec les pieds chromés évoquait l'idée d'une table préparée pour un chirurgien. « Ils faisaient même des expériences sur des prisonniers, de vrais fous. »

Elle avait repoussé gentiment Hans.

« Pas maintenant. »

« Tu peux les culbuter où tu veux, avait raconté le père de Hans. Je l'ai eue, ma toute première, sous une porte cochère. Elle avait voulu circuler après le couvre-feu. Alors, tu penses... elle ne demandait qu'à relever sa jupe et à se pencher... Ça ou pang ! pang ! » Et père avait imité le geste de quelqu'un qui tire avec un revolver.

Au bout du quatrième jour, lorsque Hans avait pris Yvette dans ses bras, d'une manière assez inattendue, et cavalière aussi, parce qu'il lui avait, gentiment c'est vrai, mais quand même, dirigé la tête vers son sexe — il adorait cette petite tête, aux cheveux assez courts et même drus, à la naissance de ses cuisses; il adorait lorsqu'elle prenait son sexe dans la bouche; « c'est la spécialité nationale, mon petit gars » — Yvette avait regardé ce beau sexe dans la demi-obscurité et avait dit, en se dégageant :

« Il y a trop de bruits... »

Elle avait repris sa place. Sa tête se trouvait maintenant à la hauteur de la tête de Hans, froissé soudain, avec son sexe frustré et sensible au froid.

« Quels bruits ?

— Des bruits... »

Elle avait désigné une série de fentes métalliques dans un encadrement chromé au-dessus de la porte de la salle de bain.

« La grande bouche souffle sans cesse...

— La grande quoi ?

— Mais là, en haut...

— Tu parles de l'air conditionné ?

— Oui. Pour moi, c'est une grande bouche. Elle souffle; c'est de l'air chaud ou de l'air froid. Mais on ne peut pas l'arrêter. Et ça ne s'arrête jamais...

— Evidemment, avait dit Hans, et il avait eu pour son sexe évanoui un geste compatissant. Chez nous, il n'y a pas de panne...

— Ça souffle... et puis...

— Et puis ? »

Elle avait hésité et, d'un geste impatient, elle avait repoussé la main de Hans, qui venait sur son corps avec la sécurité et l'aisance d'un vacancier qui retrouve chaque année la même villa louée.

« Tu entends ? »

Un ronronnement venait de se déclencher; un moteur au bruit soyeux, mais persistant, transmettait une curieuse vibration à l'air environnant.

« C'est le petit réfrigérateur du bas, celui qui est encastré dans le mur du living-room. »

« Aaah... » Un grand souffle, une espèce d'agonie arrêtée à la dernière seconde de la vie, avant l'ultime expiation, quelque chose venait de reprendre haleine.

« C'est l'air chaud », avait dit Hans.

Le géant enfin soulagé soufflait donc.

« Et puis, avait dit l'oncle, la torture de la baignoire. »

« La bouche souffle en haletant, avait dit Yvette... Comme quelqu'un dont on aurait juste lâché la gorge, et qui peut de nouveau respirer...

— Si tu avais, trésor, autant d'imagination en amour », avait dit Hans, et soudain, il s'était allongé sur elle de tout son poids, de toute sa longueur.

« Parfois, dans une cellule si étroite qu'on ne pouvait ni s'asseoir ni se lever, une boîte atroce, un cercueil debout. »

Le plaisir était là quand même. Le souffle de Hans sentait encore l'odeur de la pâte dentifrice. Yvette s'était laissé labourer, traverser, broyer un peu, une sorte de viol à la bourgeoise.

« Et la salope, avait dit jadis le père de Hans dans un moment de confidence baigné dans la bière, tu sais ce qu'elle a fait, la salope, pour résister... Eh bien, mon vieux, elle s'est évanouie, tout simplement. Etre sur une femme inerte, tu m'en donnerais des nouvelles ! Enfin, la guerre, c'est la guerre... »

Hans avait dit plus tard, un peu méchamment, uniquement parce qu'elle avait été si peu coopérante :

« Il faudrait commencer à apprendre l'allemand... Je ne peux pas passer ma vie à traduire...

— Oh ! oui, Hans. Oh ! oui... »

Etait-ce cette nuit ou une autre, en tout cas une de celles qui semblaient si interminables, qu'elle avait entendu pour la première fois le gémissement timide, un sanglot lointain qui arrivait vers elle avec une ténacité humble, un « niou, niou, niou » pleurnichard, presque agaçant ?

Elle s'était levée, cette nuit-là et les nuits suivantes aussi, pour chercher la source du « niou, niou, niou » qui parfois devenait « ïou, ïou, ïou ». Quel barbare avait donc enfermé un petit chat dans un placard subtilement déguisé derrière une moulure moderne ? Quel tyran avait condamné une âme à errer dans ce palais magique aux gadgets fabuleux ? Qui subissait, enfermé à perpétuité, des sévices monstrueux ? Qui pleure ? S'il vous plaît, je vous en prie, bitte schön, dites-moi qui pleure ?

Elle passait ses nuits à chercher dans l'appartement. Elle avait ouvert et rouvert les étonnants élements de cuisine, où, parfois, le moulin à café électronique — mais oui, vous ne saviez pas que ça existait déjà ? — se mettait à moudre à vide, uniquement parce qu'elle avait passé la main devant l'œil ultra sensible qui ordonnait au moteur de se mettre en marche... Elle avait même ressorti d'une cachette l'ouvre-boîtes supersonique qui gardait encore, entre ses dents d'acier, une boîte de thon à moitié ouverte; Yvette avait dû mal appliquer la boîte; l'appareil enrayé s'était pratiquement cassé les dents sur cette maladresse à ce point primaire qu'elle n'était pas prévue dans le mécanisme impeccable pourtant réputé. Le thon avait vraiment une mauvaise odeur. Mais comment avouer cela à Hans, si apte à inventer des représailles ? Gentiment, évidemment. En farce.

Le printemps même était venteux et pluvieux. Que voulez-vous ? Hambourg est au bord de la mer... Le port... mais quels restaurants ! Et dans certains, qui ne paient pas de mine, vous mangerez de ces fruits de mer...

Il avait plu aussi beaucoup. Et cette nuit-là, parce qu'il y avait eu une pluie assez violente — ce qu'Yvette savait par la télévision, parce que l'appartement était à l'abri des intempéries — cette nuit-là, le « niou, niou, niou » était devenu très présent, tout proche.

« Ils torturaient, mais oui, même des femmes, ma petite, si tu savais... »

Ach, Gott ! Pourquoi savoir ?

« Niou, niou, niou. »

Vers trois heures, dans la nuit, un hou-ou-ou-ou s'était greffé sur le « niou ».

Elle était là, debout, à côté du lit. Le chaud liquide de Hans venait juste de lui mouiller l'intérieur des cuisses... Il lui avait fait l'amour une heure avant, et elle n'avait pas voulu encore se lever.

Elle s'était dirigée vers les fenêtres panoramiques et elle avait ouvert l'une d'elles, au moins les six centimètres d'ouverture... Elle avait pu glisser sa main dehors; sa main devenue indépendante et libre avait reçu la pluie et le vent. Et soudain Yvette avait compris. Saisie, subjuguée, fascinée, collée contre les vitres, avec sa seule main dehors, elle avait compris que c'était le vent et la pluie qui mouraient sur le monstre d'acier pointé vers le ciel. Le vent et la pluie se cognaient contre l'acier, qui, en même temps, se tendait et se détendait selon la chaleur ou l'air plus froid. Toute une tour subissait les jérémiades de la matière dans son ultime lutte avec la nature. Les cris plaintifs du vent se mouraient contre la masse en béton. Et la pluie geignait, timide, châtrée, finie; à peine mouillée, cette pluie qui n'avait plus la force d'entamer le monstre... La pluie s'effilochait dans une lamentation proche de la fin.

Prise de panique, les jambes tremblantes, elle était

allée vers la salle de bain; elle avait voulu faire fonctionner le bidet en marbre couleur saumon; elle l'avait ouvert, mais, oubliant la perfection du système, elle avait reçu en pleine figure le fulgurant jet d'eau.

Elle s'était mise à rire et à pleurer. Lorsqu'elle s'était regardée dans la glace au-dessus du lavabo, celle-ci s'était aussitôt éclairée d'une lumière rose. Rose était donc la petite femme aux cheveux mouillés et aux cuisses collantes, rose et délabrée, et terrorisée. Et déjà en fuite. Au secours !...

« Et ne me fais plus de « radadouille »... avait dit Hans en guise d'adieu, le lendemain. Téléphone à maman, elle te donnera des conseils culinaires. Je rentrerai vers seize heures trente, trésor. Prépare le dîner avant; on pourrait alors sortir et marcher un peu... Je t'aime. »

« L'officier allemand avait claqué les talons... pardon, non, ce n'est pas ça, mon mari allemand venait de m'embrasser. Le dîner très tôt ! Pas de ratatouille. Il avait dit : radadouille... Au secours !... »

A peine Hans parti, Yvette s'était mise à faire ses valises. Elle s'était cognée à nouveau contre la table en verre. « Aïe » en plein dans le tibia ! Intolérable douleur, j'avoue tout ! « Vous savez, résister quand ils vous entament... » Maudits soient ceux qui contaminent une génération... Aïe, mon doigt ! La porte de la penderie dans l'entrée, la porte à ressort venait de se refermer sur sa main droite; ce n'était pas grave, juste un peu serré, quoi !... Les deux valises étaient très lourdes; il fallait faire le zéro et le kapo-capitaine, que diable ! Non, l'hôtesse avait dit :

« A votre service, gnädige Frau.

— Envoyez-moi un boy, please; non, s'il vous plaît, bitte schön...

— Oui, madame... »

Le boy était arrivé cinq minutes plus tard, hilare,

petit, jaune, aimable, rapide, gargouillant des mots, une langue incompréhensible.

Se faire comprendre par gestes : les valises, en bas... Taxi... Taxi... Il fallait encore sortir de l'immeuble; l'hôtesse allait la voir; elle lui dirait : « Je vais porter mes valises chez ma belle-mère »... Allait-elle la laisser passer ?

« Et il y avait des évasions, ma chérie. »

« Vous partez, madame Fruchthaus ?

— Je porte mes valises chez ma belle-mère... Je reviens dans une heure et demie. »

Pourquoi se justifier ? Alors, elle avait ajouté : « Si jamais mon mari me cherchait, vous dites que je suis chez sa maman... »

L'immense rire muet du petit jaune. Colonisé. Les nouvelles colonies. Chez eux. Chez nous. Deutschmark. Et alors, ils ont réussi. Non ?

Dix marks au Philippin rigolard. Mais Dieu ! c'est que son regard est noir et grave. Dieu ! ses yeux ne rient pas...

Elle avait indiqué au taxi l'adresse de sa belle-mère. Et c'est lorsqu'ils étaient déjà éloignés de la tour, qu'elle avait corrigé difficilement : « A l'aéroport, s'il vous plaît. Et vite... »

Quarante minutes de trajet. Il y avait un avion à treize heures. Heureusement, ce ne sont pas les porteurs qui manquent.

« Suivez-moi, je n'ai pas de billet... »

Et au guichet : « Pour Paris, avec le vol de treize heures... S'il vous plaît... Voilà... Merci, merci, merci... »

Les bruits du monde extérieur commençaient à arriver vers elle. L'appartement avait été insonorisé, et il n'y avait que des bruits provoqués par des objets qui servaient au confort. Et au bonheur. N'est-ce pas ?

Les valises enregistrées et le contrôle passé, elle

s'était retrouvée dans une petite cafétéria. Saucisses chaudes et bière pour égayer l'attente. « Mais oui, madame, vous entendrez l'appel... Dans quelques minutes... »

« Une bande de cons ! s'était exclamé quelqu'un... N'empêche ! chez nous, si on savait travailler comme ici. »

« Des Français ! » s'était-elle dit avec une folle tendresse.

« Et si tu veux en baiser une, tu dois lui faire la cour pendant six mois, et offrir des bouquets de fleurs... Ce n'est pas une affaire, ici. L'amour avec une Gretchen, ça te prendra un temps fou... »

« Des Français ! »

Oh ! ce vertige de terreur et de délices. Ce tourment, cette idée obsessionnelle de la fuite, ce désir d'évasion. Enfin, l'aventure, la folle aventure des années quarante était présente...

« Lorsqu'ils ont massacré les otages à... Attends, ma petite chérie, je te le dis tout de suite... C'était exactement en... »

La voix céleste et pourtant légèrement enrhumée d'une hôtesse venait d'annoncer le vol vers Paris.

« Les barbelés, ma petite... les mitraillettes... »

« Nous atteindrons Paris en une heure et quarante minutes », avait dit l'hôtesse dans l'avion.

A ce moment précis, Yvette s'était mise à pleurer comme jamais de sa vie. A la fois de soulagement. Et de tristesse.

LE FLEUVE

GENEVIÈVE se regardait dans la glace tenue par deux anges joufflus aux pommettes roses. La glace était de pur baroque viennois et Geneviève d'une souche snob de la petite noblesse de province. Elle avait un certain air aristocratique, une sorte d'anémie élégante due aux conditions matérielles plutôt précaires de sa jeunesse. Elle venait de poser ses boucles d'oreilles, des diamants en forme de poire. Le fermoir un peu trop serré lui mordait le lobe des oreilles. « Je vais avoir mal pendant le dîner », pensait-elle, et un bâillement profond montait dans son corps, aussi puissant qu'un orgasme. Elle bâillait comme personne, la bouche fermée, le corps ébranlé, les yeux embués de larmes.

Pour samuser, elle imaginait des morts différentes pour son mari. Dans la glace, elle apercevait celui-ci entre les anges, la tête posée sur un rude tronc de bois, et clac, la lame de la guillotine détachait cette tête du corps. L'indifférence de Geneviève était devenue telle que le jeu ne l'amusait plus guère.

Avec des gestes rituels, elle venait d'accrocher autour de son cou élégant une chaîne en platine qui portait avec allégresse un diamant — lui aussi en forme de poire — comme pendentif. Elle ressentait le contact du diamant sur sa poitrine; elle connaissait bien cette sensation fugitive, ce petit attouchement froid.

Elle voyait son mari attaché à un poteau, enduit de miel, à moitié dévoré par des fourmis. La chair en lambeaux. Même pas un frémissement. Rien.. Et, pendant qu'elle faisait glisser sur l'annulaire de sa main gauche une lourde bague, elle se disait, désespérée : « Rien n'arrive à me faire chialer. Dommage ! »

Duwal-Issigny venait d'entrer dans la chambre de sa femme. Petit et écarlate, il avait le front humide de sueur.

« Attache-moi cette saloperie, avait-il dit en guise de bonjour. Et vite, on va être en retard. » La saloperie à attacher était un des éléments compliqués d'un habit pourtant flambant neuf.

« Juste à la nuque, avait-il ajouté, et si tu as besoin d'une épingle... »

« L'épingle dans une vertèbre cervicale, ce serait l'idéal, songeait Geneviève, mais après, c'est quand même un procès, peut-être même la prison. » L'endroit en question lui semblait désespérément dénué de confort. « Il faudrait qu'il meure, pensa-t-elle, mais tout seul, comme un grand. »

Duwal-Issigny représentait une des plus grandes fortunes européennes. Geneviève disposait d'autant d'argent qu'elle éprouvait d'horreur pour l'homme. C'était une horreur distillée, élégante, presque raffinée. Rien de vulgaire ou de brutal dans cette haine prodigieuse.

Elle avait réussi à avoir une photo de Duwal-Issigny avec une petite brune dans un lit assez large. La photo, prise au téléobjectif, était précise; on distinguait très bien la tête de la petite brune, cette tête détournée avec un profond dégoût pendant que Duwal-Issigny s'adonnait à son désespérant va-et-vient, toujours la même chose, toujours au même rythme.

La photo prise à un si bon moment coûtait cher

et, réflexion faite, l'amateur d'art avait vendu le négatif à Duwal-Issigny. Pour celui-ci, l'opération avait été moins onéreuse qu'un divorce.

Pour se consoler, Geneviève était allée voir la petite brune et lui avait dit : « Vous avez l'estomac solide pour faire ce métier. » « Et vous ? » avait répondu l'autre. « Et vous ? »

Duwal-Issigny se retournait maintenant vers sa femme. « Je vous demande un peu de gaieté, un peu de vivacité, que vous quittiez votre attitude préférée, votre comportement de personnage du musée Grévin. Pendant le dîner, vous serez à côté d'un nègre, qui est secrétaire d'Etat dans une de ces républiques obscures qui se créent chaque jour. J'ai repéré là-bas une région, selon moi pourrie de pétrole. Je veux acheter les quatre mille hectares en question. Même si on me nationalise après, je trouverai largement mon bénéfice. Très largement. Et puis, il y a deux hôtels à bâtir là-bas, au bord d'un fleuve. Il y a de plus en plus de gogos pour l'exotisme. Avant, je vendais la neige; désormais, j'offre la possibilité d'attraper des amibes. Et tout plaît... »

« Le couper en morceaux », avait pensé Geneviève, mais aussitôt elle avait rejeté l'idée. Elle détestait la viande rouge.

« Etes-vous capable d'épingler une brochette de décorations sans me percer le cœur ? » avait-il demandé.

Geneviève avait eu peur pendant une seconde. Depuis le temps qu'elle rêvait de la mort de son mari, ce désir avait-il pu changer l'expression de son visage ?

« Je suis assez habile », avait-elle dit, conciliante. Il fallait faire attention. Elle s'affairait autour de la brochette sur laquelle brinquebalaient les médailles. Vêtue d'une robe du soir rose vif, ruisselante de diamants, elle était d'une grande et tranquille beauté.

« Depuis le temps que je voudrais qu'il disparaisse, c'est mon corps qui est mort, pensait Geneviève. Mon corps est devenu la mer Morte. Toute vie s'y est arrêtée, toute vie de femme. La mer Morte. Une chaleur minérale. Et puis, cinq minutes plus tard, un « sauve-qui-peut » parce que le sel se met à vous ronger... Rien. Je ne serai jamais la proie d'un gigolo, jamais. Un dégoût quotidien a tué en moi la femme. Totalement. » Une sorte d'émotion lui serrait la gorge.

« Vous toussez ? demanda Duwal-Issigny. — Non », dit-elle. Et elle avala quelques larmes. A peine salées.

Le dîner a lieu dans un petit palais élégant de la rive gauche. Les marches à monter, frémissements d'autres jupes, éclats de couleurs, femmes heureuses avec le petit geste rituel qui soulève légèrement le devant d'une robe du soir, un rire, quelqu'un rit, on rit donc encore, j'aimerais rire... Couples avançant d'un pas rythmé. « Ah ! j'ai failli... » dit une femme. On ne sait pas quoi... Elle a failli quoi ? Grands miroirs flatteurs allongeant les silhouettes et les souvenirs. Flamboyant plafond, des dorures ici et là... Toujours ces miroirs magiques, ces miroirs tragiques. Complices au début...

« Un joli couple », dit quelqu'un. En parlant d'un autre. Evidemment. « Avancer dans un palais comme dans un cimetière, quelle blague ! » pensa Geneviève. « Pourquoi ?... Pourquoi ?... »

Entre l'étudiant en médecine, qui avait sept ans d'université à tirer, et le petit homme d'affaires volubile et généreux, elle avait choisi. Elle avait choisi l'argent. Tant pis, tant pis, tant pis. Miroirs. Des billets de banque en robes du soir. Un billet de cent dollars en habit. Le fric décoré. « Avançons, avançons... » Quelqu'un a un parfum détestable... Chrysanthème ? Pas possible. « Avançons », dit l'huissier.

« Monsieur Duwal-Issigny et Madame... » Traverser toute une salle devant les autres. Pour serrer les mains de ceux qui reçoivent. Pourquoi ne pas montrer leur lit en plein milieu de la salle ? « Monsieur Duwal-Issigny et Madame... » Le lit le plus banal offert dans un écrin incrusté de diamants... « Monsieur Duwal-Issigny et Madame... » A peine faut-il écarter les cuisses et ça y est... N'en parlons plus...

« Ravie, ravie de vous rencontrer », dit-elle à un couple inconnu, et elle sourit. C'est le sourire parisien. « Belle soirée », ajoute-t-elle. « Tu en fais trop, ma fille », se dit-elle aussitôt.

Dans ces soirées-là, c'est toujours Lulli, parfois Vivaldi, mais c'est plus grave. Lulli, on peut ne plus l'entendre. Vivaldi arrive à transpercer la carapace la plus dure. Il y a toujours une fissure qui laisse entrer Vivaldi.

Une musique de meringue dégringole sur elle. Une musique douceâtre et friable. Ce n'est ni Vivaldi ni Lulli. C'est un pauvre type qui aurait eu plus de succès dans la pâtisserie que dans la composition.

« Table numéro quatre, madame », dit quelqu'un.

« Va, lui ordonne Duwal-Issigny. Va, et n'oublie pas de sortir de tes rêves à la con... Allez, allez, allez... »

Quelques instants seule sur le parquet. « Remarquable marqueterie », dirait un connaisseur. « Avançons, avançons... » Table numéro trois. Ce n'est pas ça encore. Marcher ainsi dans l'éternité, vers une table qu'on chercherait et qui n'existerait pas.

« C'est là, madame, vous êtes là... », dit un valet à peine maussade.

Elle est la première à cette table.

Cinq verres devant chaque assiette. Un menu qui pourrait être une nouvelle. Une nouvelle gastronomique. Elle ne voit rien sans lunettes.

Elle s'assied. La soirée va être interminable, au moins deux heures pour le repas. En face d'elle, hésite un vieux type dont la tête semble sortir directement de la cage thoracique. Il a perdu son cou... Il se présente. Elle ne comprend pas le nom. Elle dit : « Moi aussi... » Le vieux type s'assied à son tour et se met à déchiffrer le menu. Arrive une épaisse Noire, qui semble hautaine et désabusée; elle n'est que timide. Et puis une dame un peu carrée dont elle ne saura jamais la nationalité. Et aussi deux Français volubiles. « Lutter contre l'âge », dit l'un. Et l'autre parle de « cette perpétuelle bagarre avec la jeune génération... ».

« Vous permettez ? » dit quelqu'un à Geneviève. Elle dit : « Oui »; elle ne regarde même pas; son voisin prend la carte et Geneviève découvre ses mains. D'une couleur foncée, presque noire, les doigts allongés, avec des articulations raffinées, et, lorsqu'il les retourne pour ramener vers lui la carte, ses paumes claires offrent promesses et messages.

Prudente, Geneviève lève très lentement la tête vers son voisin. Habit impeccable, un cou noir qui jaillit dans toute sa splendeur d'un col blanc. Une oreille fine et plaquée sur le crâne, comme celle des statues. Et un profil régulier, un nez d'une extrême élégance, les lèvres, les lèvres charnues, bien dessinées.

« Bonsoir, madame, j'ai le bonheur d'être votre voisin pour ce dîner. »

Soudain, Geneviève reste sans voix; son corps vient de se réveiller, son beau grand corps blond et inerte est traversé par une chaleur fulgurante. Un gigantesque tire-bouchon à l'intérieur. Qui tourne.

« Bonsoir, dit-elle. Je m'appelle Geneviève Duwal-Issigny.

— Je le sais, dit le Noir d'une voix claire. Je le sais; j'ai vu votre mari, il y a quelques jours...

— C'est un mariage... » dit-elle.

Il faudrait s'expliquer. Ne pas en rougir. Est-ce qu'il m'imagine avec Duwal-Issigny couché sur moi ?

« Connaissez-vous mon pays ? demande le secrétaire d'Etat.

— Non, dit-elle, je ne suis jamais allée dans un pays très chaud. »

Le consommé qu'on pose devant eux est à peine tiède. Elle effleure la cuillère des lèvres et la dépose aussitôt.

« Chez nous, à O'Buanga, rien n'est abîmé encore, dit M. Goro. Je m'appelle Haï Goro, ajoute-t-il. Le paysage est intact. Mon village se trouve au bord d'un fleuve. Nous avons une grande maison en bois; elle donne sur le fleuve. Devant les chambres, il y a des terrasses en bois qui surplombent le fleuve. Lorsque vous sortez sur ces terrasses, à travers les fentes du bois mal ajusté vous apercevez l'éclat de l'eau sous vos pieds. Comme si on vivait sur l'eau... La chaleur épaisse embaume la maison. Il y a presque une couche de chaleur sur la maison. Les volets sont presque toujours fermés. »

Deux mains habiles déposent sur l'assiette de Geneviève une tranche de foie gras...

« Vous êtes un vrai poète lorsque vous parlez de votre pays, dit-elle d'une voix étranglée.

— Tous ceux qui ont fait même un rapide voyage chez nous deviennent poètes. Cette terre inspire. Le fleuve est là comme une mère nourricière. Il charrie la vie, il déborde, il dévale; parfois, son lit s'élargit et le fleuve devient calme, paisible, vieux, comme un Chinois qui nage dans sa propre philosophie... Mais la saison des pluies amène au fleuve les torrents gonflés, les cascades violentes; inondation et fécondation par le fleuve, tout y passe; ou on meurt, ou on en tire la vie. C'est selon le destin de chacun. Le fleuve a été mon berceau. La première femme de ma vie, je l'ai emmenée dans ma chambre, dans la vieille maison; et je l'ai prise, la femme, avec l'accord du fleuve. Eau et sève s'entremêlaient. C'était une nuit fantastique. La lune rôdait, éclairait avec sa violente vigilance arbustes arrachés, troncs cahotés, morceaux de terre glaise ballottés, racines à la dérive; la lune coulait sa lucide clarté sur ces fragments de vie. Je m'en souviendrai toujours; j'ai entrouvert les volets, et j'ai aimé, inondé de sueur et des rayons froids de la lune, ni hostile ni aimable. Avec la lune, c'est toujours un constat. Avec le soleil, c'est la passion. »

Geneviève lutte contre son chagrin. Elle ne connaîtra jamais ce corps sur le sien, ce fleuve, cette chaleur; elle est jalouse à en mourir.

« Et les autres femmes, vous les amenez là-bas aussi ? »

C'est en touchant par hasard la main de Geneviève que Haï Goro prend un petit pain. Le contact est fabuleux. Encore...

Il prend juste le bout du petit pain. « Il casse ma vie en deux », pense Geneviève. Et puis, soudain animée, elle s'exclame : « Moi, si j'étais... »

Le vieux monsieur en face tient son oreille.

« Comment ?

— Non. Merci. Rien.

— Si vous étiez ? demande Goro. Quoi ?

— Une femme, là-bas... Je préférerais le soleil. Pour aimer... »

Haï Goro se met à rire.

« Au soleil ? Le soleil, chez nous, c'est l'appel à la vie et à la mort. On le devine et on s'en défend.

— Alors, avec les volets fermés...

— Avec juste votre corps zébré de lumière, dit Goro, tendu. Je vous amène dans mon village...

— Encore un peu de foie gras ? »

Juste un non de la tête. Qu'on lui fiche la paix.

« Nous arrivons au petit matin, dans un fantastique grouillement d'oiseaux. Le fleuve qui traverse le pays traverse aussi les forêts encore vierges, et le fleuve apporte, dans ses vagues, dans ses reflets, dans ses écumes, des messages. Nous prenons l'escalier en bois. Crac. Crac. Crac... Je vous soutiens par la taille, je vous conduis vers ma chambre. »

Il est si facile de se déshabiller, pense Geneviève. Rien sur elle. Et son corps encore impeccable. Un ravissement. Il est là, lui aussi, dans sa nudité. Des bras. Etre portée dans un autre monde. Un homme crie dehors. Un peu comme un gondolier à Venise, c'est un Noir qui arrive avec sa pirogue.

Ce n'est même pas l'amour, mais la résurrection du corps. Sans sacrilège. Aucun. Comment trouver une autre comparaison ? Dans la pudeur... Et dans cette espèce de... La vie recommence...

« Côte de bœuf avec légumes, dit un valet.

— Non », dit-elle.

Le seul défaut de cet endroit, c'est qu'on veut vous faire manger quand vous faites l'amour... Non. Oui... Le paradis.

« Il suffit d'ouvrir les volets pendant quelques secondes et le soleil vous baigne, vous caresse, vous brunit... Juste quelques secondes... »

Cette chaleur à la folie qui déferle sur elle. Etre trempée dans la chaleur. Elle n'est plus que soleil. « Même mon sexe brûle », dirait-elle, si elle ne voulait pas éviter le mot.

« Je peux emporter l'étole au vestiaire, madame ? demande un valet.

— Oui », dit-elle. Et elle se tourne vers M. Goro. « Et lorsque vous refermez les volets ?

— Je vous apporte l'eau fraîche et des fruits exotiques. Ma vieille mère, une merveilleuse dame, nous a préparé le plateau, et si le jus de quelque fruit tombe sur vos seins, je l'enlève avec mes lèvres, avec ma langue; j'aime tant les fruits...

— Elle ne dit rien si vous amenez une femme dans la maison de famille ?

— Ma mère est comme le fleuve, elle existe depuis

toujours, elle existera toujours. La sagesse même. La vie, c'est la vie. Homme et femme sont faits pour s'aimer... »

De nouveau, cette tristesse à faire hurler n'importe qui... De nouveau, ce sentiment d'être privée de soleil, de la vie, des corps...

« C'est lors du crépuscule qu'on peut sortir de ma chambre. »

Brisée d'amour elle est. Elle marche à peine. Enfin, une douleur-bonheur.

« On va s'asseoir au bord du fleuve, et on parle avec lui. On y trempe ses mains et on porte les mains mouillées à son front. »

« Oh ! vie, vie, vie, vraie vie... » se dit Geneviève.

« Et puis ? On revient, on mange, et nous plongeons tous les deux dans la nuit. On devient un sous-marin. On navigue, les corps unis, devenus bateau, devenus radeau, on navigue sur le fleuve qui traverse les siècles, les saisons, les amours. »

A la fin du dîner, Duwal-Issigny vient chercher sa femme à la table quatre.

« Alors, dit-il. Alors, alors, alors ? »

Elle se met à rire. Et il ne la regarde que parce qu'elle rit.

« On dirait que tu es bronzée, soudain, fait-il, désorienté. Pourquoi es-tu bronzée tout à coup ? Et où est le secrétaire d'Etat ?

— Parti, dit-elle. Parti... Parti... »

Un mois plus tard, alors qu'elle est la proie d'une très grande fièvre, le médecin prononce, pensif :

« Je ne sais pas quoi dire... Elle est vraiment mal, et on ne trouve pas la cause. N'avez-vous pas fait un voyage en Afrique récemment ?

— Non, dit Duwal-Issigny. Jamais. On n'y est jamais allé. »

Et, pendant que le médecin s'interroge quant aux fruits exotiques qu'elle aurait absorbés, Geneviève se tourne vers le mur; sa fièvre monte; elle a chaud, comme si elle était dans la maison au bord du fleuve...

« Un virus », dit le médecin.

Et, lorsqu'il prononce d'une voix grave :

« On peut en mourir... »

Geneviève se met à sourire. Enfin heureuse.

COCHON D'INDE

Son seul, son unique plaisir était le Club Méditerranée. Le moment où, arrivée à l'aéroport, elle n'était plus esclave de quiconque, bien payée toujours, ça va de soi, mais esclave quand même. Le moment où elle redevenait un être humain à part entière, l'instant béni où enfin quelqu'un prononçait, aussi, son prénom : Ghislaine. Elle s'appelait Ghislaine Durand; mais, onze mois sur douze, elle n'était que Durand. C'était l'habitude de ces vieilles bonnes femmes d'une autre époque, de celles qui, chargées de bijoux et de cellulite, l'engageaient pour qu'elle soit leur dame de compagnie rêvée, logée, nourrie et vidée de toute consistance humaine, parce que toujours disponible et, surtout, souriante. Comment l'Argent aurait-il accepté sur son visage le tourment d'un mouvement d'humeur intérieur ? Même chez elle, enfin seule dans sa chambre, les échos l'y rejoignaient : « Durand ? Où êtes-vous, Durand ? »

L'avant-dernière patronne en date, Mme Mirra-Couturra, l'avait vidée de sa sève. Durand l'avait accompagnée dans un hôtel en Suisse. Au début de ce séjour, Mirra-Couturra n'était qu'un squelette debout par miracle; pour traverser la salle à manger, il fallait la soutenir et tout le monde les regardait, les yeux écarquillés. Juste après ce séjour en Suisse,

Mirra-Couturra, veuve d'un industriel qu'on avait dit argentin, avait congédié Ghislaine.

« Vous étiez parfaite, Durand. Je vous donnerai un certificat exceptionnel. Le seul problème avec vous, Durand, c'est que vous avez un tic. Je n'osais pas vous en parler en Suisse, de peur que vous ne me quittiez sur-le-champ.

— Qu'est-ce que j'ai fait ? » s'était exclamée Durand, et elle avait ajouté : « Qu'est-ce que je fais ?

— Lorsqu'on attend un plat, au moment même où vous devez bavarder pour faire oublier l'attente, le bout de votre nez se met à bouger; le bout de votre nez devient mobile, il renifle, il entraîne avec lui une partie de la lèvre supérieure; votre visage se transforme et vous ressemblez à un cochon d'Inde. »

D'un geste affolé, Durand avait effleuré son nez, ce morceau de chair bien connu qui n'avait pas semblé jusqu'ici servir à autre chose qu'à supporter des montures de lunettes et à loger quelques gros rhumes, mal vus par les employeurs.

« Je ne vois pas pourquoi ma ressemblance avec un cochon d'Inde me fait perdre mon travail, madame...

— Je vous explique, Durand. Savez-vous comment on distrait un lapin mélancolique, seul dans sa cage ?

— Non, madame.

— On lui donne, comme compagnon, un cochon d'Inde. Lorsque vous êtes en face de moi, j'ai l'impression de devenir un lapin.

— Le lapin bouge aussi le nez, madame, avait dit Durand.

— Justement. Je suis en train de vouloir mâcher n'importe quoi à n'importe quel moment et de sentir bouger mon visage; il est temps que vous partiez... »

Il y eut ensuite Mme Varova, un des monstres consacrés de Paris, la garce sublimée parce que si vieille, avec de petits yeux jaunâtres, le visage enfariné de poudre, les mains — les lave-t-elle et quand ? — alourdies de bijoux. Ghislaine avait été engagée par une des petites-filles de cette dame : la petite-fille avait déjà largement dépassé la trentaine.

« Grand-mère a quatre-vingt-douze ans, avait dit la petite-fille. Elle a besoin à la fois d'une dame de compagnie et d'une infirmière. Je crois que vous savez faire des piqûres, madame... Comment ?

— Madame Durand. »

Elle avait fait très attention à ce que son nez restât immobile; de grâce, il ne fallait pas ressembler à un cochon d'Inde !

« Il y a cinquante ans, on appelait ma grand-mère la Varova... Elle était une très célèbre danseuse. C'est à cause d'un rhumatisme déformant qu'elle a commencé à s'occuper de littérature. »

Durand n'avait pas très bien perçu la logique de l'affaire.

« Pourquoi... rhumatisme et littérature ?...

— On lit quand on ne bouge pas.

— Ah ! oui, avait dit Durand.

— Ma grand-mère s'occupe aussi du Prix d'Août... C'est un très grand prix littéraire. Toute l'année, les écrivains viennent pour lui faire la cour, on lui baise les mains, on lui apporte des sucreries.

— Et pourquoi Prix d'Août ?

— Pour les empêcher d'aller en vacances. Ils croient tous qu'elle les oubliera, s'ils partent... Qu'est-ce qu'elle peut rire après ces visites !... Ah ! oui, avant que je l'oublie : lors des crises de rire, il faut lui taper légèrement dans le dos. Elle s'étrangle souvent de rire. Ne tapez pas trop fort ! A son âge, les vertèbres ne tiennent qu'à un fil. »

La Varova était confinée dans son venin, comme une poire dans son sirop.

Durand s'était mise à se poser des questions. Elle aurait aimé définir, à sa manière, le bien et le mal, et s'expliquer le comportement des gens. Elle avait eu l'impression que la méchanceté conservait et que la cruauté vis-à-vis des autres prolongeait la vie des apprentis bourreaux.

Au début de ce travail ingrat, mais convenablement payé, Durand avait dû écouter les récits des succès de jadis de la Varova. Elle avait dû aussi absorber les noms des grands hommes avec qui la Varova avait couché. Au cours de ces bavardages interminables, Ghislaine Durand s'était concentrée sur son nez; elle avait ainsi gardé immobile ce bout de chair difficile à apprivoiser.

« Et ma chère Durand, avait dit la Varova, je ne vous ai pas raconté encore le choc qu'avait éprouvé le grand Colomo lorsqu'il m'a trouvée nue sur une couverture de fourrure, dans ma loge. Tout le monde était persuadé que le grand Colomo était impuissant... Donc, vous me voyez, n'est-ce pas ? Dans ma loge, étendue sur la couverture de fourrure... baignée de parfum... On frappe à la porte... « C'est lui, ai-je « dit... C'est lui. » Et je me suis mise dans une position qu'on appellerait maintenant éro... tique... Tic... Tic... tique... Tac... »

... Ne pas bouger le nez... Le sommeil qui monte irrésistiblement... Etre enfin au Club, parmi les gens sains et jeunes...

« A l'époque, l'intérieur de mes cuisses n'était pas flétri... »

Tique, tic-tac... Attention, Durand. Ne pas bouger le bout du nez...

« On l'appelait aussi, le Colomo, « la Langue longue »; vous comprenez, Durand ?

— Oui, madame.

— Donc, j'ai ouvert les cuisses... Vous m'écoutez, Durand ?

— Passionnément, madame.

— Vous avez baissé la tête, Durand.

— J'étais juste gênée.

— Gênée, Durand ? Pourquoi ?

— Oh ! madame, le grand... comment, chose...

— Le grand Colomo...

— Le grand Colomo et vos cuisses...

— Durand, votre pudeur est démodée. A mon époque, ces choses-là, on les faisait. Maintenant, on en parle. Trop. J'avais aussi une fleur dans les cheveux, et un bandeau sur le front. Isabelle avait lancé la mode.

— Isabelle ?

— La Duncan.

— C'était qui ?

— Vous ne savez pas qui était Isabelle Duncan ?

— Non, madame.

— Mais alors, vous n'avez pas entendu le nom du grand Colomo non plus ?

— Non, madame.

— Bien, Durand. Je ne vous raconterai jamais comment mon habilleuse m'a trouvée avec la tête du grand Colomo entre les cuisses... Je ne vous le dirai pas...

— Comme vous voulez, madame...

— Durand, n'avez-vous pas un homme dans votre vie ?

— Si, madame.

— Parlez-en.

— Non, madame.

— Vous êtes une cachottière, Durand. »

Elle n'avait pas d'homme dans sa vie, mais comment dévoiler à cette vieille loque en dentelle ses vrais secrets ? A cette vieille perverse qui se délecte de souvenirs dégoûtants...

Il fallait encore tenir quelque temps, et ce serait la période des vacances. Durand les prenait, ses vacances, en hiver. Elle allait au Maroc, souvent dans le Club d'Agadir, ou bien, lorsque l'année de souffrance avait dépassé ses limites, elle s'offrait alors la Guadeloupe ou la Martinique... En pleine saison ! Elle ne prenait ses engagements qu'à condition d'avoir un mois de liberté, et en hiver !

Parfois, Durand transigeait et ne prenait que quinze jours de vacances. Les autres quinze jours, qu'elle avait fait payer copieusement, servaient à compléter sa cagnotte, laquelle lui permettrait, plus tard, d'aller encore plus loin. Les captivités volontaires l'aidaient à imaginer le Club à la Réunion, à l'île Maurice, et plus elle était ligotée à une vieille capricieuse, plus son imagination vagabondait avec un rare bonheur. Durand était d'une très bonne composition. Elle n'enviait personne, elle ne haïssait pas l'argent, elle acceptait ceux qui régnaient, à condition d'avoir sa liberté, à elle. Et au Club.

La grande rupture avec elle-même, avec sa gentille nature tolérante, avec la grâce innée qui lui avait permis de supporter les vilaines manies des autres, était intervenue d'une manière tout à fait imprévue.

Après une journée très dure où elle avait eu beaucoup à faire, sa nuit avait été dérangée à plusieurs reprises par la Varova qui l'avait réveillée pour pouvoir lui raconter quelques aventures scabreuses.

« Le jour où j'ai joué pour la première fois la reine Pédauque, un page avait glissé sa main dans une des fentes de ma large jupe. Je n'étais pas assise seulement sur un trône, mais aussi sur une main agile... Durand, vous m'écoutez ?

— Oui, madame, il est trois heures... Les bonnes âmes dorment...

— Vous êtes un être touchant, Durand... Mais on ne vous a pas prévenue que je n'étais pas bonne ?... La bonté abîme, Durand... La bonté vous effiloche; la bonté désarme et use... J'ai été bonne une seule fois dans ma vie, Durand... Une seule fois... Ça m'a coûté très cher... L'ignoble individu m'a même fait pleurer. Vous vous rendez compte, Durand, moi, pleurer ? »

Et à cinq heures, de nouveau, l'appel.

« Durand, Durand, vous m'entendez ? Si vous ne m'entendez pas, c'est dommage. Parce que j'ai besoin de mon pot de chambre... Et, si je fais pipi au lit, c'est dommage pour vous, Durand; c'est vous qui allez tout nettoyer... tout changer, en pleine nuit... »

Hébétée, secouée, elle était arrivée trop tard. La Varova avait pissé. « Une femme sans retenue », s'était dit Durand et, d'une manière instantanée, une haine farouche était née dans son cœur. Il avait fallu sortir de son lit la momie maugréante, défaire les draps, les envoyer dans le bac à linge sale d'un geste rageur; il avait fallu laver la vieille taupe et la saupoudrer de talc comme un beignet rassis.

« Si vous aviez l'oreille plus fine, Durand, vous seriez venue plus rapidement... Tant pis pour vous, Durand ! »

Un monstre était en train de naître dans l'âme de Durand. Ce n'était encore qu'un bébé monstre, avec un hochet diabolique et un berceau rempli des braises de l'enfer. Au cours de ces moments délicats où l'être humain qu'était Durand était humilié jusqu'à la moelle, un autre Durand était en train de voir le jour. Un méchant, un redoutable Durand.

Mme Samuel Jacobson, veuve de mère en fille, habitant à Miami, avait décidé de faire le grand saut. Oh ! non, pas de se suicider, du tout ! Mais de voir la vie. De près. Au Club. A la Martinique.

Mme Samuel Jacobson était si riche qu'elle ne supportait même pas la fatigue de dépenser une partie minime des intérêts mensuels que son capital trop bien géré lui rapportait. Entourée d'héritiers avides, et d'une politesse exquise, Mme Samuel Jacobson avait l'impression qu'elle allait terminer sa vie sans avoir rencontré un seul être humain sincère.

Son homme d'affaires, qui connaissait bien les aléas d'une fortune indestructible, était venu la voir et avait écouté ses doléances avec beaucoup d'intérêt.

« Mon cher Mitchell, lui avait dit Mme Jacobson, j'ai quatre-vingt-un ans et je n'ai jamais vu encore quelqu'un dans son état normal ou naturel. J'ai autour de moi une humanité policée par l'espoir que lui donne mon argent. Que faire ? »

L'homme d'affaires avait haussé les épaules.

« Le seul endroit où vous pouvez voir l'être humain au naturel, c'est le Club Méditerranée !

— Pas à mon âge, avait dit Mme Jacobson. Il faut être jeune et belle pour y aller... »

L'homme d'affaires avait répondu :

« Suis-je jeune et beau, madame ?

— Non, Mitchell. Vraiment pas.

— Voilà. Et j'ai été là-bas, au Club, vraiment heureux. Vous avez un Club à la Martinique; c'est à deux pas d'ici.

— Deux pas dans le ciel, avait dit Mme Jacobson. C'est-à-dire deux heures d'avion, non ?

— A peu près.

— Et qu'est-ce qui se passe là-bas ?

— Vous partagerez votre chambre avec une autre personne, que vous verrez vivre... »

Mme Jacobson avait été prise d'une assez grande hilarité.

« Vous n'imaginez pas, Mitchell. Je veux bien regarder l'humanité, mais d'une loge. Et avoir ma solitude à moi. Mon repos.

— Il arrive qu'on isole quelqu'un; en cas de dépression grave, ils le font, si c'est absolument nécessaire. Mais ce n'est pas souhaitable. Surtout qu'ils choisissent les gens qui devront habiter ensemble pendant quelques jours selon les affinités imaginées. Les Français avec les Français, les Américains avec les Américains, etc.

— Ah ! non, s'était exclamée Mme Samuel Jacobson, non... Pas avec une Américaine ! N'importe quelle autre nationalité, mais je désire le changement. Revoir encore une de ces femmes qui portent leurs bigoudis en couronne d'épines et leur frigidité en martyre, non ! Organisez-vous Mitchell; vous êtes payé pour cela; organisez-vous; il ne me reste pas tellement de temps à vivre et surtout pour me déplacer... Et... dans un Club ! »

Depuis la nuit fatale où le monstre était né dans son âme, Ghislaine Durand s'était souvent observée dans la glace; elle aurait aimé déchiffrer les changements de ses traits dus à sa transformation intérieure. A l'extérieur, elle semblait être la même. Peut-être, derrière les lunettes, son regard bleu était-il devenu plus dur; les lunettes assises avec beaucoup plus d'aise sur le nez; et les deux rides qui descendaient des narines au menton et qui prenaient jusqu'ici la bouche dans une parenthèse, ces deux rides semblaient soudain méchantes et vindicatives.

« Je vous parle et vous ne me répondez pas... avait gémi La Varova... Parlez de vous-même, Durand.

— Je n'ai rien à dire, madame. J'ai une vie peu intéressante. »

Il fallait tenir jusqu'au départ, le 1er décembre. Prendre l'avion à Paris, être prise en charge, entendre le rire des autres et, miracle, entendre rire quelqu'un, qui... « Mais c'est vous Durand, c'est vous qui riez... Bravo !... »

« Savez-vous, Durand, qu'on va voler un peu de vos vacances ? »

Elle était restée pétrifiée de terreur... Son cœur battait si fort qu'elle avait de la peine à respirer.

« Comment, madame ? »

Le diable était devenu un jeune adolescent dans l'âme de Durand. Il était en train d'arracher un pavé dans sa bonne conscience.

« Ma petite-fille doit aller à Gstaad avec un de ses enfants, bien avant les vacances de Noël. Donc, personne ne resterait avec moi... Ma chère Durand, on va vous rembourser les avances que vous avez dû payer pour vos réservations. »

La Varova était debout sur une petite carpette qui se trouvait devant le lit. Elle avait parlé à Durand, le dos tourné; c'était plus facile que de lui dire tout cela en face. Elle allait avancer vers sa salle de bain. Durand avait bien vu la pliure du tapis, la petite bosse, la ride épaisse, cette fatalité en courbe qui allait faire s'allonger La Varova de toute sa longueur... Après la chute, celle-ci était pratiquement cassée en petits morceaux, comme un vase qu'on aurait réparé depuis des générations, et qui serait enfin irréparable, bon pour la poubelle. Sur la couronne que Durand avait envoyée pour l'enterrement, l'initiale de son prénom avait été oubliée par le fleuriste, et le ruban portait une inscription très simple : « De la part de votre dévoué Durand. » On l'avait prise pour un homme; Freddy, le diable devenu adolescent, était plié de rire dans l'âme de Ghislaine Durand !

Au planning du Club Méditerranée, à la Martinique, on savait de la vieille dame américaine partie de Miami qu'elle désirait partager son bungalow avec une personne d'une autre nationalité. Sur la liste des arrivants, on avait découvert celui de Ghislaine Durand, membre du Club depuis l'origine. « Fantastiquement gentille femme », avait dit une des jeunes filles du planning. « Je l'ai connue à Agadir, en Tunisie aussi; Mlle Durand est la bonté faite femme. Ça va être un rêve pour la vieille dame américaine. Elle va croire que toutes nos compatriotes sont des anges, comme Mlle Durand... »

Sublime arrivée ! Bercés dans le rêve réveillé d'un décalage horaire qui les rendait affables et inoffensifs, les nouveaux, amenés en autocars de l'aérodrome, avaient été accueillis, dans le rose crépuscule martiniquais, par de jeunes hommes dénudés — aussi bien de vêtements que de toutes sortes de marques distinctives.

Harassée de fatigue, avec une légère buée sur ses lunettes, Durand avait accepté un cocktail à base de rhum. « Attention, garde ta lucidité », lui avait dit le locataire qui résidait dans son âme, le diable... « Ne te laisse pas désarmer. » Durand avait dû comprendre ainsi que sa méchanceté toute nouvelle était aussi un ennemi des loisirs et surtout, de l'abandon de soi-même. Le méchant ne peut être méchant qu'éternellement sur ses gardes. Un méchant a des obligations vis-à-vis de lui-même; dès qu'un méchant perd de sa combativité, de ses ruses, il se trouve sur la pente qui le fera glisser, aisément, vers le royaume des poires.

« Tu ne bois rien ? lui avait dit un demi-dieu souriant, bronzé et lisse comme une statuette, avec un paréo noué autour de la taille. Ça te ferait du bien, tu sais... »

Durand n'avait pas pu résister à cet appel dont elle avait tant rêvé. De cette terrasse, la mer était bleu indigo; le soleil préparait sa délicieuse culbute qui allait teinter de rose l'eau dans laquelle se baignait l'horizon; des palmiers et toutes sortes de gigantesques fleurs multicolores, les pétales lourds de sève, se balançaient sur le trajet des gentils membres; l'air était chargé de miel; quelques merles impertinents sillonnaient le ciel mauve; c'était le Paradis terrestre, sans conteste; Durand n'était même pas sûre que ce paradis fût vraiment terrestre — peut-être l'avion avait-il changé de cap et, à leur insu, les avait-il transportés dans l'au-delà.

Mais quel diable digne de ce nom supporterait l'idée de passer quinze jours au paradis ? Freddy le diable était malade d'épuisement; donc, l'âme de Durand s'était apaisée. Une musique lointaine arrivait vers elle. « C'est notre concert de musique classique, avait dit un archange, et, avait-il continué, votre bungalow est là, voilà... Tiens, la porte est fermée. Quelqu'un doit y dormir. On sera obligé de la réveiller... »

Clop, Clop, Clop, Clop.

Des pantoufles qui avaient traîné. Le volet coulissant qui s'était ouvert.

Et Mme Sam Jacobson avait failli ouvrir les bras pour accueillir Durand.

En apercevant sa future compagne pour quinze jours, Durand avait eu l'horrible impression de se retrouver dame de compagnie. Normalement, les femmes avec qui elle partageait sa chambre au Club étaient des femmes indépendantes, pleines de vie et de joie de vivre, même momentanée. Le vieux spectre souriant sentait une eau de toilette récemment utilisée et un puritanisme aigrelet depuis trois quarts de siècle.

« Je suis américaine, lui avait dit Mme Jacobson, installée dans un désordre qui aurait justifié la présence d'une femme de chambre.

— Américaine ? Pourtant, il paraît que là-bas il n'y a presque pas de monument historique ! Ils en ont donc laissé sortir un du pays ? »

L'Américaine avait accusé le choc et elle avait répondu avec une certaine candeur :

« C'est vrai, je suis en quelque sorte un monument historique. Un de mes maris avait bien connu Jefferson, dont le premier conseiller — à une époque où les affaires sentimentales étaient plus difficiles à mener que les affaires d'Etat — aurait tout quitté pour moi... Vous avez raison... »

Si Mme Jacobson avait gardé l'autorité sèche que donne la possession de l'argent, si elle avait réfuté d'une manière brutale tout commentaire, elle aurait pu encore replonger Durand dans son état de subordonnée; celle-ci se serait laissé dominer par réflexe, par usure, par Dieu sait quelle déformation génétique qui transforme à la fois ceux qui donnent les ordres et ceux qui les exécutent. Mais, devenue tolérante pour la première fois de sa vie, Mme Jacobson avait aidé Durand à devenir enfin méchante, odieuse.

« Il vaudrait mieux la fermer, avait dit celle-ci, menaçante...

— Les volets ? Il n'y a pas de moustiques... C'est un endroit fantastique, mieux que n'importe quel hôtel de luxe où vous entretenez des colonies de moustiques sur votre peau; ici, rien...

— Fermer votre bouche, avait dit Durand. Et vous allez changer de lit, petite mère; je veux le vôtre ! Na... »

L'intérieur du bungalow était un ravissement : deux lits de style colonial, d'un bois presque noir; sur le fond blanc des murs, des armoires confortables; une coiffeuse et une salle d'eau où il y avait vraiment de l'eau, et elle était chaude.

« Pourquoi dois-je changer de lit ? » avait dit Mme Jacobson, et elle avait ajouté aussitôt : « Ça va être facile; je m'y suis juste allongée. Arrivée après déjeuner de Miami, je me suis reposée un peu...

— Parce que vous avez l'air conditionné juste au-dessus de votre lit. Et je veux l'air frais sur ma tête...

— Pour vous calmer ? avait dit Mme Jacobson sans aucune perfidie.

— Vos oignons ! avait dit Durand, vindicative.

— Mes... quoi ?...

— Vos oignons !

— Quoi mes « oignons » ?

— Occupez-vous-en... »

Mme Jacobson avait présumé que tout cela voulait signifier une grande grossièreté. Les Français, selon son feu mari, ramenaient tout au sexe; quel était donc le rôle des oignons dans la vie sexuelle française ? Il valait mieux ne pas savoir... Surtout qu'elle avait aperçu Durand sortir de sa douche, nue. C'était bien la première fois que Mme Jacobson avait vu une femme, entièrement nue, circuler avec beaucoup d'aisance. Celle-ci n'était certainement pas toute jeune, mais quel corps formidable elle avait ! Les seins bien à leur place, les fesses hautes, la taille plutôt svelte. Sans ses lunettes et ses mouvements sporadiques du nez qui la faisaient ressembler à... à quoi donc ?... Elle s'était souvenue d'Hermann, un de ses arrière-petits-fils, conçu par un petit-fils né d'un réfugié allemand. Dans son enfance, Hermann avait adoré disséquer... Devenu, depuis, hippie dans les banlieues de Los Angeles, il avait, jadis, pouah ! découpé pratiquement en morceaux un cochon d'Inde. Il en avait été ensanglanté jusqu'au coude et, depuis, dans la famille, on l'appelait le « Butcher », le boucher.

Elle allait dire à sa compagne toute neuve qu'elle ressemblait à un cochon d'Inde, à un... Mais Durand venait de se retourner, et Mme Jacobson était restée bouche bée.

Durand était devant elle, vêtue d'une grande robe à fleurs rouges, tenue sur les épaules par deux bretelles. Durand coiffée d'une perruque rousse et sans lunettes, presque aveugle. Si myope ! Elle ressemblait à une Marilyn mangée par la rouille.

La transformation avait été si rapide que Mme Jacobson avait cru à la présence de deux femmes. L'une arrivée défaite et laide, et l'autre, victorieuse.

« Damned ! » avait-elle dit, ébahie. Le vocabulaire

des pionniers dont elle descendait en ligne directe était respecté dans la famille.

Durand l'avait fait penser à un moment inoubliable de sa vie. Son second mari, spécialisé dans le pétrole, l'avait amenée dans le désert et, là-bas, elle avait vécu le moment miraculeux où la foreuse, ayant atteint la nappe profonde du liquide précieux, fait gicler du sol atrocement brûlé de soleil le fric noir, le pétrole.

Durand avait giclé comme ça. Inexplicable et fulgurante.

« On va se retrouver au dîner, avait-elle dit.

— Le temps que vous secouiez votre vieille carcasse et nous en serons déjà au plat de viande », avait dit Durand, et elle était partie, laissant derrière elle une odeur sucrée et forte que Mme Jacobson avait prise, au début, pour un produit insecticide. Elle avait su, quelques jours plus tard, que c'était le parfum de Durand.

Grâce au diable vigoureux dans son âme, Durand s'était comportée avec ses compagnons, dès la première journée, comme si elle avait appartenu, elle, depuis toujours, à la catégorie humaine qui commande. En revanche, diminuée par l'ange qui était en transit dans sa conscience, Mme Jacobson n'avait manifesté qu'humilité et une sorte de disponibilité tendre.

Ayant passé des années en compagnie de vieilles femmes riches, Durand avait découvert la géographie de leurs points faibles. Pour la torture morale, rien n'était mieux que les regrets... Que de leur parler des paradis perdus. De la jeunesse qu'aucune fortune ne remplace...

Ainsi, Durand avait guidé Mme Jacobson dans les dédales des tables recouvertes de nourriture; elle lui avait montré, plat par plat, le vertigineux buffet quotidien où les poissons fraîchement pêchés venaient d'être figés dans des décors aussi sublimes qu'appétissants, où une infinité de sortes de viandes, préparées chacune différemment, faisaient saliver à qui mieux mieux. Durand avait désigné, du doigt, et expliqué le monde des fromages arrivés de France. Elle avait mis dans les mains de Mme Jacobson une noix de coco ôtée du sommet d'une montagne de fruits frais, de succulentes spécialités de la nature cueillies directement aux arbres pour chaque repas. Elle lui avait montré le vin qui coulait à flots, la rôtisserie où des jolies Martiniquaises avaient grillé — « à point, saignante ou bien cuite ? » — la viande fraîche; elle avait traîné Mme Jacobson devant le buffet antillais où toutes sortes de petits poissons encore frétillants étaient venus subir les supplices de la braise et avaient rendu leur dernier soupir en exhalant des parfums de fines herbes; elle lui avait fait miroiter les crabes farcis, et les poulpes grillés; et aussi l'étalage des pâtisseries où une trentaine de sortes de tartes et de gâteaux faisaient presque s'écrouler la table d'une longueur interminable.

« Et de tout cela, vous ne pouvez rien manger ! Vous êtes trop vieille ! Pour vous, ça va être juste une aile de poulet sans graisse. Et encore, il faut qu'on vous la dépiaute... »

Mme Jacobson n'avait pas osé se renseigner quant au verbe : dépiauter.

Et, lors des soirées folles de gaieté où, sur une piste de danse, de vrais et de faux couples s'adonnaient à des rythmes plus ou moins rapides, Durand avait fait remarquer :

« Pour vous ce n'est plus qu'un spectacle... D'ailleurs, vous n'avez peut-être jamais dansé de cette manière-là... Volupté, peau bronzée, l'épiderme qui appelle un autre épiderme, sexe, la découverte de la vraie personnalité de chacun, qu'en dites-vous ?... Pour vous, c'est zéro... Le bonheur contagieux ne peut plus vous atteindre. Mais oui, madame, votre argent vous a vaccinée contre le bonheur contagieux... Vous êtes indemne et triste... Et vieille ! N'est-ce pas ?... Et puis, regardez ! »

Durand avait désigné certains Gentils Organisateurs.

« Sont-ils beaux ? Oui ou non.

— Oui, avait dit Mme Jacobson avec abnégation. Oui, mais vous savez, à quatre-vingt-un ans...

— Justement... »

Freddy, le diable, était devenu admirablement loquace; il lui avait suggéré les arguments.

« Justement, avait continué Durand, tous ces muscles, ces sourires s'ouvrant sur des dents bien lavées et d'une blancheur exemplaire, tout cela n'est plus pour vous. Du tout ! Ces épaules roulées, ces abdominaux de fer, ces hommes du soleil, ces hommes de plaisir, ce n'est plus pour vous. C'est fini ! »

Le mot plaisir avait fait sombrer Mme Samuel Jacobson dans un désagréable vertige. Son troisième mari, un spécialiste en congélateurs pour bœufs entiers, lui avait embrassé un jour un sein. C'est grâce à ce téton taquiné que la petite ville où elle, Mme Jacobson, avait jadis habité, avait eu une nouvelle église. Pour se faire pardonner... Parce que, lorsque le fabricant de congélateurs s'était mis à sucer son téton, elle avait eu tout son corps traversé comme par un éclair. « Ça doit être un péché », s'était-elle dit. Et elle avait expié.

Durand, devenue une sorte de poète à l'envers, lui avait même dit, lors de ces soirées martiniquaises où le ciel semble descendre sur la terre et recouvrir chacun d'une étoile, où la pensée n'est plus qu'une étoile filante, et où ils avaient eu leurs quatre étoiles quant aux plaisirs de toutes sortes, culinaires, intellectuels, physiques, nostalgiques, abstraits et palpables, dans ce Club, à la Martinique, où ils étaient tous devenus Roméo et Juliette repus des buffets, recouverts de fleurs, et condamnés à la joie, oui, là-bas, Durand lui avait même dit :

« Vous n'êtes qu'une vieille peau ! »

Durand avait utilisé ces nuits pour expliquer à Mme Jacobson les plaisirs qui lui étaient interdits... Les plongées dans des mers d'une épaisseur bleue et pourtant transparente; le contact fluide d'un gros poisson qui fait frissonner. Chaussé de skis qui font glisser sur l'eau, la vertigineuse fuite vers l'infini. La musique... « Elle est à votre disposition, chère madame Jacobson, mais que ferez-vous du violent sentiment de manque qu'éveillera dans votre âme un concerto de Tchaïkovski écouté au crépuscule ? Que ferez-vous de la mer rose que le soleil moribond est en train de teinter de violet ? Vous ne ferez plus rien du tout. »

« Mitchell, avait dit Mme Jacobson à son homme d'affaires principal. Mitchell, vous m'avez trompée ! Vous ne m'avez jamais dit qu'il valait mieux dépenser intelligemment onze mois d'économies au cours du douzième, plutôt que de claquer l'argent sans plaisir...

— Mais, madame, vous n'avez jamais dû faire des économies...

— Justement, Mitchell... Je suis navrée. L'argent facile ne donne pas autant de plaisir que l'argent difficilement gagné.

— Votre argent facile a l'odeur du pétrole, avait dit Mitchell. Et l'argent difficile des autres a une odeur de sueur...

— Mitchell ! Je désire changer mon testament. Le refaire... J'ai décidé de laisser toute ma fortune...

— Toute ? »

Mitchell s'était exclamé, verdi de tristesse.

« Toute. A une nommée : Durand. Son prénom m'échappe. Vous retrouverez son adresse par le Club Méditerranée de la Martinique. Toute ma fortune à cette femme qui a eu le courage de me dire : Zut.

— De vous dire quoi ?

— Zut.

— C'est quoi : Zut ?

— C'est une expression française qui remplace chez les gens bien élevés un mot par lequel est désigné vulgairement : l'excrément...

— Que va-t-elle faire de tant d'argent ? Pour quelqu'un qui n'a pas l'habitude de dépenser, la tâche va être dure.

— Ce ne sont pas vos oignons, mon cher Mitchell.

— Oignons ?

— Vous me les cassez, Mitchell.

— Pour gérer cette fortune, il faut un consortium d'hommes d'affaires.

— Elle claquera l'argent, avait dit Mme Jacobson, avec bonheur.

— Quel âge a-t-elle ?

— La cinquantaine... »

Mitchell s'était affolé.

« Elle n'aura pas le temps de le dépenser; il y en a beaucoup trop...

— Elle le foutra à la poubelle.

— Le... ?

— F.O.U.T.R.A... avait épelé Mme Jacobson. C'est un mot de même origine que... mais je ne vous le dirai qu'à l'oreille, Mitchell. »

C'est par le Club de la Martinique que Durand avait appris son héritage. D'abord, elle avait cru que c'était une blague et, après, que c'était un concours amusant qu'elle aurait gagné.

C'est seulement lorsqu'elle s'était retrouvée dans le salon d'un Boeing qu'elle avait commencé à comprendre son destin.

Elle s'était habituée avec une souplesse admirable à l'argent. Elle bougeait le nez plus que jamais, mais plus personne n'osait en faire la remarque. Durand avait viré le brave Mitchell. Elle l'avait trouvé d'une nature trop agréable et, surtout, trop honnête.

Elle avait fait, en avion, la tournée de ses propriétés et choisi une sorte de château de style mexicain, pas loin de Palms Spring...

Elle s'était adonnée à une collection de jeunes maquereaux qu'elle ne payait que d'espoirs. Et aussi, elle avait fait acheter, partout où elle le pouvait, des tapis de prières.

Dans son immense parc, elle avait fait bâtir une sorte de gigantesque mausolée ouaté de tapis de prières.

Devant le lit de La Varova, il y avait eu un tapis de prières.

« Attention, ne glissez pas sur votre carpette », avait-elle dit un jour à La Varova qui lui avait répondu :

« Durand, votre manque de culture est aussi énervant que votre manque de vocabulaire. Ce n'est pas une carpette, mais un tapis de prières. Carpette... Carpette... Pourquoi ne pas la secouer par la fenêtre d'un pavillon de banlieue ? »

C'est pour cela que, lorsque La Varova avait marché vers la pliure du tapis, vers cette ride du tissu, c'est pour cela que Durand n'avait rien dit. Au contraire, elle avait tiré sur les franges. Pour qu'elle tombe, La Varova...

Voici l'immoralité de mon histoire : le crime parfait existe... C'est une question d'intelligence, n'est-ce pas, Durand ?

UN EXTRÊME PLAISIR

Elle eut quelques difficultés à retirer sa grande valise du porte-bagages. Le compartiment de première classe était vide. Elle luttait seule, debout, les pieds sur la banquette en velours dont se dégageait une légère odeur de cigare refroidi.

Elle réussit à la prendre enfin, cette valise rebelle. Le contact avec le cuir de luxe, comme la première fois où elle l'avait touché, fut grisant. Elle éprouvait une affection violente pour sa valise rouge, garnie de sangles bleu marine. Elle l'avait aperçue, juste cinq jours auparavant, au rayon « voyages » d'un grand magasin.

Elle l'avait désignée du doigt.

« Combien ? »

Le vendeur avait encore, à la suite d'un long bâillement, les yeux humides.

« Ce n'est pas à vendre... Ce n'est qu'un prototype pour prendre des commandes.

— Je la veux, avait-elle dit, étonnée par sa propre fermeté. Je la veux... celle-là... »

Le vendeur maussade s'était éloigné et avait eu une longue conversation avec un chef de rayon.

Lorsqu'il était revenu, il avait éternué d'une manière agressive, et avait dit, tout en se mouchant :

« Le fabricant nous a envoyé ce modèle il y a quelques mois. On n'a pas eu de commandes pour cet article. Elle est trop grande, le rouge n'est pas très heureux, les sangles bleues choquent... Il n'y a plus de porteurs non plus. »

Elle avait mal maîtrisé son impatience. Dans son esprit, la valise était déjà à elle. La valise, familière et complice, réclamait presque un contact physique. Elle l'avait soulevée.

Le vendeur lui avait dit, à moitié caché dans son mouchoir :

« Même vide, elle est lourde. N'est-ce pas ? J'ai des valises extra-légères... Si vous voulez me suivre ? »

Elle avait répondu d'une manière assez sèche que le poids de la valise lui était égal.

Le vendeur, tout en hochant la tête, avait rempli une fiche. Se trompant de prix, il avait dû rayer, annuler et recommencer.

« Je vous la fais emballer ?

— Non. »

Elle avait pris la valise, avait traversé, d'un pas décidé, l'étage peu encombré — il était tôt et les gens avaient sommeil.

« ... rouge... »

Elle avait entendu prononcer ce mot par une vendeuse. Sur l'escalier roulant, la valise avait pris une place considérable : une marche au-dessus et une en dessous de celle sur laquelle elle se tenait. Quant à elle, dans sa longue traversée du grand magasin, elle avait semblé transparente. Si on avait demandé aux employés de décrire son aspect physique, ils n'auraient rien pu dire d'autre que le fait qu'elle portait une valise rouge.

Ce n'est pas seulement le compartiment qui était vide, mais peut-être le wagon aussi. Le voyage de luxe dont elle avait tant rêvé devenait un voyage royal. Comme avec un train spécial. Elle jeta un coup d'œil sur son bracelet-montre. L'aiguille se traînait; les minutes se succédaient avec une lenteur exaspérante. Le bruit habituel du train, ce bruit métallique insistant, s'incrustait dans le cerveau; le bruit devenait aussi profond et parfois aussi incontrôlé qu'une pensée.

Le paysage gris défilait dans une monotone harmonie. C'était l'Allemagne en février, avec, ici et là, de tristes pellicules de neige et des cheminées d'usines qui perçaient l'horizon.

Elle allait, pour ses vacances d'hiver, chez une tante qui habitait dans un bourg dont le nom persistait à s'échapper de sa mémoire; c'était la station après Augsbourg.

Sa tante, française elle aussi, était la veuve d'un petit industriel allemand. A la mort de son mari, elle avait hérité d'une maison, collée presque sur la fabrique de lacets de chaussures. Elle avait invité sa nièce pour que celle-ci voie un peu le monde. « Evidemment, ce n'est pas très jeune ici comme ambiance. Il n'y a pas de montagnes, ni de skis; mais je te présenterai à mes amies, veuves comme moi, dames charmantes... et le salon de thé... petits gâteaux chauds vers cinq heures, toasts croustillants. Vie locale amusante, ma chérie... »

Elle venait de boutonner son manteau. Coup d'œil sur la montre. Il ne s'était écoulé que sept minutes depuis qu'elle avait mis la valise dans le couloir. Quelques jolies robes, même une trousse de maquillage. Pourquoi est-ce que je ne me maquillerais jamais ? Il faut vivre, être comme les autres, surtout prendre son temps. Prendre son temps, c'est s'asseoir devant une glace et essayer de tracer une ligne sur la paupière, juste à la lisière des cils... si vous voulez donner une profondeur à votre regard... Elle avait des vertiges lorsqu'elle se regardait. Ses yeux devenaient des puits dangereux où elle tombait sans pouvoir se retenir. Trente-cinq ans, une maigre aventure, qui aurait osé appeler cela amour ? Le visage caché, les jambes écartées, un peu parce qu'il les a forcées, même pas un baiser, rien. Une douleur insignifiante et un « je t'appellerai »... Et puis des sorties, où elle partageait l'addition. C'était normal et triste. Il y avait aussi cette désolante timidité qui l'empêchait d'aller dans un club de vacances, l'idée qu'elle puisse rester seule dans une foule, les groupes partout, les « tu viens ? », les bras sur les tailles, et la terreur de rester dans un coin.

La lettre de la tante était arrivée juste au bon moment.

Elle aperçut à peine un contrôleur pressé qui traversait le couloir de ce wagon vide, comme s'il allait être en retard. Il prononça, avant de disparaître : « Augsbourg, cinq minutes d'arrêt. »

A cause de la buée, elle ne voyait plus rien du monde extérieur. Elle voyageait comme dans une boîte emplie de coton. Objet fragile qu'on préserve d'un choc.

Le train ralentissait maintenant; le hoquet métallique s'espaçait; on entrait en gare.

Quelqu'un cria en allemand : Augsbourg... Ce qui venait après pouvait signifier, en allemand : cinq minutes d'arrêt...

A cause de la petite secousse de l'immobilisation du train, elle reçut la valise rouge contre ses jambes. C'était presque réconfortant.

Comme pour jouer, elle s'était mise à essuyer la buée sur la vitre du couloir. Pour voir quelque chose d'Augsbourg. Ne fût-ce que pendant cinq minutes.

« ... Quelques dames charmantes... » avait écrit la tante.

Une grande tristesse la gagna. La gare était assez jolie, même déserte. Dans le cercle qu'elle avait dessiné à la hauteur de son visage, dans ce cercle entouré de buée, apparut la silhouette d'un jeune homme, qui longeait le train arrêté; il avait dû venir pour attendre quelqu'un; il marchait d'un pas traînant vers son wagon à elle. Elle dut élargir le cercle pour mieux le voir. Il portait un imperméable serré à la taille. Trop ? Peut-être. Le col remonté, comme Humphrey Bogart dans ses vieux films. Un porteur passait aussi, le regard et le chariot vides. Juste devant. Le type à l'imperméable avait vingt-six, vingt-sept ans, les cheveux blonds, un peu drus, presque comme mal coupés, émouvant dans un sens. Emouvant, pour elle. Les yeux verts, il était là, devant le wagon. Leurs regards s'accrochaient. Il semblait hésitant. « Il me confond avec quelqu'un... » Il baissa les paupières lourdement. Un beau sourire éclaira aussitôt son visage; l'image qu'il avait dû voir, l'image projetée en lui-même avait dû être belle.

Elle sentait ses veines se gonfler sur sa tempe. Depuis son enfance, elles existaient. Comme dessinées avec un gras crayon bleu. Sa gorge se serrait aussi. Soudain, il y eut un petit choc dans le train; la valise retomba contre ses jambes. — Avait-on accroché ou décroché un wagon ?

Le garçon rouvrit les yeux; son sourire presque effacé ne fut guère plus qu'un parfum sur son visage. Elle venait de découvrir l'impeccable chemise de l'homme, et l'impeccable cravate bleu marine. Cette cravate qui soulignait, par sa sobriété, la blancheur extrême de la chemise.

« Comme pour une fête », pensa-t-elle.

Il lui fit soudain un petit signe de la main droite, à la fois un adieu et un appel. Ce geste, on pouvait le traduire comme on voulait.

Elle sentit une chaleur incroyable dans son corps. Un vrai volcan. Le geste venait de se transformer en une invitation imperceptible. Surtout les yeux, ces yeux verts qui persuadaient, et ce sourire qui s'ouvrait sur des dents carrées et blanches comme sa chemise.

Elle empoigna sa valise. Qui avait osé dire qu'elle était lourde ? Elle se précipita vers le bout du couloir; elle descendit du train juste au moment où un employé commençait à refermer les portes.

L'homme eut un regard amusé pour la belle valise; il la regardait même avec intérêt. « Ce n'est pas la valise de tout le monde », avait dit à Paris un chauffeur de taxi.

Tremblant de tout son corps, elle ne savait pas très bien si elle devait avancer ou non. L'homme l'observa encore pendant quelques secondes. Alors, il s'approcha d'elle. Il souleva la valise et la prit, elle, par la taille. Ce geste tellement convoité, ce geste devenu le symbole de tant de rêves : appartenir à un homme !

La tenant ainsi par la taille avec beaucoup de courtoisie, il lui avait parlé en allemand.

« Je m'appelle Nicole, avait-elle dit, et je ne parle pas un mot d'allemand. Rien. »

L'ayant entendue parler français, le jeune homme avait prononcé :

« Paris. »

Aussitôt après, il s'était désigné, avec, sur son visage, une expression mi-gaie, mi-sérieuse.

« Johann. »

Johann. C'était enfin l'inattendu. L'aventure. Le rendez-vous céleste. Le vertige de la liberté l'avait fait tournoyer dans un vide délicieux. L'incompréhension totale entre eux était un alibi sans prix. Une femme, dont il ne saura jamais rien, passe, et un homme, dont elle ne connaîtra jamais l'histoire, la prend dans ses bras. Elle était folle de joie d'avoir eu le sang-froid de donner un faux prénom. Et de sortir ainsi du monde des identités définies, des normes, des règles, d'être dans un état d'apesanteur.

« ... t'attendrai avec un café au lait et des brioches chaudes; maintenant, j'ai tout mon temps pour faire des gâteaux; tu seras épuisée après cette nuit de voyage, même en première classe, et... tu auras faim... » « Chère tante. Demain. Je vais dire que c'était une erreur de date. C'est tout. »

Ils venaient de franchir le contrôle. Une femme, dont les doigts boudinés sortaient rouges de ses mitaines, leur avait enlevé les billets. Lui, il avait rendu un ticket de quai. Elle ne saura jamais qui il avait attendu à la gare d'Augsbourg. Et elle n'avait aucun désir d'analyser la situation, ni de s'interroger quant à cette journée. Elle avait considéré, en accord tacite avec son subconscient, qu'elle avait pris un temps de recul par rapport à sa vraie vie; la langue inconnue aidant, l'excursion ressemblait soudain à un rêve, à un rêve conscient, à une sorte de volupté provoquée par des événements étrangers lors d'une promenade à l'intérieur d'elle-même.

La ville était grise et aimable ce matin-là. Des anges baroques, joufflus, et verdis par des siècles d'humidité, tenaient dans leurs mains dodues des bouts de pierre. Ici, une fenêtre dans deux paumes d'enfants du ciel; là, un porche sur lequel deux autres gambadaient; et là-bas, auprès des colonnes qui entouraient l'entrée d'un immeuble ancien, aussi finement sculpté par endroits qu'une dentelle, un visage d'ange souriant.

Elle sentait la pluie, une pluie fine et douce, comme si quelqu'un avait pleuré sur son visage.

L'inconnu désigna un café et lui fit comprendre que c'était le moment de s'asseoir un peu. « Oh ! ce café, dit-elle, comme au paradis... » A l'intérieur du café, il n'y avait que quatre clients à quatre tables, dispersés; ils étaient comme fâchés, avec leurs journaux montés sur un cadre en bois, tenus par une poignée que chacun serrait de la main gauche pour feuilleter les pages de la main droite.

« Zwei cafés », avait dit Johann.

La musique de la langue ! Obscure et délicieuse chute dans l'inconnu, gouffre doux où l'on avance sans douleur, comme dans le velours.

Il avait mis sa main sur celle de Nicole. Nicole, faux nom. Mais la main était vraie. Chaude, grande, enveloppante, les doigts longs. Une merveille de main. Une main faite pour l'amour, dans une grande pudeur, lisse et longue cette main, plus qu'une main, une confession. Elle avait envie de se pencher sur cette main et de l'embrasser. Avec beaucoup de délicatesse. Et de foi. Comme les vieilles paysannes qui embrassent les pieds glacés des statues des saints.

Le serveur avait posé deux cafés sur la table dans deux petites cafetières individuelles, et puis aussi deux verres d'eau.

L'Allemand lui avait chuchoté quelques mots doux à l'oreille, et c'était de nouveau la délicieuse incompréhension, le contact des lèvres sur l'oreille gauche, cette chaleur qui irradie de cet endroit dans tout le corps, et son ventre, serré soudain, dans une attention crispée; « quelque chose se passe dans mon corps pour la première fois », avait-elle pensé, et elle avait reçu cette sensation comme un cadeau.

Il avait payé, nonchalant, avec une poignée de monnaie posée sur la table; le reste, il l'avait repris, comme un enfant aurait récupéré ses billes, et cela avait fait un petit bruissement métallique dans la poche de l'imperméable.

Fils de famille en visite à Augsbourg ? Jeune officier en permission ? Officier — peut-être à cause des cheveux drus et coupés comme ça ? Elle jouait avec des hypothèses, sans attacher d'ailleurs la moindre importance à une vérité éventuelle.

Ils étaient repartis dans un beau mouvement. Tout tendre, il l'avait aidée à sortir de cette banquette où la table laisse si peu de place pour le passage.

La ville humide les attendait. Le trottoir, ici, dans cette rue ancienne, était une suite de petites pierres rondes, brillantes parce que ruisselantes d'eau. Au bout, une fontaine les guettait au passage, un monstre aimable tirait la langue et crachait une eau limpide dans une vasque.

« Le diable », avait-elle dit en plaisantant.

Le jeune homme lui avait fait un signe qui voulait dire : « Je ne comprends pas. »

Sur la façade d'un immeuble de trois étages, une fenêtre venait de s'ouvrir. Une dame au visage rond, les cheveux retenus dans un bonnet entouré de petites dentelles, allait secouer une carpette de couleurs vives.

Un profond bien-être avait envahi Nicole. Son vrai nom était Hélène. Elle le lui dirait après, plus tard. Un sentiment de sécurité d'un goût enivrant la transportait. Enfin, elle n'était ni pressée, ni humiliée, ni dégradée par les autres; elle se sentait légère, gracieuse; et ce garçon à côté d'elle qui l'amenait, qui la dirigeait, en la serrant parfois par le bras, était la sérénité même.

« Enfin un amant doux, un amant qui prendra son temps. C'en est fini avec ces sombres brutes toujours haletantes de nervosité. » Parce que, après le premier, il y en avait eu un second. Un rigolo au déjeuner, un boute-en-train, un vieux gamin. Il l'avait prise presque entre deux portes. La cravate rajustée, les bretelles arrangées, il était reparti vers son bureau, content.

Ce souvenir pénible lui avait fait gonfler les veines sur les tempes. Johann avait aperçu ce petit phénomène nerveux. Il avait déposé la valise, il avait longuement regardé Nicole, il avait touché à ce bleu dessin sur sa peau, comme pour l'apaiser, et il l'avait embrassée sur le front.

Elle avait ressenti une telle gratitude pour ce geste qu'elle l'avait embrassé sur la joue. Il avait une odeur d'eau de toilette. C'était le bonheur.

Ils avaient erré encore dans le vieux quartier de la ville. Elle avait aperçu une petite église posée sur une place comme un jouet. Ils s'étaient engagés dans une ruelle étroite, où de très anciennes maisons se dévisageaient. Et, là-bas, un aveugle tournait et retournait la manivelle d'un orgue de Barbarie.

Jusqu'ici, toute musique n'était qu'écorchure pour Nicole. Un attentat contre son être intime. Une violation du domicile de son chagrin privé. Une effraction dans son âme. La musique l'avait, jusqu'à ce jour, vidée de sa substance. Elle devenait peu à peu vide, comme un sablier retourné. Vide, jusqu'au départ du dernier grain de sable.

Aujourd'hui, c'était la fête. La jubilation. Cette valse, cette merveille qui s'était mise à couler dans ses veines, cette valse qui ouvrait des horizons encore plus baroques que le cadre même de cette ville adorable, et si déserte un dimanche matin ! Cette musique dont chaque note portait, en filigrane, des dames en crinolines qui devenaient bulbes de fleurs, et des hommes en habits de jadis ! Jeux d'éventails devant des visages pudiques, épaules nues, lustres étincelants où, dans chaque élément de cristal taillé, se cache l'arc-en-ciel. Le bonheur. Enfin, l'insouciance. Vivre. Aimer.

L'odeur de la cage d'escalier était accueillante, une odeur de cire. La rampe ronde et lisse coulait dans la paume; on aurait pu monter ainsi jusqu'au ciel.

Johann avait porté la valise avec grâce jusqu'au dernier étage. Le cinquième sans ascenseur. Essoufflée et de plus en plus libérée de tous complexes,

Nicole s'était laissé couler dans les bras de Johann, encore haletante de ces étages raides, où les marches inlassablement donnent leur réplique grinçante au pas.

Il n'y avait qu'une porte à cet étage-là. Johann l'avait ouverte. Il avait précédé Nicole. « Je lui dirai bientôt que je m'appelle Hélène. »

Elle n'avait pas su où il avait pu camoufler l'énorme valise; elle avait disparu et Nicole, heureuse, avait aussitôt embrassé du regard ce grand studio. Etait-ce un grenier transformé en habitat de luxe, comme font les riches étrangers, rive gauche ?

Par les fenêtres, elle avait découvert les toits bleus d'Augsbourg; d'ici, le monde était devenu une forêt de toits.

Johann lui avait enlevé son manteau. Il l'avait déshabillée lentement, comme un enfant soigneux déshabille sa poupée.

Il n'avait plus sa belle chemise; il était nu, lisse; un corps dont chaque parcelle de peau devait être couverte de baisers.

Il l'avait amenée sur le large canapé recouvert d'un couvre-lit patchwork et elle avait eu le sentiment d'avoir atteint enfin, à trente-cinq ans, une liberté totale.

A côté de Johann, sur le patchwork multicolore, tout s'était, pour elle, ouvert sur des délices. Parfois, elle s'était agrippée à son cou et elle l'avait supplié de la pénétrer enfin. Elle avait encore la force d'être franche, d'utiliser les mots qu'elle avait jusqu'ici écartés de son esprit par convenance et par pudeur.

C'est seulement au début qu'elle avait serré un coussin de soie contre son visage, pour étouffer son halètement; plus tard, pour la troisième ou quatrième fois, le coussin avait atterri ailleurs, et elle s'était mise à vivre ce plaisir le visage découvert; à la fin même, le regard dans le regard de Johann.

Elle s'était endormie. Lorsqu'elle se réveilla, elle n'avait aucune idée de l'heure. Elle s'était levée, elle avait découvert la salle de bain; elle s'était baignée longuement dans un bain chaud. Johann avait dû partir pour chercher quelque nourriture. Un déjeuner ? Un goûter ?

Elle avait ri de bonheur de ne pas savoir l'heure. En quittant son bain, entourée d'une grosse serviette-éponge mauve, elle s'était aperçue dans un miroir. A travers la buée. Et c'était pour la deuxième fois aujourd'hui qu'elle avait effacé un rideau de buée entre elle et le monde extérieur. Elle s'était découverte presque belle. Animée, le regard empli d'ombres et de lumières.

Elle était revenue dans la grande pièce, tout en chantonnant, lorsqu'elle avait aperçu un papier blanc glissé sous la porte. C'était une page d'un cahier d'écolier et l'écriture était celle d'un enfant de neuf ou dix ans.

« C'est mignon, avait-elle pensé. Un message de gosse. »

Si elle avait su l'allemand, elle aurait compris le texte :

« Sauvez-vous. Il est dangereux. Sauvez-vous avant qu'il revienne. Partez en courant, partez... »

« Un mignon gosse m'envoie un message », s'était dit la jeune femme.

En chantonnant, elle s'était mise en quête d'un crayon. Elle avait dessiné sur la feuille de cahier un train, un monsieur qui regarde le train, et une dame qui en descend.

Elle avait mis une flèche vers la dame et avait écrit pour la première fois son vrai nom : « Hélène Danrémont. » Et puis elle avait ajouté un mot : « Heureuse. »

Elle avait glissé le papier sous la porte, et elle avait voulu soudain l'ouvrir pour surprendre l'enfant, mais la porte était fermée; Johann avait dû emporter la clef.

« J'ai faim », avait-elle pensé.

Elle s'était mise à chercher à la cuisine quelque chose à grignoter. Elle avait trouvé dans une boîte en métal de vieux biscuits; elle avait l'impression de manger un peu de craie, de croquer une matière faussement résistante, pour tromper l'impatience de son estomac. Tout en fredonnant une petite chanson, elle avait cherché aussi, en vain, le téléphone. Elle aurait voulu appeler sa tante et lui dire qu'il ne fallait pas qu'elle s'inquiète, qu'il ne s'agissait que de quelques jours de retard.

Elle était en train de compter, sur ses doigts, les jours et les dates qui correspondaient à ces jours-là. Elle imaginait de rester avec Johann; elle ne savait pas très bien pendant combien de temps. Après, il fallait trouver la formule qui permettrait de le revoir — il pourrait venir aussi à Paris pour y passer un week-end — et, mentalement, elle s'était mise à réorganiser son studio à elle, à le rendre plus moderne, à lui ôter tout aspect « vieilles dentelles ». Sa collection d'objets sans valeur et, par surcroît laids — elle en avait quelques-uns, sur une étagère : « les mettre tous à la poubelle ». Comme on dératise, il fallait, avait-elle pensé en fabriquant le mot, « désobjectiser », faire les surfaces lisses.

Elle s'était approchée de la grande fenêtre, mais n'avait rien pu apercevoir de la rue, cachée par les maisons serrées sur deux rangs sages. « Rue étroite, s'était-elle dit, très étroite. Quelle est l'adresse ici ? »

Etonnée, elle s'était rendu compte qu'elle ne savait ni où elle était ni l'heure. Selon les lumières bleuâtres qui prêtaient aux toits d'Augsbourg un aspect assez théâtral, selon ces lumières puissantes, selon ces lumières d'orage, de fumée et de crépuscule, l'après-midi touchait à sa fin.

Elle avait été saisie d'une peur profonde à l'idée que Johann ne veuille plus la retrouver. « Déçu, il vaque peut-être à ses occupations en ville; peut-être voudrait-il que je m'habille et que je disparaisse; fin et délicat comme il est, il n'aurait pas le courage de me dire que l'aventure est finie... »

Parfois, elle avait été effleurée par des bruits venant du palier : « C'est l'enfant qui m'a envoyé le message », avait-elle pensé avec une certaine tendresse. Pour s'amuser, elle avait compté les lumières qui s'allumaient à l'horizon.

Lorsqu'elle avait enfin entendu la clef tourner dans la serrure, elle s'était exclamée de joie. Elle s'était précipitée vers la porte qui s'était ouverte sur un Johann un peu plus grave que le matin. Elle s'était jetée dans ses bras — lui, il avait refermé la porte doucement —, elle s'était calée dans ses bras puissants, et ç'avait été, de nouveau, le bonheur. Il lui avait parlé cette langue inconnue qui ressemblait, ainsi prononcée avec tant de calme, à une musique.

« Je t'aime », avait-elle dit.

Et elle avait pleuré de joie parce qu'il était là, et de chagrin qu'il faudrait un jour se séparer.

Johann avait un aspect légèrement plus sévère que lors de leur rencontre, comme si quelqu'un l'avait grondé; il donnait même des signes de nervosité; il écartait de lui Nicole et la regardait comme s'il la voyait pour la première fois.

Nicole lui avait dit que peut-être ils pourraient sortir et aller dîner dans un restaurant de la ville. Familial lui aussi, le restaurant. Avec, devant de hauts verres de bière, des clients paisibles. Ceux-ci même légèrement farceurs : avec de la mousse au-dessus de la lèvre supérieure, tout le monde est un peu clown, n'est-ce pas ?

Elle avait voulu retrouver sa grande valise rouge

et s'habiller pour cette sortie : « Où est ma valise, mon amour ? »

Johann l'avait regardée maintenant d'une manière assez sombre. « Qu'ai-je pu faire ? » Nicole-Hélène avait frissonné d'une toute petite inquiétude.

Lorsqu'elle avait pris l'initiative, pour elle fantastique, de prendre le visage de Johann dans ses deux mains, d'encadrer les joues lisses et fermes de ses deux paumes et d'embrasser ce garçon sur les lèvres, il était devenu songeur. Il s'était dégagé, comme quelqu'un qui est presque trop heureux; il était allé vers une petite armoire ancienne, d'où il avait sorti une bouteille d'alcool blanc et deux petits verres. Il avait rempli les deux verres, et il avait incité Nicole à boire.

C'était un feu parfumé d'herbes de montagne qui avait soudain dévalé dans la gorge de Nicole. Suffoquée, elle avait regardé la bouteille. « De la gentiane », s'était-elle dit, en cherchant son souffle.

Johann l'avait prise dans ses bras. Il l'avait amenée sur la couverture en patchwork; le mauve en était la couleur dominante, avait enregistré Nicole, qui repartait vers le plaisir, comme vers une autre excursion.

De nouveau, elle allait supplier Johann pour qu'il la pénètre enfin, lorsque son cou avait été entouré, comme par un collier vivant et tiède. Les mains de Johann. Sentir ses mains sublimes sur la peau sensible du cou avait été un surcroît de plaisir. La vie émigrait des extrémités du corps de Nicole; elle abandonnait ses pieds et ses mains; c'était un flux qui remontait vers son cou. Et, parce que, dans sa passion, Johann n'avait pas fait attention et parce qu'il avait serré peut-être un peu plus fort, sur les tempes de Nicole-Hélène les veines s'étaient mises à gonfler. Elle avait ouvert les yeux pour prévenir Johann par son regard qu'il fallait serrer moins. « Mon amour étranger, tu m'aimes trop. » Mais son regard n'avait pu rencontrer le regard de son amant. Johann avait les yeux fermés, les lèvres serrées, serrées comme ses mains.

Nicole-Hélène avait senti sa tête gonfler. Comme un ballon, elle gonflait de plus en plus; l'air devenait rare. « Emporté par sa passion, il plaisante; plaisante-t-il ? »

D'innombrables cloches s'étaient mises à sonner; il y avait à la fois ce bruit des cloches et un bang-bang, comme si quelqu'un avait tapé sur une porte; le monde virait au rouge et au noir; le visage de Johann ressemblait maintenant au négatif d'une photo, noir, avec les lèvres blanches, les cheveux blancs et les sourcils blancs.

Nicole avait la bouche ouverte; elle sentait sa langue qui sortait, comme de son for intérieur; et c'était la fin.

Quatre jours plus tard, un monsieur âgé, aux lunettes dorées, lisant un journal monté sur un cadre de bois, et commandant deux bières, l'une pour lui et l'autre pour sa femme, avait lu, à haute voix, à celle-ci qui avait oublié à la maison ses lunettes :

« La police d'Augsbourg a arrêté enfin le satyre qui rôde depuis des mois. Sa dernière victime, une jeune Française, a été étranglée dans les conditions les plus sordides. C'est un enfant qui a donné l'alarme. Grâce à un dessin explicatif que la victime a pu lui faire parvenir en le glissant en dessous de la porte fermée du studio où elle avait été attirée.

« Quand le satyre a été pris, il semblait calme et plutôt coopératif. Il a avoué que la Française était sa quatrième victime. Comble de cynisme, le satyre d'Augsbourg a insisté sur le fait, non prouvé, que ses victimes mouraient dans un extrême plaisir. Ce dépravé sexuel, cette ignoble brute a signalé aussi l'endroit où se trouvait le corps de la Française. Dans une valise rouge à la consigne de la gare d'Augsbourg. Il a même donné les clefs de cette valise qui se trouve déjà avec son contenu macabre à la morgue. »

Le vieux monsieur avait déposé le journal et avait bu un peu de bière.

« On devrait couper en morceaux des sadiques de ce genre... Déshonorer notre ville... »

La vieille dame, pensive, regardait devant elle. Lentement, elle avait pris un morceau de gâteau au chocolat lourd de crème.

« Le journal parle d'un extrême plaisir ? » avait-elle demandé d'une voix timide.

Elle en avait rougi, d'ailleurs. Mais son mari continuait la lecture. Il enchaînait sur un terroriste japonais qui avait dérouté un avion. Et qui tournait avec ses victimes dans le ciel.

JUSTE UN CAPRICE

« SHEILA, darling », avait dit le petit milliardaire à sa femme, et, tenace dans l'intention de la réveiller, il avait continué :

« Tu dors, honey ?

— U... m... »

L'acquiescement, le « Oui, je dors » sous-entendu, ce U... M..., ce grognement était venu de l'autre lit comme un message d'un autre monde. Ce U... M... avait signifié aussi : « Pitié, le somnifère est en train d'agir. »

« J'aurais voulu te dire quelque chose... d'important. »

Laissé seul avec la révélation qu'il aurait voulu faire à sa femme, Franky était désespéré. Comment supporter l'attente que représentait cette longue nuit ? Comment arriver jusqu'au petit matin sans pouvoir partager avec Sheila l'événement, la fabuleuse décision qu'il avait prise ? Sans cette idée, dont l'exécution avait été par lui aussitôt décidée, il n'aurait jamais su qu'il pouvait encore se faire un plaisir si vif.

Le cerveau envahi par le produit chimique — « aucun risque d'accoutumance, madame », avait dit le docteur Holstein —, les cellules grises étouffées et leur réserve de savoir à la dérive, la mémoire elle-même sapée par les barbituriques, Sheila se calfeutrait encore dans son inconscience artificielle truffée d'images insolites, de fragments de révélations tardives — certaines choses de son passé qu'elle aurait comprises indirectement, dans ce mauvais sommeil — et de quelques frayeurs aussi. Jamais elle n'aurait osé parler à son mari de ce rêve qui revenait périodiquement, de cette ville souterraine dont l'accès, un tunnel, était encombré de cadavres. Pour la cinquième fois, elle les avait enjambés, poussée par une volonté plus forte qu'elle qui l'obligeait à pénétrer dans le royaume apparemment interdit. Elle était accompagnée par un homme dont le visage lui resterait inconnu. Chaque fois, lorsqu'elle se tournait vers celui-ci, le visage de l'homme qui la poussait à pénétrer dans le secret des secrets s'effaçait. Non, jamais elle n'aurait osé confier tout cela à son mari, à cet homme d'affaires remarquable, à ce conjoint à la fois aimé et un peu usé par le temps passé ensemble. La source profonde de leurs liens affectifs était en train de se tarir, de s'amenuiser, comme certaines nappes d'eau dans lesquelles on puise à tort et à travers, sans qu'elles soient alimentées par de grandes pluies et des orages ruisselants.

Escortée par l'homme au visage indéchiffrable, elle avait erré au long des rues de cette ville construite en dessous de celle qui avait été broyée par un dictateur. Ceux qui n'avaient pas voulu se plier s'étaient retranchés ici, dans cette fantastique maquette, réplique, sous terre, de la ville d'au-dessus. Les réfugiés se méfiaient tellement des traîtres, des infiltrations éventuelles d'agents provocateurs et d'espions de toutes sortes, qu'à leur tour ils exécutaient les incontrôlables, ceux qui, ayant pris la fuite, y venaient, mais qui, par malheur, se trouvaient dans l'incapacité de justifier les détails de leur passé.

Dans les rues de cette ville à la fois factice et devenue vraie par la force des choses, où les réfugiés de la terreur d'au-dessus mimaient seulement la vie normale — ils circulaient, ils faisaient semblant de parler, mais tout se passait dans le plus extrême silence —, Sheila avançait dans un quartier baigné de lumière artificielle. Venue de loin, une phrase arrivait parfois en ricochant : « Tu dors, honey ? »

Les murs fragiles, improvisés et bâtis à la hâte entre la conscience et le subconscient, avaient résonné. « Tu dors, honey ? » Malgré cet appel, agrippée à son compagnon, Sheila avançait toujours, jusqu'au moment où elle avait été arrêtée par une sorte de garde civil qui lui avait dit :

« Vos papiers, s'il vous plaît... »

Elle avait voulu, volubile et tremblante, expliquer qu'elle avait fui le tyran. Son compagnon, ce guide mystérieux au visage comme gommé, ne disait rien. Pourquoi ne parle-t-il pas ? C'est pourtant lui qui avait convaincu Sheila de demander un droit d'asile dans la ville souterraine.

« Je vous arrête, avait dit le garde civil, un jeune homme souriant. Vous vous expliquerez avec le procureur... »

« Tu dors, honey ? »

« Avec le procureur... avait répété le jeune patriote. Puis il avait ajouté, affable : « L'interrogatoire ne sera rien d'autre qu'une formalité... Vous n'êtes pas venus par la filière de nos passeurs, donc vous êtes, tous les deux, pratiquement morts. »

L'épais sommeil de Sheila avait été égratigné vaguement par une phrase lointaine :

« Honey, j'aurais voulu te dire quelque chose. »

Paniquée, elle s'était accrochée au bras du garde civil dont le visage avait semblé touché par une légère compassion.

« Pourquoi nous tuerait-on ?

— Dans un monde où les tyrans dictent leur loi, qu'on soit oppresseurs ou révoltés clandestins, il faut tuer, hélas, pour pouvoir survivre ! avait répondu le jeune homme gracile. Vous êtes certainement des espions du tyran... Avec votre fausse candeur... Vous semblez si innocents que vous ne pouvez être que coupables.

— Honey !

— Vous serez pendus tous les deux... Vous ne ferez que passer devant le procureur; il fera un signe d'acquiescement de la tête et vous continuerez vers l'échafaud. Venez donc. »

Accompagnée de l'homme sans visage, Sheila, docile, l'avait suivi vers la mort évidente.

« C'est dommage de vous tuer... avait dit le jeune homme. Mais vivants, vous représentez trop de risques pour nous.

— Honey ! »

Grâce à la voix de son mari, elle avait compris qu'elle vivait un rêve pénible. Le « honey » lointain l'avait aidée comme une bouée de sauvetage. Elle s'y était cramponnée.

Elle avait continué à suivre son chemin dans ce cauchemar. Poussée par une curiosité malsaine, elle allait jouer avec un monde impalpable, tergiverser avec l'horreur, explorer l'épouvante, se défouler ainsi dans un macabre de pacotille. Lorsqu'elle avait aperçu le bourreau — déguisé en pompier, un tuyau d'arrosage dégoulinant de sang à la main — elle avait décidé de faire surface.

« Je ne dors plus », avait-elle prononcé d'un ton morne, revenue épuisée d'une aventure à garder en secret. L'univers d'épouvante aurait semblé ridicule à son mari qui dormait sans rêves. Il aurait été désorienté par le contact avec le monde abstrait des songes. Franky appréciait surtout la placidité de Sheila, sa nature réservée, son contrôle sur elle-même, les preuves indiscutables d'une éducation coûteuse à Taft University. A Boston.

« Voudrais-tu venir ici... dans mon lit ? »

Il avait la voix et les intonations d'un petit garçon respectueux s'adressant à sa mère.

La tête brimbalante, les jambes chancelantes, Sheila avait rejoint son mari. Il l'avait prise aussitôt d'un mouvement chaste dans ses bras. Enfermée dans le cercle lumineux de la lampe de chevet, elle avait tourné la tête vers Franky camouflé par une zone d'ombre.

« Etait-ce si urgent ? Pour me réveiller... En pleine nuit...

— Pardonne-moi, honey. Je suis bouleversé par ma décision; il fallait que tu le saches. Je vais acheter un avion.

— Un quoi ? »

La bouche pâteuse et l'esprit chamboulé, elle avait répété :

« Tu vas acheter un quoi ?

— Un avion.

— Un avion, avait repris Sheila, un avion. »

Elle aurait été heureuse de bâiller enfin, de bâiller comme un laboureur prêt à s'écrouler après une journée de travail épuisant. Bâiller, bâiller... Se soulager.

« Je voudrais circuler librement, avait continué Franky. Les avions commerciaux ont de plus en plus de retard. A cause du trafic aérien accru.

— Et tu veux piloter ?

— Du tout. Ce n'est pas un petit avion que je désire, mais un Jet... N'aie pas peur : pas un Boeing 747. Mais un Jet de six places nécessitant un pilote et un copilote. Ça m'amuserait de partir quand je veux, où je veux. De pouvoir décoller à n'importe quel moment.

— Juste un caprice, avait dit Sheila. Tu veux ton jouet. Tu as déjà des actions d'une compagnie de chemin de fer, tu veux maintenant voler... Aller où tu veux, à l'improviste.

— L'avion, avait dit encore Franky, nous pouvons

nous le permettre. Nous sommes, vraiment, très riches, Honey. Nous vivons au-dessous de nos moyens. L'avion va être la solution aux problèmes de présence dans mes différentes affaires. Les élevages de bœufs, les haras, les plantations sont plutôt dispersés, d'un Etat à l'autre. Grand-père les avait achetés selon les occasions qui se présentaient; père les complétait sans se soucier des distances. L'un des petits Jets dont j'ai entendu parler a une puissance de vol de quatre ou cinq heures sans escale. Il est donc plus que facile d'arriver, impromptu, n'importe où, et d'inciter ainsi les directeurs, régisseurs et administrateurs, à mieux travailler...

— On va être encore plus riches, avait dit Sheila tristement, parce qu'elle n'avait pas réussi à bâiller. Et on n'a pas d'enfants... A quoi bon ?

— L'enfant vient presque toujours lorsqu'un couple y renonce, a dit le docteur Holstein lors de sa dernière visite; tu t'en souviens, honey... N'y pense plus et nous l'aurons, cet enfant. Ça va être comme un miracle. Dieu nous le donnera à un moment précis, choisi par Lui et indépendant de notre volonté. »

Sheila s'était apaisée. L'absence de l'enfant vainement désiré l'avait juste fait frissonner. Au stade de leur délicatesse réciproque, ils n'avaient pas cherché à définir auquel d'entre eux la stérilité incombait. Aurait-il, lui, le mari, ce petit homme assez frêle, une défaillance glandulaire ou bien aurait-elle des accrochages dans le va-et-vient subtil et assez mystérieux des hormones ? Le tacite non-savoir les avait placés sur un terrain neutre et affable.

Comme il se doit lors d'un achat d'une si grande importance, Franky avait examiné plusieurs modèles de Jets; il avait même attendu l'ouverture d'une exposition spéciale où des prototypes étaient alignés, l'un à côté de l'autre, sur un terrain d'aviation. M. Monky, le représentant de plusieurs firmes, avait accompagné Franky lors de cette visite. Ainsi, celui-ci avait pénétré pour la première fois à l'intérieur de « Spring Bird », « l'Oiseau du Printemps », un petit Jet d'une marque encore assez mal connue.

Les sièges étaient amovibles; ils glissaient, selon les besoins, en avant, en arrière, et même à droite et à gauche. Ils étaient, comme l'intérieur même de l'engin, d'un jaune canari. On pouvait, avec ces sièges, former un cercle.

« Utile, pour les conversations d'affaires », avait dit M. Monky, respectueusement.

Derrière ces quatre sièges, au fond de l'avion, se trouvait une banquette, jaune canari elle aussi; elle était équipée avec deux paires de ceintures de sécurité.

« C'est pour les dames qui ne voudraient pas participer aux conversations d'affaires », avait expliqué M. Monky.

Le mot « affaires » était sorti de sa bouche d'une manière encore plus révérencieuse.

« Ou bien pour vos enfants. »

Franky aurait pu dire qu'il n'en avait pas. Pas encore. Mais, en quoi cela aurait-il concerné M. Monky ?

Pendant la visite de l'avion, Franky, pourtant assez imperméable aux impressions pittoresques, avait subi, vraiment malgré lui, l'assaut d'une gamme de sensations. L'avion lui était apparu comme un gigantesque objet familier. Son cœur s'était mis à battre un peu plus rapidement. Il y avait eu comme une lente ivresse dans son corps. Le visage de M. Monky s'était estompé; seule sa voix était restée audible pour les explications, les définitions techniques, mais elles s'étaient recouvertes peu à peu d'une épaisse couche d'indifférence de la part de Franky. Celui-ci s'était assis sur un des sièges amovibles jaune canari et il avait bouclé la ceinture de sécurité du geste de l'habitué des voyages aériens. Un sentiment de bien-être l'avait envahi, quelque chose de particulier, une sensation qui aurait ressemblé au bonheur.

« Quant aux hublots — la voix de M. Monky était venue vers lui ouatée, comme à travers une anesthésie légère — on les fonce selon le besoin; les verres tournent dans leur cadre; vous avez une gamme étendue, du très clair à l'obscur; ou bien, si vous voulez, nous les remplacerons par des verres photograys, comme ceux des lunettes, oui, et ces verres fonceront d'eux-mêmes selon la luminosité. »

Franky en avait eu soudain assez de toutes ces explications. Il avait voulu se lever, mais, à cause d'un blocage inattendu de la boucle métallique, il n'avait pas pu ôter la ceinture de sécurité fermée autour de sa taille. La boucle résistait d'une manière aussi primaire que sauvage. Ni gestes experts ni mouvements brutaux ne servaient à rien. Franky était immobilisé sur son siège, coincé, comme pris dans un piège dont l'efficacité aurait dépassé l'imagination de l'inventeur. M. Monky, affolé de cet incident, avait fait venir aussitôt de nombreux techniciens; dans leur désarroi, ceux-ci avaient décidé qu'il fallait sectionner la ceinture.

« Si tous vos accessoires sont aussi camelote que ça, d'une qualité de finition si médiocre, les moteurs doivent être mis à la poubelle au bout d'un an, avait dit Franky, très irrité.

— C'est que l'avion veut le garder, cet homme-là ! » avait dit un aide-mécanicien portoricain.

Et puis, ç'avait été la libération inattendue, un clic-clac, et la ceinture s'était ouverte, au moment où personne ne s'en était plus occupé. Franky s'était levé. M. Monky avait bien compris que l'affaire était perdue. C'était ainsi, la vie : le succès ou l'échec à un petit détail près...

L'incident pittoresque, et si inhabituel, avait été raconté par Franky à Sheila. « Evidemment, jamais je n'achèterai un avion dont les détails techniques sont à ce point défaillants... »

Franky avait décidé l'achat d'un autre avion, baptisé « Sky Shark », « Requin du ciel ». Mais, son choix fixé, il avait été gagné par un sentiment de chagrin, par l'idée d'une frustration qui l'avait rendu nostalgique. Il aurait dû signer un lundi l'acte officiel de commande du « Requin du ciel »; il était assis dans un des fauteuils accueillants du directeur commercial de la grande firme dont le « Requin » était la fierté; Franky avait déjà dévissé son stylo en or massif; il avait déjà la main posée sur la première feuille du document, lorsqu'il avait dit avec beaucoup de courage, un courage réveillé en lui d'une manière inattendue : « J'ai besoin de réfléchir encore. Je suis vraiment navré; mais je ne peux pas signer aujourd'hui. Je ne peux pas. »

Le gratte-ciel de trente-neuf étages à peine quitté, il avait repris sa voiture et il avait lancé à son chauffeur le nom de l'aérodrome. Il devait s'y rendre, péremptoirement.

Arrivé sur le terrain, il avait aussitôt aperçu « Spring Bird ». L'avion était là. Non loin de baraquements simples d'aspect, mais luxueusement aménagés à l'intérieur. Il était là, « Spring Bird », à la fois élancé et d'un aspect presque gracile. Plus petit d'ailleurs dans sa vérité palpable qu'il ne l'avait été dans l'imagination de Franky.

Avec l'aide du jeune mécanicien portoricain — un billet de dix dollars avait été glissé dans la main du garçon — Franky avait pu se procurer les clefs de l'avion. Et l'escalier mobile grâce auquel on pouvait y accéder avait été avancé.

Depuis son adolescence, Franky avait souffert de l'idée de ne pas être à la hauteur de son propre destin. Héritier, il n'avait jamais fait autre chose que de conserver les biens qui lui avaient été transmis. Fourmi intelligente, il avait le sens de la sauvegarde d'une fortune. Mais jamais aucun jaillissement fulgurant n'avait traversé son cerveau; l'ivresse de la création lui avait échappé; jamais il n'avait aperçu un fabuleux continent ignoré de tout le monde; jamais il n'avait désigné, la main tremblante d'émotion, une frange de côte en criant, les yeux inondés de larmes : « Terre, terre, mes amis ! Terre ! » Jamais il n'avait veillé, asphyxié d'orgueil et sursaturé de passion, sur un projet qui aurait dû révolutionner le monde. Franky, malgré toute sa fortune que certains supposaient colossale, vivait à côté de la grandeur. Et il le savait. Sa soif de grandeur était devenue une source de perpétuel tourment. Il portait ce qu'il imaginait être une grisaille médiocre comme des chaussures qui lui auraient serré les pieds, et il souffrait à chaque pas.

Dès qu'il avait pénétré dans l'avion, un souffle, dont le goût de puissance avait empli son âme d'un bonheur insoupçonné, avait enflé ses poumons. Il s'était assis, respectueusement presque, à la place du pilote, et, avec un geste tendre, il avait mis ses mains sur le tableau de bord.

L'achat de l'avion avait changé jusqu'à ses relations avec Sheila. A la fois plus distant encore et plus sûr de lui-même, il l'avait éblouie par son aspect de conquérant. Lors d'un de leurs voyages dans Spring Bird, Franky s'était rendu compte d'un fait particulièrement gênant, c'est qu'il aurait donné tout l'or du monde pour être seul dans l'avion. La présence de sa femme l'incommodait; cette présence lui procurait soudain une sensation de démangeaison; il ne s'agissait plus d'une femme, mais de la manifestation personnifiée d'un urticaire géant, et il aurait aimé donner un ordre pour obtenir de se débarrasser d'elle sous n'importe quel prétexte. Hélas, impossible ! Sheila, heureuse, commentait la forme des nuages; ils volaient en effet sur des coussins rose et gris, gonflés de mystères, à dix mille mètres d'altitude.

Au bout de quelques mois, une nuit où Sheila avait refusé le rêve connu — elle était arrivée devant le tunnel encombré de cadavres, accompagnée par un homme affable dont le visage était de plus en plus flou —, cette nuit-là, Sheila, extirpée de son horreur habituelle, revenue vers la vie réelle, avait dit en allumant la lampe :

« Notre vie a beaucoup changé, Franky... Tu as quelqu'un... Tu as quelqu'un dans ta vie. »

Il venait de sortir de son puits d'inconscience et, aussitôt lucide, il avait écouté la voix de Sheila qui répétait :

« Tu as quelqu'un dans ta vie.

— Tu plaisantes ?

— Non. Du tout.

— Jamais je n'ai pensé à une autre femme. Jamais... »

Elle n'avait pas répondu.

Et Franky avait dit :

« Tu dors, honey ?...

— Non. »

Et elle avait ajouté d'un ton de petite fille angoissée :

« Tu aimes ton avion plus que moi...

— Mais non, mais non, mais non, avait-il dit dans une immense protestation, dans une fausse indignation. Quelle bêtise... ma chérie... »

Mais, au fond de son cœur, il avait jubilé. Une immense fête intérieure avait éclos dans son âme. Grâce à Sheila, il pouvait enfin définir l'origine de son bonheur assez insensé. C'était vrai, il aimait son avion plus que sa femme; elle venait de le dire, donc c'était vrai. Il était même un peu affolé, parce qu'il venait de découvrir combien il pouvait dissimuler un sentiment.

« Comment peux-tu dire une chose aussi bête, honey ?... Comment ?...

— Parce que c'est vrai... »

Elle avait semblé très calme, dans ce dialogue nocturne; ses larmes mouillaient l'oreiller, c'était tout.

« Mais non », avait-il dit, et son bonheur d'avoir compris son amour pour l'avion était tel, si puissant, qu'allongé sur son lit, pour la première fois Franky avait eu l'impression de frôler la grandeur.

Pas « de plus en plus haut ». Non. Mais « de plus en plus loin »... Comment s'arrêter lorsqu'il suffit de reprendre du combustible et de continuer avec allégresse le voyage dans l'éternité ? Une calvacade géographique qui allait défier l'imagination. La course haletante du plaisir de décoller, d'aller à un autre endroit... Passer une nuit de vingt-quatre heures à Las Vegas ! « Joue donc, mon vieux, joue, ta vie ou tes sous... » A Las Vegas, le jour n'était qu'une plaine morne désertée par tout le monde; c'était la ville de la nuit. Fasciné par les nuits de Las Vegas, il avait découvert avec étonnement qu'il n'oserait jamais jouer de peur de perdre son argent. L'argent qui sert à acheter le fuel. Juste donc une ou deux escales à Las Vegas : un gala avec le chanteur de charme au visage ravagé, les girls avec leurs jambes longues et leur regard vide, le bruit incessant des machines à sous, la faune humaine avide qui tourne sans cesse autour des appareils gloutons qui avalent tant d'espoirs. Et aussi la ville où il n'y a pas d'horloges, ôtées, disparues, camouflées. Pas d'horloges à Las Vegas ! « Mon pauvre ami, la notion du temps, elle sert à quoi, la notion du temps ? La vie est courte. »

« De plus en plus loin... Oui. Ne pas s'arrêter. S'arrêter seulement pour le fuel. Coups de téléphone d'une importance capitale ? Ah ! oui ? Important pour qui ? Continuons, mon cher Brown, mon fameux pilote, continuons... L'ahurissant plaisir des crépuscules à San Francisco; the Golden Gate, vous connaissez ? Directement au Paradis, please... Les bas-fonds de Los Angeles, les subtilités de Malibu Beach... Clochards et fugitifs raisonnables, prisonniers d'une prison céleste, et hommes libres d'un monde fermé s'y côtoient. Déserts, montagnes, lacs figés, forêts chuchotantes, villes belles et nostalgiques, le sentiment de vivre son dernier jour et de renaître chaque matin, le vertige des hauteurs... Mon cher Brown, dormez donc une heure, vous en avez besoin ! »

Peu à peu, il avait accepté l'idée d'apprendre à piloter lui-même. Les affaires se mettaient à péricliter. Ce n'était pas la ruine, mais l'effilochement. Lorsque les valeurs s'en vont par petits morceaux. Par fragments. Ah ! oui, le copilote... La loi l'obligeait à l'avoir... Double salaire. C'était assez dur à payer.

Sheila l'observait avec ses grands yeux marron. Elle était de plus en plus imbriquée dans des histoires de clubs de femmes, de bridge et de gin-rummy. Lorsqu'elle avait compris qu'elle n'allait jamais avoir un enfant, elle avait acheté deux chiens. Un couple. Par antithèse.

Et pour lui, c'était les vieilles maisons d'Atlanta, les plages blanches d'une beauté effroyable du Mexique, les mers profondes à sonder avec le regard, depuis l'avion, lorsqu'on n'est pas séparé du monde terrestre par une couche de nuages...

Il n'avait pas pu garder « mon cher Brown ». Franky avait pris un pilote au rabais, ayant à peine l'autorisation de voler; ce n'était pas un as, mais plutôt un brigand du manche à balai. Franky n'avait pas aimé l'union sordide : le copilote un peu pirate et parfois soûl, lui-même de plus en plus pâle et l'avion qui devenait jaune de plus en plus. Peut-être à cause des couches de peinture successives ou parce que le soleil... la proximité du soleil...

Malgré l'interdiction formelle des autorités de toutes sortes, Franky s'était mis à se faufiler le soir jusqu'à son avion et à y revenir dormir, sur la banquette arrière, les jambes légèrement pliées, avec plusieurs couvertures. Même la tête enfouie... Même la tête.

Le copilote avait eu une crise d'ivresse. Franky l'avait congédié.

Franky avait parfois des problèmes avec le fuel. Mais on lui faisait crédit partout. On le savait, on l'imaginait si riche.

Lors de la première nuit passée dans son petit avion, Franky avait eu la certitude qu'un jour il connaîtrait le goût spécial de la grandeur, et le vertige que provoque la démesure.

La première nuit, glacée, passée dans son avion, lui avait fait prononcer à mi-voix : « I love you. »

Il avait parlé à l'avion, immobile — pourtant frémissant, froid — pourtant brûlant, objet mécanique — pourtant d'une extrême sensualité, sans âme apparemment — pourtant plus intelligent et infiniment plus réceptif que n'importe quel être humain que Franky aurait pu aimer jusqu'ici.

Un jour, incident fâcheux, il n'avait pas pu voler parce que son réservoir était vide et, à cet aéroport-là, justement, on n'avait plus voulu lui faire crédit. Juste un caprice du directeur de l'administration de l'aéroport. Ou bien une toute petite méchanceté.

Franky était resté à terre; il avait mangé des biscottes et du corned-beef dans l'avion; il lui avait même parlé, à l'avion; il avait pris l'habitude de bavarder avec l'engin sublime. De grâce, ne croyez pas une seconde qu'il était devenu fou, non, ç'aurait été trop facile aussi bien pour moi qui raconte son histoire que pour lui qui l'a vécue. Non, simplement, c'était l'amour hors de toutes proportions humaines. Donc, élevé à des hauteurs glacées et d'une fantastique beauté.

Lorsque l'avion avait pris feu, au cours d'une nuit profonde, il n'avait eu aucune envie de se sauver. D'ailleurs, on ne saura jamais s'il n'avait vraiment pas eu la possibilité de sortir de l'avion, ou bien s'il n'avait pas voulu le quitter.

Sheila était restée veuve avec une toute petite parcelle de la fortune. Pas plus.

Elle avait été accompagnée jusqu'à l'endroit de la catastrophe.

« Comment l'enterrer ? avait-elle demandé à quelqu'un. Comment enterrer mon mari ? Son corps est entièrement confondu avec l'acier de l'avion...

— Vous ne les séparerez jamais », avait dit quelqu'un.

C'était un pompier. Avec un casque sur la tête. Et un tuyau d'arrosage à la main.

Le pompier avait fixé Sheila. Il avait l'impression qu'il avait déjà aperçu cette dame.

Comment aurait-il pu savoir que leur rencontre avait eu lieu dans un rêve de Sheila ? Qu'ils s'étaient vus plusieurs fois. Dans un cauchemar. Où il avait été un bourreau.

« Elle s'est évanouie, avait dit un des hommes, soucieux. Il faudrait peut-être appeler un médecin. »

C'EST LA FÊTE !

JOSÉE n'en pouvait plus. Elle en avait assez de sa belle indépendance, des additions qu'on partageait toujours avec un copain, de sa propre agressivité grandissante, due au fait qu'elle devait se battre pour survivre; elle en avait assez de cette égalité-escroquerie qui fait entrouvrir les cuisses tout en verrouillant l'âme. C'est un bizarre malaise qui lui avait fait comprendre que son patron s'intéressait à elle. M. Hammerschluck était un de ces petits Césars de l'export-import, la poche remplie de deutchsmarks et le cœur ruisselant de Mozart. Un charmant Bavarois, un gros, oh! non, juste tapissé d'une légère couche de graisse, comme ouatiné. Les cheveux clairsemés et les yeux vifs de jeune porcin, il brillait par le soin extrême apporté à son habillement, à ses chemises blanches ornées de cravates de haute qualité. Ses vêtements confectionnés en tissu anglais affichaient une aisance provocante. La propreté de ses ongles coupés au carré n'aurait jamais pu être mise en doute, la lourde chevalière qui ornait l'auriculaire gauche affinait presque la ligne lourde de ses mains.

Hammerschluck, Albert pour les intimes, a posé justement cette main chargée d'un anneau en or massif sur l'épaule de Josée pendant que celle-ci s'évertuait à s'intéresser à une lettre recopiée pour la troisième fois. A cause de la même faute de frappe. Au même endroit. Et, dans son métier, on ne gratte que sur le budget, jamais sur une lettre.

« Ça va, ma petite Josée ? »

Elle a tressailli. En une fraction de seconde, son corps s'est raidi. Femme jusqu'aux racines des cheveux, donc lucide et épidermique, elle analyse d'une manière instantanée sa propre chair de poule, et elle découvre aussitôt qu'entre le dégoût et un plaisir éventuel la frontière est extrêmement étroite.

« Ça va, monsieur », a-t-elle répondu et, lorsque l'autre main s'est appuyée sur l'autre épaule, une grande chaleur a irradié son dos. C'est peut-être lui, la solution, lui, M. Hammerschluck.

Célibataire à cinquante ans, infiniment gentil, un peu apeuré ou bien timide, ou tout simplement bon, il était le havre inespéré.

Les célibataires endurcis et les maris ligotés avaient peuplé jusqu'ici la vie de Josée. « Une brave fille », « une vraie camarade », « la meilleure des copines », « celle sur qui on peut toujours compter »... Ce ne sont pas les compliments qui avaient manqué dans sa vie privée de tendresse. A Josée, on pouvait faire mal — elle était si forte; à Josée, on pouvait poser un lapin — une femme libre n'a que ce qu'elle mérite; on pouvait aussi vivre aux crochets de Josée — « elle gagne bien sa vie, elle est seule, elle n'a pas de soucis... ».

Si elle n'avait pas eu cette enfance de misère, elle aurait pu se défendre mieux, mais comment se débattre dans la vie, d'égal à égal, s'il vous plaît, avec les autres, lorsqu'on traîne derrière soi tant d'ombres et qu'on a les narines comme bouchées par l'âpre odeur de la sciure de bois mouillée par des fauves édentés et rhumatisants ? Les parents de Josée avaient eu jadis un petit cirque. Une misère multicolore et ambulante où animaux et bipèdes se confondent dans la même sensation de faim qui tenaille, tandis que les robes pailletées des écuyères s'en vont en lambeaux chargés de sueur.

Dans ce petit cirque vagabond, avec des animaux hagards, il y avait un clown, les yeux toujours pleins de larmes, un clown qu'on ne voyait jamais dans la journée, un clown grimé à mort, traînant ses chaussures énormes, sa veste en queue de pie, et son chapeau haut de forme. Ce clown l'avait coincée un jour dans un des replis du petit cirque et, silencieux, en la fixant bien dans les yeux, s'était mis à déboutonner sa veste. Il l'avait hypnotisée du regard; ils s'étaient affrontés tous les deux; elle aurait eu envie de se jeter sur lui, de le griffer, de lui cracher sur l'épaisse couche de maquillage, mais il lui avait ôté toute force. La vision qui allait suivre avait été comme la concrétisation de l'horreur quotidienne. Le gros et difforme manteau entrouvert, le regard insistant et mouillé du clown avait obligé Josée à baisser la tête peu à peu, et lentement, comme dans une agonie, le râle dans la gorge, à découvrir un sexe nu, mou et blême comme un gros ver de terre. S'élancer avec un hurlement, être attrapée de tous les côtés, traitée d'ingrate, de menteuse et même de « pourriture lubrique » qui invente de « vilaines choses » qui ne peuvent pas être vraies. En aucun cas. Recevoir même deux gifles. Et le goût âcre des larmes dans la bouche.

Il avait fallu quitter tout cela, en sortir, faire table rase, enterrer les parents et le passé, se jeter dans une vie active et devenir presque un homme pour avoir moins peur des autres. S'inventer même une jeunesse, pour se guérir par l'effacement du passé. Mentir aux autres et se mentir. Et vivre, vivre à une cadence folle, user les piles de la jeunesse, être toujours au-delà de la mesure quant à l'effort et en deçà quant au bonheur.

« J'ai trouvé un formidable petit restaurant, lui dit Hammerschluck. Si vous vouliez venir dîner avec moi, je serais comblé. »

Son accent était chaud comme une bouillotte contre les pieds glacés.

L'idée de coucher avec Hammerschluck lui passait dans l'esprit. Ça va être un peu comme la contraction de l'huître sous un jet de citron. Chamboulé, on se fait avaler. « L'huître ne sent rien », disent souvent les gens.

« Oui, dit-elle. Avec plaisir. » Puis elle ajoute : « Monsieur... »

L'Allemand s'assied sur une chaise qui se trouve à côté de la table de Josée; il la regarde avec tendresse. Rien ne pourrait le rendre beau, mais il a tout pour rassurer.

« Il ne faut pas me dire « Monsieur », prononce-t-il. Appelez-moi Albert... Depuis des mois et des mois, je vous regarde; vous ne ressemblez à personne d'autre. »

Josée se revoit alors dans un miroir. Elle voit qu'elle ressemble à tout le monde. Mais personne n'est plus parisienne qu'elle. Ses cheveux sont coupés à la mode, le pull-over, la jupe et le petit foulard, tout est là, les yeux qui brillent, le rimmel qui ombre le regard et celui-ci noir, tout seul. Des ongles roses, l'âme livide. Une formidable mécanique faite pour le travail et l'amour. Les dépannages de toutes sortes vingt-quatre heures sur vingt-quatre. Taper sur une machine à écrire et ne jamais tambouriner sur le système nerveux de quelqu'un, fantastique mérite !

« J'ai une belle maison en Bavière, au bord d'un lac », continue le patron.

Secrétaire particulière, Josée peut s'arrêter pour écouter. De l'autre pièce arrive vers eux le bruit d'autres machines animées par d'autres filles aussi bien qu'elle. Sinon mieux.

Josée écoute, le regard glissé sur le clavier. Divine surprise, pour la première fois de sa vie on croit qu'avec elle il faut mettre le prix; c'en est peut-être fini avec le libre-service où chaque amant de passage emporte une parcelle de son existence à elle sur un plateau.

« Fermée en hiver, la maison... Mais à partir du mois de mai, une dame d'un certain âge s'installe chez moi; ce sont ses vacances et, en même temps, elle me prépare les repas. On pourrait la garder... la dame... »

Ce « on » veut dire « nous ». Pour la première fois « nous ». Ne pas être seule. Exploitée. Devenir plus faible. Luxe, luxe, luxe... C'est un luxe de ne pas être fort.

« Je ne sais pas si vous êtes libre, continue Hammerschluck.

— Ce soir ? demande-t-elle...

— Ce soir... Et aussi, en général, dans la vie. Une jolie jeune fille comme vous. »

Une jolie jeune fille de trente ans. Il se paie ma tête. Comme les autres. Sortir la feuille de la machine et la déchirer.

« Jeune ? rit-elle, polie. J'ai trente ans. Mons... Albert...

— Vingt ans de moins que moi, dit Hammerschluck. Donc, très jeune. »

Un soudain apaisement, dont le goût est inappréciable, envahit Josée. Bonheur... D'être plus jeune. Comme si on lui redonnait un morceau d'enfance non empoisonnée. On l'avait toujours prise pour une adulte. La misère prive l'enfance des jeux et des rires. De l'insouciance bénie. Souvent ceux qui deviennent de pauvres petits vieux commencent en pauvres « petits déjà vieux ».

« Je connais aussi un bon hôtel pas loin de Paris, si vous vouliez...

— Vouloir ? » dit-elle.

Et pour qu'il éclate comme un pétard :

« Je ne veux rien, moi !

— Pardonnez-moi, fait Hammerschluck. Je ne parle pas très bien le français. Pas avec des nuances. Je voulais dire que si, éventuellement, vous pouviez m'accorder un week-end.

— Pour quoi faire ? »

Elle devient soudain méchante. Marre, marre, marre... Tous les mêmes. La course après les secondes de halètement. Marre.

« Pour faire mieux connaissance. »

« Il s'en est tiré », pense Josée, et elle s'attrape moralement. « Tu es une gourde, ma fille ! Tu te plies devant les salauds et, lorsque tu rencontres un brave homme... »

Elle se redresse et dit, comme on le ferait dans un de ces films d'auteur où la réplique vient, maladroite, mais bien préparée :

« Et si on allait dans votre pays... »

Un peu d'effort, Josée. Là... Voilà. Donc, elle ajoute :

« J'aimerais savoir des choses sur votre pays et sur tout... »

C'est facile de rendre un homme — de ce genre — heureux. Facile.

Il a presque les yeux en larmes. Un émotif, à la fois touchant et agaçant.

« Vous êtes adorable... On va fermer le bureau. Je vais tout préparer. Je vais vous faire une surprise; je vous emmènerai dans un village où... dans le village où...

— Chut », dit-elle.

Et, la féminité retrouvée, un peu gauche quand

même, elle pose sa main sur les lèvres d'Albert. Chaudes et mouillées, ces lèvres. Un animal inconnu dans sa paume. Et de nouveau, ce frisson.

Il serre avec la sienne la main de Josée contre sa bouche et dit, comme s'il parlait à sa ligne de vie :

« Je vais vous faire une surprise... »

Ce qui est agréable, avec Hammerschluck, c'est qu'il n'est pas économe. Il a de l'argent et il sait l'utiliser. Il a loué deux compartiments de wagons-lits communicants; Josée peut rester seule dans le sien où se mélangent l'odeur de la poussière, celle de la fumée rance et des draps désinfectés par un produit au parfum spécifique. Le petit lavabo est encastré dans un acajou suranné et, de l'autre côté, les cintres qui se cognent prouvent la présence de l'Allemand qui frappe plus tard à cette même porte. Une Josée affolée l'entrouvre, c'est trop tôt pour elle, le lit n'est pas large. « Oui », dit-elle comme si elle parlait à un facteur apportant une lettre recommandée.

La tête de Hammerschluck apparaît, son pyjama est fort élégant, il fait un petit geste de la main, comme s'il disait « au revoir » :

« Je voulais juste vous dire : « Coucou, me voilà... » Juste pour vous dire : « Bonne nuit, Schatz.

— Ça veut dire quoi ? » l'interroge-t-elle, inquiète; plus titi parisien que jamais, elle affiche une violente résistance à toutes langues étrangères.

« Schatz veut dire : trésor. »

Elle s'endort en se répétant tout bas : « Il m'a dit : Trésor, trésor. Je suis un trésor. » Elle se voit déjà dans une grande maison avec des gosses caracolant. Avoir un enfant ? Pourquoi pas ? Le mot enfant, l'idée d'un enfant la plongent dans un de ses cauchemars les plus détestés; elle court pour s'éloigner d'un cirque, elle court dans un paysage lunaire et, à chaque tournant, derrière chaque colline chauve, se cache un autre petit cirque; alors, elle choisit une grande route goudronnée, tellement lisse qu'elle devient un miroir; elle court sur un miroir; et au bout de l'horizon se profile la silhouette terrible du clown avec son vilain manteau.

Elle se réveille, elle regarde son bracelet-montre. Tac-a tac-a : le train la secoue avec son bruit métallique, comme si on tapait avec un gros marteau sur son lit. « Hammerschluck est la solution. Je ne peux pas vivre avec ce cauchemar. Je vais quitter la France et m'arracher au passé. »

Le garçon du wagon-lit apporte un petit déjeuner convenable sur un plateau en plastique, et Josée se retrouve dans le couloir du train avec Hammerschluck admirablement rasé et plus sûr de lui-même que la veille. Il est dans son pays.

En revanche, elle, elle se sent soudain plus timide. Arrivés à Munich, sortis de la gare sonore, Hammerschluck prend un taxi.

« Nous avons à peu près quarante-cinq kilomètres à faire jusqu'à mon village natal. J'ai réservé deux chambres dans l'hôtel le plus joli. » Il dit : « Jôôli. »

Un rideau de pluie sépare Josée de Munich couleur béton. Elle est soulagée lorsqu'ils sortent de la ville. Une grande route plate entourée de plaines enneigées. Une route large et morne.

« Il appelle ça des montagnes ? » se demande Josée.

Une demi-heure plus tard, ils quittent la grande route et le taxi s'engage sur une voie secondaire. Quelques hauteurs, à peine entrevues, et, soudain, ils se trouvent dans un brouillard épais; la voiture avance comme dans un tunnel de coton blanc.

Hammerschluck, qui se tenait jusqu'ici à l'écart moralement, prend la main de Josée et lui dit : « Liebling. »

Essayez donc d'avaler de l'huile de foie de morue

avec un peu de miel. Le « Liebling » a pour Josée le même goût. Il lui donne la nausée.

Elle se traite de tous les noms, elle se rebelle, son comportement n'est pas concevable, elle ne va pas abandonner sa chance parce que M. Hammerschluck la remplit de malaise...

De vagues silhouettes de bâtiments fantomatiques apparaissent.

« Nous voilà, dit Hammerschluck. La maison de mes parents n'existe plus; c'est un hôtel à la place. »

Elle se casse presque le nez contre un mur, ce n'est pas un brouillard, mais une farce sinistre. Enfin, elle se retrouve dans le hall de l'hôtel accueillant, joli. Elle dit machinalement : « Jôôli. »

Hammerschluck est discret. Utile aussi. Un bagagiste s'affaire autour des valises. L'Allemand et Josée se retrouvent face à face dans l'ascenseur. L'haleine de Hammerschluck dégage encore une vague odeur d'odol, ce qui est infiniment réconfortant pour Josée.

Deux chambres côte à côte. Non communicantes. Josée est aussitôt chez elle. Le décor est bavarois, un folklore de grand luxe, avec armoire peinte, moquette épaisse, clavier de sonnettes sur la table de chevet; à côté de chaque bouton, l'image de celui ou de celle qu'on peut appeler : valet avec plateau, femme de chambre avec plumeau, bagagiste avec valise; Josée se voit dessinée nue sur un bouton; elle recouvre le clavier de sa paume. Et soudain sa tension est si grande que, pratiquement, son cœur bat dans sa main.

Hammerschluck a l'air beaucoup mieux chez lui qu'à Paris. Il paraît même plus mince. Il propose une promenade à Josée avant le déjeuner. Ils s'en vont en se frayant un passage dans du coton blanc; ils avancent, les mains tendues devant eux; parfois, les phares jaunes d'une voiture qui les croise, les effleurent; et, enfin, les voilà sur le chemin qui mène vers la forêt. Ce qui est embêtant, c'est que les skieurs descendent en face d'eux, sur ce même chemin. Et Josée reçoit comme un choc, une série de visions, des images ahurissantes.

« Oh ! s'exclame-t-elle. Qu'est-ce qui se passe ? »

Une dame épaisse sur les skis. Une dame avec un bonnet de bébé, un bavoir et une immense tétine dans la bouche. Un jeune homme, un jeune diable, avec la queue noire qu'il traîne derrière lui dans la neige, et les cornes, et une vilaine petite barbe de Méphisto.

Oh ! au secours ! Une tête de mort, pas une vraie, mais peinte sur un tissu, qui recouvre ainsi la forme d'un visage. Un squelette sur une combinaison de ski. Hammerschluck serre Josée dans ses bras. Il adore réconforter. Elle devient enfant, se cache le visage contre la veste en peau retournée de Hammerschluck.

« Qu'est-ce que c'est, Albert ? Qu'est-ce qui se passe ?

— C'est le Fasching. Le Carnaval. Cette semaine, tout le monde est déguisé en Allemagne. C'est la fête. C'est beau. C'est formidable. »

Lentement, elle relève la tête et voit passer deux gendarmes avec des cœurs peints sur les joues.

« C'est pire que Fellini », prononce-t-elle, presque aphone.

Mais Hammerschluck rit :

« C'est la fête, Liebling ! »

N'empêche, le « Liebling » passe mieux. Bon signe.

Le déjeuner se déroule d'une manière sensationnelle. Le consommé est royal; l'atmosphère est chaude comme le creux d'une aisselle, intime et intimidante. Si le serveur n'avait pas des marguerites peintes sur le front, tout semblerait normal. C'est la fête... Un chevreuil à se mettre à genoux. Un léger vin fruité. Léger ? Pas forcément. Et la crème fraîche sur une tarte tremblante, une pâte frissonnante de sensibilité, au goût de citron.

« Je vais aller chez le coiffeur », dit Josée.

Ce n'est même pas pour gagner du temps. C'est pour son plaisir. Elle est presque impatiente, maintenant, d'être dans les bras de Hammerschluck.

Elle n'a pas fait l'amour depuis un mois. La nouveauté l'intéresse, et puis il parle de mariage.

« Il est temps pour moi de fonder une famille, dit-il. Je n'ai pas eu de chance. Toujours mal tombé. Je suis un peu timide, crédule aussi, et j'aimerais qu'on m'aime. Ma mère n'avait jamais eu de tendresse pour moi. Sèche et rigide... »

Josée tombe dans un puits d'horreurs. Pitié. Je ne veux pas de votre enfance, parce que la mienne fera la surenchère. Soyons amnésiques pour survivre. Elle ne dit rien. Et elle se met à sourire désespérément, lorsque Hammerschluck lui dit qu'elle est limpide et sans secret, et sans problème apparent.

Sauna ? Elle se voit rouge comme une crevette parmi d'autres écrevisses aussi rouges. Elle sue et elle rigole. Elle veut essayer ainsi tout ce que l'Argent peut donner. Même s'il faut crever après. Piscine. C'est ça, l'argent ? Il y a un bonnet de bain dans le fond limpide. Comme un scalp. Massage. Chaque doigt de pied travaillé, individuellement. Et un peu trop d'insistance sur les cuisses. D'un mouvement, elle se dégage. Shampooing, mise en plis, d'une extrême efficacité. Mme Hammerschluck, Mercedes, vison, carnet de chèques. Et le lit.

Son dernier amant, à Josée, était un salaud. Mais appétissant. A l'extrême.

Elle est presque belle, ce soir. En tout cas, très parisienne. Petite tête, grands yeux, silhouette un peu gavroche dans un ensemble pantalon-veste scintillant. Noir est le tissu, avec un éclat métallique. Et, pour fêter l'immortelle Chanel, un camélia qui tient un petit foulard noir autour de son cou.

Un steak de sanglier, triste fin de carrière pour un fauve. Et le verre tout le temps empli pour elle. Hammerschluck est presque beau dans sa sobriété. Un point de repos. Les autres sont fous. Presque tous déguisés. Elle essaie de ne pas les voir. Une grosse fille traverse la salle à manger; elle est déguisée en poupée. Hammerschluck devient un monument. « Je vais coucher avec un monument. » Elle est assez excitée. L'épiderme de l'autre l'intéresse soudain. Elle chasse son malaise, comme on poursuit un bourbon avec un tue-mouches. « Ça peut même être fantastique. Avec un type de cinquante ans. Expert en amour. » Elle ne dirait non à rien, ce soir. On vient d'ouvrir la seconde bouteille.

Et puis ils reprennent l'ascenseur. Pendant une seconde, avide de quelque chose, d'un contact, elle laisse sa joue sur le revers de la veste de Hammerschluck. Celui-ci s'exclame de bonheur :

« Vous pourriez m'aimer ? »

Elle aimerait dire oui. L'ascenseur s'arrête.

« Je frapperai à votre porte, dit Hammerschluck.

— Si vous voulez », répond-elle.

Alors, dans le couloir désert et morne de la fête, elle lui offre sa bouche. Hammerschluck l'embrasse. Elle pense : « Ouf ! » Ça se passe mieux qu'elle l'avait imaginé. Une langue, assez experte même, l'étonne. Pourtant, elle a envie de pleurer. « Je suis folle », se dit-elle.

Furieuse, entrée dans sa chambre, elle se met devant la glace de l'armoire, nue. Un corps long presque parfait, les épaules à peine un peu trop larges, mais tant pis. Ne fait pas trente ans. D'ailleurs, c'est quoi trente ans, quand on a une âme de momie ?

Et puis elle se lance dans une effervescence qui devrait l'engourdir, l'anesthésier. Elle se prépare, elle se remaquille. Mais oui, Paris, c'est Paris. Hammerschluck est allemand, séduisons ! « Jôôlie petite

Française, tu n'es qu'une sale raciste », se dit-elle, honteuse. « Qu'est-ce que ça peut te faire qu'il ait un accent ? Et s'il était de Perpignan, ma brave ! » Et puis, elle se fabrique des slogans : « La sécurité est l'avenir. L'avenir sur des bases solides. Ne pas regarder de l'extérieur une société qui vous consomme, mais consommer ! »

Au lit, alors qu'elle a déjà éteint la lampe de chevet, tout en gardant sa main sur l'olive de l'interrupteur, elle attend. Immobile. Le fond de teint tire sa peau.

On frappe, et son cœur à elle fait un bond.

« Oui, dit-elle.

— Coucou ! » fait Hammerschluck dans la chambre, et il arrive en tâtonnant. « Pourquoi n'y a-t-il pas de lumière ?... Coucou, Liebling ! »

Elle exerce une petite pression sur l'interrupteur, elle lève le regard et, soudain, ses traits se figent, son sang devient de la glace liquide dans ses veines, elle hurlerait, elle voudrait hurler. Hammerschluck est là, près du lit; il est grimé, déguisé en clown; un chapeau haut de forme, des cheveux roux, les grands yeux entourés de blanc, une veste à carreaux.

Elle se met à haleter, des larmes coulent sur son visage, et Hammerschluck dit, désorienté :

« C'est la fête ! Le carnaval... Liebling ! Je voulais retrouver mon enfance. »

Elle se cache le visage dans l'oreiller. Elle pleure et elle entend sa propre voix, comme un écho : « Non, n'importe quoi, mais pas un clown, pas un clown; je vous en supplie, n'importe quoi, mais pas ça... »

JE VOUS LE DIRAI AU DESSERT

ANDRÉ, on le supposait bête. En tout cas, il était méchant. Il arrivait au restaurant, toujours de la même manière, en poussant la porte en verre de tout son poids, la tête baissée comme s'il avait perdu un bouton.

« Attention à la marche ! » disait à chaque fois Marie, la patronne du restaurant chinois, et elle lui tendait la main.

Si André n'avait pas fait attention à la marche, il aurait atterri dans les bras de Marie. Marie, avec son long corps de liane musclé, avec son abondante chevelure unie qui lui descendait en cascade sur les épaules, Marie, myope peut-être, qui cachait sa sagesse chinoise derrière deux verres lui donnant un air de petite fille sage, tout en camouflant l'immense éclat de rire d'un Chinois roublard, Marie qu'André pouvait embrasser — il en avait le droit, comme les autres — sur ses deux joues ambrées. André était très fier de ces petits baisers; il devenait, avec ces deux petits baisers vraiment parisiens, tout ce qu'il y a de « in ».

« Vous allez bien ?

— Je vous salue, Marie », avait-il dit, étranglé d'émotion, et rien n'était cocasse ou sacrilège dans ces mots; en effet, il avait salué Marie. Qui aurait pu le rendre responsable de ce prénom ?

« Votre table vous attend », avait dit Marie avec d'immenses éclats de rire muets; les éclats lumineux de ce rire avaient ricoché sur les verres épais de ses lunettes de petite fille modèle. A peine André s'était-il dirigé vers son coin céleste que Marie ouvrait les bras à Lelouch qui venait déjeuner, lui, avec un homme et deux femmes. André était en train d'éclater d'une joie profonde. Paris, inaccessible à un homme comme lui, Paris était à sa portée.

Une fantastique blonde avait fait une entrée clinquante au restaurant, avec une cape sur les épaules et l'air un peu boudeur. Marie était allée l'accueillir avec l'expression attentive d'un patron de zoo qui donnerait un morceau de viande à une tigresse dont la nature lui est encore inconnue. La fantastique blonde avait rejeté ses fantastiques cheveux blonds en arrière, directement dans le visage d'une dame qui venait d'entrer après elle. La dame — myope sans lunettes — avait reçu la marée de cheveux sans broncher. Son chien chihuahua, lui, avait fait soudain une sale gueule.

« Votre table est en haut », avait dit Marie à la fantastique blonde qui allait monter au premier étage.

La dame myope n'avait pas embrassé Marie; elle allait être conduite vers la table d'un monsieur rubicond qui s'était levé aussitôt et lui avait fait un baisemain. Pour celle-ci, ce contact était un réel changement. Elle avait l'habitude de la langue râpeuse de son chihuahua...

« Ma Marie ! » avait appelé André, un chaud bonheur enraciné au cœur. Et il avait essayé de prendre un ton bien parisien :

« La nana éblouissante déguisée en d'Artagnan, ce n'était pas Ursula ? »

Marie était restée une seconde interloquée.

« Ursula ?

— Ursula Andress...

— Non, avait répondu Marie. Je ne la connais pas, cette dame... »

C'était aussi Marie. La discrétion faite femme. Jamais un nom, jamais un détail sur quiconque, jamais une plaisanterie bien ou mal venue...

« Vous avez du monde aujourd'hui, Marie. »

Marie allait accueillir d'autres personnes célèbres. Il n'y avait qu'un André sur cinq, un inconnu sur cinq ou six... Un homme jeune et bronzé venait de faire son entrée solennelle. « Qui est celui-là ? » s'était demandé André. « Avec ses cheveux tout blancs, blancs par coquetterie. »

Et plus tard, Marie lui avait dit : « Mais c'est Edgar... ah ! ah ! ah !... le plus redouté des chroniqueurs parisiens... »

Il y avait du monde; le toujours-plein habituel débordait à cette heure-ci; c'était le début de la saison, le moment des premières pluies parisiennes, la période où certains producteurs de cinéma toujours au bord de la faillite étaient en train de sombrer dans leur paranoïa habituelle, qui consistait à vouloir faire enfin le grand film sur la Résistance, pour ceux qui n'auraient pas encore compris ce qui s'était passé en France, il y a trente ans ! Uniquement fondé, ce grand film, sur la participation gratuite d'acteurs célèbres — « il faut encore trouver des patriotes désintéressés », s'était dit le producteur, gonflé d'espoirs. C'était le moment où des starlettes encore bronzées du soleil de Saint-Tropez devaient se déshabiller devant les producteurs pour afficher leur nudité couleur café au lait grâce à Coppertone. « Si tu veux être dans mon film sur la Résistance, il faudra raser tout cela », aurait grommelé le producteur. Raser ? La starlette, les deux mains sur le pubis, était effrayée. « Non, pas là », aurait dit le producteur. « Quelle conne ! Je parle de tes cheveux... »

C'était le moment où venaient au restaurant chinois de jeunes acteurs en quête de rôles. « Jullian déjeune là de temps à autre. » Le bruit circulait. Encore fallait-il qu'en déjeunant il regarde aussi autour de lui. « Oh ! la TV aux Etats-Unis, avait dit le jeune guitariste, ça, c'est autre chose. »

André avait déjà commandé sa soupe pékinoise, cette merveille épaisse, épicée, ce délice brûlant qu'on déguste lentement parce qu'il emporterait facilement le gosier... Sa table, la table à André, était une table pour quatre, et il trônait seul à cette table pour quatre; une grâce de Marie lui avait accordé cette table; elle était à lui, moralement, pour certains jours, même d'affluence.

« Cher ami, André... Je peux vous demander un grand service ? »

Le visage de Marie près du sien. Ils pouvaient regarder les autres; c'était visible qu'André était dans le coup, dans l'intimité de Marie; elle ne se serait pas penchée mieux sur Belmondo...

« Exceptionnellement, est-ce que vous permettriez que je mette quelqu'un avec vous, une personne seule ?... »

Elle zozotait presque. Quelle enfant adorable ! En classe, les professeurs avaient dû être à ses pieds.

« Toujours prêt à accueillir un James-Bond-girl ! » avait-il répondu, et il s'était senti plus « in » que jamais. Mais il fallait faire attention; la soupe trop rapidement avalée lui avait raclé la langue. « Aïe... »

« C'est chaud ! » avait dit Marie avec, à la fois, étonnement et beaucoup de naturel. Galilée n'aurait pas fait mieux avec son : « Et pourtant, elle tourne ! »

« Je ne la connais pas, cette dame, susurrait Marie. Elle n'a pas réservé. Elle a attendu quelqu'un... Si j'ai bien compris, son neveu... qui n'est pas venu... Si vous pouviez me dépanner, vous seriez un amour... »

Ah ! ce beau langage parisien : « Vous êtes un

amour. » Lui, homme de chiffres, détenteur de secrets, mais exclu de la vie mondaine, lui, André était devenu « un amour » !

« Amenez-la, toujours prêt à vous aider. » Et il avait ajouté avec un immense trac, mais il avait réussi : « Vous êtes adorable. » Il avait même décomposé le mot en plusieurs syllabes : « a... do... rable » !

L'intruse était une femme d'une cinquantaine d'années. Elle avait une mise en plis toute fraîche, un peu guindée. « Et je vous mets la laque, madame ? Beaucoup ? » « Allez-y carrément, il y a du vent. » Donc, les crans et les plis de toutes sortes étaient glacés, collés, sur son crâne. Elle était habillée d'une manière compliquée : tailleur de jadis, avec un chemisier dont la cravate bien nouée était retenue par une perle... Et elle avait posé son gros sac, en véritable cuir — « le cuir c'est la vie, utilisez le cuir » — sur la banquette.

« Merci, monsieur, avait-elle dit. Je n'ai pas l'habitude des endroits publics. Je me sentais vraiment gênée, et partir comme ça, sur un échec, c'était triste... »

André avait décidé de prendre une attitude de politesse glacée.

« A votre aise, madame, soyez à votre aise... J'espère que vous ne fumez pas...

— Ah ! monsieur, je ne me permettrai jamais, invitée à une table... D'ailleurs, je ne fume pas... »

Un garçon chinois, avec les cheveux assez longs derrière les oreilles, lui avait présenté la carte. Elle avait regardé celle-ci longuement.

« Je ne sais pas très bien...

— Vous ne connaissez pas la cuisine chinoise ? »

André frôlait une crise de colère profonde. Au lieu d'Ursula Andress, on flanquait à sa table une dadame et, avec ça, elle ne connaissait même pas les règles de l'établissement.

« Vous semblez être un grand connaisseur, monsieur », avait-elle dit soudain avec cet instinct redoutable, propre à la femme, qu'aucun coiffeur, et qu'aucune province n'étouffe.

André avait mis un doigt à l'intérieur de son col, afin de l'élargir un peu; cette conne de femme de ménage n'avait pas cousu le bouton à sa place habituelle, et le col serrait. Enfin...

« Est-ce si visible que je suis un connaisseur ?

— Oui, monsieur, ah ! oui. Vous comprenez, ça se voit tout de suite... »

Il l'avait comprise.

« Si vous voulez, je vais vous composer votre repas... »

Et vers le garçon :

« J'attendrai que madame commence son potage... Vous lui donnerez un potage, donc, aux ailerons de requin... »

Elle avait poussé un petit gloussement : « Oh ! requin »...

André s'était senti fort et initié.

« Et alors, je partagerai avec la dame mon bœuf Shanghai...

— Oh ! non, monsieur, vraiment, ne partagez rien; je paie pour moi...

— Ici, on partage, madame. »

Et au garçon :

« Vous donnerez un canard laqué... et des nouilles sautées.

— ... Sautées... » Elle avait ri. « Un peu. »

André avait continué, soudain menaçant.

« Nouilles sautées, au poulet... Et du thé...

— Ça ne va pas m'empêcher de dormir, le thé ? »

« Il faudrait lui bourrer la gueule de marijuana, avait-il pensé, furieux. Avec ça, elle dormira. »

« Vous dormez après déjeuner ?

— Oh ! non, monsieur. Surtout pas à Paris.

— Vous êtes d'où ?

— De la banlieue. » Et elle avait ajouté : « Sud. Ligne de Sceaux. J'ai un pavillon avec huit cent quarante-sept mètres carrés de jardin. J'ai même des arbres. Deux. Je suis veuve. »

André avait plissé les yeux. Il avait horreur des veuves, ces parasites du hasard, qui vivent sur les restes d'un homme. Enfin, ce n'est pas forcé qu'elles soient toutes parasites.

« Je suis veuf... avait-il lancé d'un ton revanchard.

— Je suis navrée, avait-elle dit avec beaucoup de sincérité.

— Pourquoi ? Pourquoi êtes-vous navrée ?... Vous ne l'avez pas connue, mon ex-femme... »

Elle avait rougi.

« Ça se dit, non ? Je ne pouvais pas dire autre chose...

— Mangez maintenant votre potage, avait dit André. Et appréciez ! »

Elle avait savouré avec une timide volupté.

« C'est bon.

— Mais c'est très bon, évidemment...

— Monsieur ?

— Oui.

— Vous croyez ?

— Quoi ?

— Qu'il y a vraiment des morceaux de requin dedans ?...

— Des ailerons... des ailerons de requin.

— Ah !... »

Elle avait mangé son potage jusqu'au bout avec un grand plaisir.

« Ça change de mes soupes de cresson, avait-elle dit. Si mon neveu savait ça... »

André avait attendu l'histoire avec une certaine résignation.

« Il a quinze ans aujourd'hui. J'ai voulu lui offrir

le déjeuner d'anniversaire dans un restaurant chinois. Je ne savais pas qu'il y a tant de monde ici.

— Toujours, avait dit André. Toujours. Il faut réserver...

— Mon neveu n'est pas venu. Ces jeunes n'ont aucune conscience des valeurs réelles, telles que promesses, rendez-vous, cadeaux d'anniversaire... Si vous permettiez que je sois grossière, juste une seconde, je dirais même qu'ils s'en foutent... Vous voyez quel langage il me fait utiliser ! »

Le bœuf Shanghai était meilleur que jamais.

« Vous êtes déjà venu ici ? » avait demandé la dame.

Dire ça à André !

« Je viens une fois par semaine, régulièrement. Depuis que le restaurant est ouvert. Ça fait au moins treize ou quatorze ans.

— Vous êtes venu avec votre dame, aussi ? »

André avait jeté un curieux regard sur l'intruse.

« Pourquoi ?

— Une simple question...

— Non. Elle haïssait le restaurant chinois. Ma femme n'aimait que la viande rouge. De gros morceaux bien saignants, des entrecôtes épaisses, dégoulinantes de jus et veinées de graisse. Des tournedos volumineux comme le petit Larousse.

— C'est sain... » avait-elle dit et son regard de femme éternelle était en train de naître.

« Je n'aime que les petits plats, avait expliqué André. Je ne supporte pas devant moi une grande masse à consommer... Avec ces Chinois ici, c'est délicieux, c'est raffiné, c'est petit... et vous voyagez en mangeant... »

Des cris en chinois fusaient de la cuisine. C'était l'heure de pointe, le coup de feu. Avez-vous déjà vu des Chinois haletants ? Eh bien, voyez-les...

« Vous veniez donc seul ici ? »

C'était déjà la complicité, l'alliance vite conclue

sur le dos osseux de la disparue, osseux parce que squelette...

« Evidemment. Et c'était toujours l'occasion de scènes. Violentes. Une vraie mégère, elle a été, la pauvre...

— Quand un homme veut quelque chose, il faut le laisser faire », avait dit la dame, et elle avait gloussé. « Depuis que je lis « Marie-Claire », je sais plus de choses sur la vie du couple... Malheureusement, j'ai commencé assez tard à lire cette publication... Alors, maintenant, les conseils pour avoir l'orgasme...

— Vous avez le langage d'une femme libre... avait dit André. J'espère que vous n'êtes pas M.L.F. !

— Oh ! non, monsieur... Je voudrais bien ne pas être libre... Il vaut mieux qu'un homme s'occupe de vous... Surtout, ce qu'il y a comme feuilles à remplir à notre époque !

— Prenez un peu de nouilles, avait dit André, excité. Et il ne savait pas de quoi.

— Ça fait grossir.

— Au diable le régime aujourd'hui. Mon prénom, c'est André.

— Et moi, Anna. Un prénom si simple. André, c'est beaucoup mieux. C'est plus aristocratique.

— On ne m'avait jamais dit ça encore. » Les joues d'André étaient roses de plaisir. « Vous voyez là-bas... le monsieur ! Il est célèbre lui aussi... Je cherche son nom; attendez, ça va revenir...

— Quand on cherche, ça revient difficilement », avait dit Anna. Et elle avait ajouté : « Vous connaissez bien ce monde.

— Que pensez-vous de votre canard laqué ?

— Un vrai régal. »

Marie, heureuse de ce dépannage qui lui avait libéré une table, leur avait apporté une bouteille de bordeaux.

« C'est la maison qui vous l'offre.

— Ce n'est pas de refus, avait dit André. Ce thé au jasmin...

— Jasmin ? avait dit la dame. Je me demandais ce que c'était...

— Tchin, tchin... »

Le bœuf Shanghai était heureux avec le bordeaux...

« Normalement, avait-il continué, avec la cuisine chinoise on boit toujours du thé. Ça fait des économies aussi. Le vin devient vraiment cher. Le thé est plus sain... Tchin, tchin.

— Et comment elle est morte, votre pauvre femme ? »

Comme dans un thermomètre, la rougeur était montée au visage d'André.

« Ah ! triste histoire. Je vous le dirai au dessert. »

Elle avait vidé aussi son verre de bordeaux et avait dit timidement :

« Je peux en prendre encore ? »

Elle avait désigné le bœuf Shanghai.

« Tant que vous voulez... »

Elle était repartie dans le repas; avec cette cuisine chinoise, c'est le perpétuel recommencement.

« Prenez des nouilles aussi.

— C'était quoi... la cause de sa mort ?... »

André avait étiré un peu la tête, comme s'il avait voulu s'allonger le cou, et, en effet, il l'avait un peu allongé.

« J'ai une femme de ménage qui coud des boutons n'importe comment; elle m'a resserré le col de ma chemise.

— J'ai toujours fait ça moi-même pour mon mari, avait-elle dit. Une chemise, c'est un peu le linge intime de l'homme, comme son caleçon. On se demande à quoi sert le mariage si ces choses-là sont faites par une femme de ménage.

— Mais elle est morte, ma femme ! s'était exclamé

André. Elle ne peut plus coudre. Je vous l'ai dit.

— C'était soudain, comme ça ?

— Quoi ?

— Sa mort...

— Un accident... avait dit André, le visage assombri.

— Ah ! mon Dieu, comme c'est cruel ! s'était-elle exclamée à son tour. Une maladie, ça va encore, on peut prévoir; chez nous, le docteur a dit six mois, c'était sept, mais enfin, ça revient au même; tandis qu'un accident... Déjà, quand on la prévoit, la mort, la paperasse vous étouffe, mais quand ça tombe, paf, inattendu... »

D'un geste rageur, André avait vidé le ravier qui contenait les tranches délicates du canard laqué...

Il s'était versé du vin.

« Tchin », avait-il dit. Une seule fois. Seulement tchin.

« Vous croyez que je pourrais avoir un peu de pain ? »

André avait appuyé sur un bouton caché près de la table.

« On peut appeler le garçon avec une sonnette ?

— Evidemment...

— Ah ! comme c'est commode ! »

Un des garçons s'était arrêté près d'eux.

« Du pain ?

— Oui. »

Et elle avait eu aussitôt son morceau de baguette.

« J'ai envie de touiller un peu dans la sauce, avait-elle dit. Peut-être ne devrais-je pas faire ça... mais vous êtes en train de me consoler; je me sens mieux; avec vous, une femme est en sécurité; vous êtes, c'est visible, un homme fort. »

André s'était appuyé sur la banquette.

« C'est bien ici, on est dans un vrai compartiment; on peut raconter tous les secrets du monde; personne ne vous entend...

— Quel accident ? C'était quel genre d'accident ? »
André l'avait regardée fixement, les yeux globuleux.
Elle avait hoché la tête.

« Je comprends que ça soit douloureux. Quand, dans une collision, on est déchiqueté, la victime n'a plus rien à dire. Et encore, il vaut mieux partir que rester infirme. Parfois, ça donne aussi des solutions. Une de mes cousines était en indivision avec sa mère et son frère. La mère et le frère sont morts dans un accident. Elle a eu de la chance. Parfois, le malheur des autres...

— Elle est morte à la maison », avait dit André.
Le garçon s'était penché sur eux.

« C'est fini ?

— Oh ! un accident à la maison, c'est encore plus triste; j'espère qu'elle n'est pas tombée par la fenêtre, en nettoyant les vitres; il paraît que les gens pensent, pendant la chute... »

Le garçon avait posé devant eux les cartes du jour.

« Ah ! c'est pour quoi encore ? s'était-elle dit, presque à elle-même.

— Pour le dessert...

— Ça vous soulagerait de me raconter comment elle est morte. Vous voyez, j'ai perdu mon chien, il y a trois mois. Il a agonisé d'une infection intestinale; pendant des jours et des jours, la diarrhée partout; la pauvre bête me regardait. Suis-je responsable des moules pourries que la mer rejette sur la côte normande ?... Il en a mangé pendant un week-end... que j'ai passé là-bas avec une amie... Une, pas un... Quand je raconte la mort de mon chien, ça me soulage.

— Aimez-vous les beignets ? avait demandé André.

— A quoi ?

— Bananes, ou ananas, ou pommes... Ça c'est plus classique, aux pommes... »

Le garçon venait de mettre une belle serviette blanche sur la table et ainsi, miettes et taches disparues, la table avait semblé retrouver un air de fête.

« Vous êtes une femme sensible, avait dit André. Quel était le nom de votre chien ?

— Dixi...

— Ah !...

— Vous prenez des beignets ? avait interrogé le garçon.

— Et votre femme, quel était son nom ?

— Suzanne. » Et vers le garçon : « Aux pommes pour moi... Et vous, chère madame ? Vous savez, il y a aussi des sorbets, et des fruits exotiques...

— Je digère mal les fruits exotiques, avait-elle dit avec beaucoup de charme. Ça ne passe pas... On dit que le chien et sa mère se ressemblent... Aux bananes pour moi... Elle s'appelait donc Suzanne... Joli nom... Et elle n'a vraiment jamais voulu venir ici ?

— Non.

— Pourtant sortir avec un connaisseur comme vous, dans un endroit aussi élégant...

— Et pas tellement cher, avait-il dit... Pour la qualité, pour ce que c'est... Franchement... Elle était asthmatique, ma femme.

— Ça rend la nature mauvaise ?

— Non. Vous confondez avec l'ulcère...

— Ah ! comme je suis bête ! Naturellement. Mon mari en avait un, au duo... au... doude... un peu difficile...

— Au duodénum ?... avait dit André avec compassion.

— Ça l'a rendu mauvais, mon mari... Vous comprenez, lorsqu'on a la difficulté de s'asseoir...

— Ma femme se mettait à s'étrangler, par crises. Selon les odeurs aussi...

— Ah !... la pauvre ! Et quand même, elle tenait à sa viande rouge... »

André avait désigné sa tempe avec l'index.

« La folie des idées fixes... Je n'avais plus une seconde de paix... Le vrai martyre... Va donc chez tes Chinois... Mange du requin... Ceux qui se ressemblent se mangent... Vous voyez cet esprit... La plaisanterie de mauvais goût...

— Je peux prononcer votre prénom ?

— Oui, avait-il dit, affaibli.

— Pauvre André ! »

Celui-ci avait rempli les verres du reste du bordeaux. Une vraie fête. Marie n'avait pas lésiné sur la qualité de son cadeau; ce vin était bon, fort et chatoyant, comme certains secrets...

« Elle a laissé peut-être le gaz ouvert, avait dit Anna avec beaucoup de douceur. — Ah ! ce vin... c'est trop, c'est trop...

— Ça aurait pu se faire, avait-il dit, songeur. Vous comprenez, elle en passait du temps à la cuisine ! Pour préparer des rôtis, surtout des rosbifs... Pour les dîners, elle apportait le rosbif fraîchement sorti du four, grésillant encore et, comble d'horeur, elle se mettait à le découper devant moi, et je voyais soudain le sang couler et se mêler à la graisse. Le sang teignait la graisse, la rendait liquide, et les tranches étaient rouges, toutes rouges, parfois même seulement tièdes à l'intérieur, parce que si peu cuites... Elle trouvait que je dépensais de l'argent inutilement dans un endroit pour snobs... Ici !

— Elle n'avait pas raison, votre femme; il faut quand même qu'un homme puisse faire ce qu'il veut avec son argent de poche... C'est elle qui tenait les comptes, n'est-ce pas ?

— Oui. Seulement, elle me volait aussi. Elle faisait monter les prix plus fort que l'inflation. Il se trouve que je suis comptable... Ce n'est pas à moi qu'on ferait avaler des comptes truqués...

— Comptable, mon Dieu ! Enfin un homme qui a les pieds bien sur terre...

— Vous trouvez ? Vous me faites plaisir. Ma femme a toujours dénigré mon métier... « Tu n'es qu'un « pauvre type qui aide les riches à devenir plus riches. »

— Oh ! quelle femme ! mon pauvre André... Moi, je pourrais vous apprécier... Vous comprenez, j'étais mariée avec un troisième violon... C'est ou le « nia, nia, nia » du violon que vous entendez, ou ses jérémiades, parce que le travail est rare; surtout qu'en France, la musique... Il m'a dit qu'en Allemagne, c'était mieux; lorsqu'il jouait dans l'Oflag, il avait plus de succès qu'à l'Opéra... Alors, vous comprenez ce qu'un comptable représente pour moi... La vie vraie...

— Ça va bien ? »

Marie venait de se pencher sur eux, et ses cheveux d'ébène avaient une seconde frôlé André; elle les avait rejetés en arrière; Marie avait le génie d'être à la fois présente et absente.

« Votre vin, ma Marie... Madame est ravie aussi...

— Merci, merci, avait dit Anna... Si mon neveu savait ce qu'il manque... Les jeunes sont d'une cruauté... Ne pas venir à un rendez-vous !...

— Mais ça va bien maintenant ? avait demandé Marie et son regard radar avait enregistré à la fois le signe d'un premier départ, l'arrivée d'un extrême retardataire, le bonheur d'André et l'excitation de la rose et palpitante Anna.

— On attend les beignets, avait dit André presque humblement.

— Ça arrive, ça arrive », susurrait Marie et, dans un mouvement de liane secouée par un chaud vent tropical, elle s'était déjà élancée vers la porte pour dire au revoir aux premiers partants, un couple apaisé et illuminé par la solution qu'ils avaient trouvée à leurs problèmes pendant le repas.

Ils avaient, tous les deux, embrassé Marie, la prêtresse gaie de la cuisine chinoise, cette prêtresse au don fantastique qui lui permettait de faire croire à chaque client qu'il était l'unique, l'inattendu, celui qu'on va choyer; chez Marie, c'était l'éternelle fête de l'individu.

« Au revoir, à bientôt », avait-elle dit, et le couple qui partait avait déjà envie de revenir, de se retrouver dans le cercle jaune et magique de cette femme dont l'âme cachée n'était connue de personne. « A bientôt. »

Les voyait-elle vraiment ? Sur quelle pente vertigineuse de souvenirs entassés en vrac glissait-elle avec cet « au revoir » ? « Au revoir » à qui ? Ne parlait-elle pas de temps en temps à quelqu'un connu seulement d'elle ?... « Au revoir, et à bientôt. »

Les beignets étaient arrivés, croustillants, dorés, sucrés délicatement.

« Vous allez vous brûler...

— Non, avait-elle dit. Donc, vous l'avez trouvée morte un jour en rentrant chez vous... »

Le restaurant était en train de s'apaiser; les goulus, les gourmets, les novices, les habitués, ceux qui venaient juste pour essayer et ne pouvaient plus repartir, se laissaient flotter dans l'atmosphère d'après-repas. Cigares agressifs et cigarettes mutines se lançaient dans l'éternelle controverse qui les séparait; fumée bleue, fumée grise se confondaient.

« C'était le jour de mon anniversaire; je lui ai dit que je voulais venir fêter mon anniversaire ici... Elle s'est mise à hurler : « Au restaurant chinois, encore ! »

— Quel délice ! avait dit Anna... Ça fond dans la bouche... Et alors, vous racontez si bien qu'on l'entend hurler... Vraiment... avec vous... hurler... Quelle dérision !...

— Elle était blême de colère, vraiment verdâtre... Vous voulez goûter la moitié d'un beignet aux pommes ?

— Ça va être trop, cher monsieur.

— André...

— André. »

Et celui-ci avait ajouté :

« Je mangerai une moitié de beignet aux bananes... Vous comprenez, elle aurait pu faire une concession pour mon anniversaire... Eh non... Je suis rentré, ce jour-là, à la maison, assez tôt et déjà, dans l'entrée, j'ai senti l'odeur du rosbif... Cette odeur un peu douceâtre et lourde, si spéciale...

— C'est vrai, c'est spécial...

— J'avais décidé de faire semblant...

— De faire semblant de...

— De dîner... De grignoter, et puis, après, de venir ici et de faire ma fête seul. « Coucou », lui ai-je dit en entrouvrant la porte de la cuisine noyée dans une fumée blanche... « Déjà ? » a-t-elle dit. Plutôt gentille. « J'ai un baba au rhum dans le frigo. Ouvre la « télé... On mange tout de suite... » « Suzanne, lui ai-je dit, Suzanne, si tu pouvais céder une seule fois. « Sortir d'ici, t'habiller et venir faire ma fête, la « mienne, pas la tienne, chez les Chinois. » Elle était là, à la fois blondasse et rougeâtre. « Tu déraillles, « j'ai fait un repas royal, pour toi, avec le baba au « frigo, tu dérailles... Et le four marche très mal aussi; « c'est à crever, cette fumée... » C'était vrai. La fumée blanche était en train de s'épaissir, et elle, asthmatique en diable, s'était mise à tousser. « Apporte vite mon médicament... et aussi le vaporisa- « teur. » Ce n'était pas vraiment un vaporisateur, mais on pouvait injecter dans la bouche, donc dans la gorge, une giclée du produit qui permettait de respirer... »

Anna avait déposé sa fourchette. Quelqu'un avait parlé assez fort en chinois, dans la cuisine; l'atmosphère s'était alourdie d'un seul coup et était devenue comme nourrie d'électricité; la ravissante au vestiaire venait de donner le dernier imperméable;

et le député était resté une seconde seul avec le chihuahua, tandis que la dame, celle qui avait le fric, celle qu'il allait épouser afin que sa campagne pour les législatives soit financée — honnêtement, n'est-ce pas ? — était partie faire pipi. Le chihuahua avait vraiment une sale gueule et le député lui avait fait une très vilaine grimace; le chihuahua avait répondu avec un grr... grr... menaçant.

— Vite ! a crié Suzanne. Vite, tu ne vois pas que je m'ét... ra... ngle... e... » Elle n'avait plus d'air; la fumée devenait de plus en plus épaisse; et, en sortant de la cuisine, j'ai fermé la porte, de l'extérieur; la clef était toujours à l'extérieur; ma femme fermait la cuisine à cause de la femme de ménage qui piquait les vermicelles. Pas le sucre, ni la farine, mais les vermicelles. J'ai fermé la porte de l'extérieur. Et je suis venu dîner ici... Paisiblement. »

Il avait lancé au garçon :

« Un gingembre... et deux alcools.

— Gingembre ? » La voix d'Anna était à peine perceptible.

« Ça, ma chère dame...

— Anna...

— Anna, le gingembre ou on l'aime, ou on le recrache... C'est du poivre et du sucre mélangés sur des petits morceaux de fruits confits... Enfin, vous verrez. »

Elle en avait goûté.

« Recrachez-le, si vous ne l'aimez pas, avait dit André.

— Tchin, tchin... »

L'alcool était fort.

« C'est oriental aussi...

— Et vous êtes rentré chez vous, après le dîner ?

— Mais oui... La concierge m'avait averti qu'il y avait une odeur de brûlé répandue dans la cage d'escalier. « Ah ! ah !... ai-je dit. Ma femme doit pré« parer un gâteau pour demain. » Je suis monté; j'ai ouvert la porte d'entrée; aussitôt, je me suis précipité pour tourner la clef dans la serrure de la porte de la cuisine. La concierge me précédait... Nous avons découvert ma femme morte sur le carrelage, ensemble. Police secours est venu, une ambulance aussi... C'est la concierge qui a éteint le four... Pour une fois, le rosbif était carbonisé. »

Et il avait lancé vers un garçon qui passait : « L'addition ! »

Celle-ci avait été apportée aussitôt.

André avait payé.

« Qu'est-ce que je vous dois ? avait demandé Anna, pâle.

— Rien. Je vous ai invitée...

— Mais...

— Tchtt...

— Je savais bien que vous étiez un homme fort, avait-elle dit. Un homme qui peut rendre une femme heureuse... Evidemment, il faut que la femme soit assortie à vous... pas n'importe qui... Si vous voulez venir dîner un soir chez moi... »

Elle avait cherché dans son sac.

« Voilà une carte qui me reste de l'époque de mon mari. J'ai juste biffé Monsieur. Vous avez aussi le numéro de téléphone. Je sais faire des tripes... ça se cuit d'avance et ça se sert dans de petits pots...

— Je vous appellerai, avait dit André, fatigué. Je vous appellerai...

— Et si jamais vous m'oubliez, avait dit Anna d'une petite voix métallique, je vous retrouverai. »

André avait frémi...

« En tout cas, on se retrouvera », avait répété Anna. Et elle avait ajouté : « On n'a jamais voulu faire une autopsie ? Vous avez eu beaucoup de chance avec cette histoire de clef... Beaucoup de chance... »

Et puis, vraiment gentiment : « Il y a combien de pièces dans votre appartement ?

— Cinq, avait-il dit en grelottant. Cinq...

— C'est trop grand pour un homme seul... Voilà... Si vous voulez que nous partions, ma banlieue est loin... Je préférerais nettement habiter Paris... Ça ne saurait tarder...

— J'espère que vous allez revenir avec votre neveu, avait dit Marie, ravissante et douée d'une mémoire fantastique.

— Pas avec lui », avait dit Anna... Et elle avait ajouté : « Vous savez, ces jeunes... ce sont de vrais monstres... »

Et c'est elle qui avait embrassé Marie sur les deux joues.

DRAA

Il s'était mis à éternuer dans l'avion. Comme un enfant mal élevé à qui on n'a pas appris qu'il faut envoyer les microbes dans un mouchoir plutôt que de les répandre autour de soi, il avait éternué dans une extrême liberté, une liberté sauvage, et une partie de sa salive ainsi projetée avait effleuré le visage de Joëlle. Elle avait senti une fine pellicule d'humidité à la fois perlée et collante se déposer sur sa joue droite. Femme légitime, elle aurait vraisemblablement protesté sinon en paroles, du moins d'un petit geste défensif; maîtresse de longue date, vivant dans l'ombre d'une famille prospère qui ne lui était connue que par des photos en couleurs, elle s'était bien gardée de dire un mot ou de faire le moindre mouvement que Godfried aurait pu mal interpréter. Ce robuste rouquin, ce mélange parfois déséquilibré, né d'un mariage franco-allemand, ce prototype de la paillardise française et de la productivité allemande, cet homme d'affaires violent qui, parfois, n'hésitait pas à taper sur la table lors de conversations qui traînaient, cet enfant gâté d'un mètre quatre-vingt-deux était son amant depuis cinq ans.

Pourtant, on aurait imaginé une autre sorte de femme pour Godfried. Une espèce de vamp avec une grande bouche, de grands yeux, des cils bien raides de rimmel noir. Un grand corps coûteux, ruisselant de bijoux de fantaisie et emballé dans une peau de chat exotique qu'on aurait baptisé pour les non-initiés : léopard.

Pourquoi Godfried avait-il choisi Joëlle, cet instrument vulnérable, jolie par moments — ça lui arrivait d'être jolie, mais il fallait qu'elle se prépare, qu'elle aille chez le coiffeur et qu'avec beaucoup d'audace elle se maquille les paupières avec un vert criard qu'on lui avait vendu en la persuadant que cette couleur allait rehausser l'émeraude limpide de ses yeux.

Et « platch »...

Il avait éternué encore, Godfried, et il avait annoncé en se tournant vers elle :

« Tu vas voir, mon nez va couler, comme un vrai ruisseau... »

Elle avait esquissé un petit sourire. C'était leur premier voyage en tête-à-tête, la première semaine qu'ils allaient passer ensemble, comme mari et femme, dans les hôtels, la première semaine où elle allait pouvoir dormir la tête sur l'épaule de Godfried, comme elle l'avait vu souvent au cinéma où, dans ce genre de scène, des couples séduisants s'endorment et se réveillent dans une quiétude élégante. Personne ne rote, ni pète, ni bâille, ni se cure les narines, personne n'éternue surtout ! Les surhommes, à l'écran, ouvrent l'œil et, d'un geste, attirent sur leur poitrine l'héroïne du film. Ils n'ont pas une haleine rassie de la veille, due à ce mélange de bière et de cigarettes qui donnait fréquemment à Godfried un souffle un peu chargé, comme s'il avait eu un veau en pleine décomposition dans son estomac.

Donc, avec sa tête sur l'épaule de Godfried, elle va ouvrir un œil, puis l'autre; son regard embrassera un horizon quadrillé de palmiers; sur la pointe des pieds, elle ira vers la salle de bain. Vite, elle se brossera les dents, se coiffera et laissera glisser sur elle-même, comme une deuxième peau, un déshabillé turquoise, plus élégant qu'une robe du soir.

« La gorge me gratte aussi », avait dit Godfried, et il s'était levé pour fermer la petite bouche blanche de l'air conditionné qui, tout en sifflant, leur envoyait un filet de fraîcheur agressive.

Il allait se réveiller, Godfried, à son tour; il s'étirerait; il dévoilerait une poitrine velue et, dans un sourire, il l'interpellerait : « Hello, beauté, on vient dans mes bras ? On est habillée ? Beauté, ici ! »

Et ils feraient l'amour, la porte ouverte sur la terrasse ensoleillée; une étrange musique parviendrait jusqu'à eux, une musique truffée de bruits. O exotisme, ô bonheur, ô libération de la grisaille quotidienne !

« Tu as pris des gouttes pour les yeux ? Ils ont souvent des maladies des yeux... Il ne faut pas toucher à son visage après une journée d'excursion...

— Oui, j'ai des gouttes. J'ai acheté le collyre que tu m'as dit de prendre. »

Le beau Marocain qui leur apporterait le petit déjeuner succulent traverserait les chambres avec la délicatesse d'un prince égaré; il aurait de beaux yeux, brûlants et tendres à la fois; elle sentirait ce regard à la hauteur de ses seins, là où le fin tissu du déshabillé s'épanouissait dans un halo de dentelle, de la même couleur.

« Si tu l'attrapes, on va être couchés tous les deux pendant une semaine... Je ne sais pas ce qu'il y a comme médecin à Agadir. »

Joëlle était une fille tendre et sans problèmes, d'une simplicité trompeuse. Elevée à l'ancienne et devenue secrétaire parce que des études de médecine auraient coûté trop cher, elle vivait en marge de la vie réelle. Ses amies étaient déjà mariées. Leurs chemins, sillonnés de naissances, d'adultères et de drames de toutes sortes, n'intéressaient pas plus Joëlle qu'un spectacle en exclusivité qu'elle aurait vu dans une des nouvelles petites salles à la mode. Dans un cocon de sagesse, au tréfonds de son âme, il y avait une certitude cachée : son destin allait être différent de celui des autres...

Le fulgurant Godfried qu'on appelait « une force de la nature », tant il avait de défauts et de qualités mélangés en vrac, cet amant robuste et si mal assorti à elle, devrait avoir son rôle à jouer dans la vie de Joëlle; il n'était pas suffisant qu'il lui vole des années, il devrait aussi l'amener à atteindre une autre dimension, quelque chose qui dépasserait largement le coït bihebdomadaire, la préparation de petits plats qu'il fallait mijoter longuement, les pantoufles de Godfried qu'elle devait garder dans une de ses armoires.

Comme une arme blanche qu'on aurait aiguisée jusqu'au moment où la lame serait devenue aussi fine qu'un souffle, Joëlle attendait un miracle de ce voyage au Maroc.

« Platch » et hroumf, hroumf.

Après cet éternuement agressif et ce raclement de gorge impérieux, l'hôtesse de l'air avait tendu à Godfried un sachet de mouchoirs en papier. « Tenez, monsieur, vous serez moins incommodé, si... »

Joëlle avait fermé les yeux. Tout cela n'avait guère d'importance. L'avion avançait sur des mottes de nuages, dans un univers bleu fade. Dans ce monde vallonné d'ombres et de lumières, des rayons de soleil venaient en visite; à un moment, l'avion étant entré dans un couloir éclatant, Joëlle avait mis ses lunettes de soleil qui avaient donné à son visage un aspect grave, presque peiné.

L'hôtel au bord de la mer, à Agadir, n'avait pas de chambre somptueuse; le rationnel régnait, et la serveuse qui avait remplacé pendant quelques minutes l'homme qui devait normalement s'occuper de la réception, leur avait adressé la parole en allemand.

Les lunettes semblaient s'agrandir sur le visage de Joëlle; il ne restait de palpable que ses pommettes hautes qui avaient, depuis toujours, prêté à cette jeune femme un aspect féerique.

« Tu te penches légèrement en avant sur ton assiette, lui avait dit un jour Godfried. Tu te penches et tu te redresses, on dirait un oiseau qui picore. D'ailleurs, tu manges à peine plus qu'un oiseau... Toute proportion gardée ! Tu es mon grand oiseau... »

Et il avait ri. Son rire était gras et fort. Joëlle l'écoutait avec un plaisir certain. La présence robuste de Godfried avait été, depuis toujours, bénéfique. Il fallait — et c'était même nécessaire — qu'elle eût près d'elle quelqu'un comme lui, aussi dénué de pensées abstraites et de sentiments bizarres, pour qu'elle pût être rattachée à la vie quotidienne et se trouver bien ancrée dans le rythme de la vie.

Il n'y avait pas, dans la chambre, un large lit dont le moelleux aurait, au premier effleurement, évoqué la volupté. C'étaient des lits jumeaux pratiques, séparés par une table de chevet enceinte d'une radio qui n'émettait qu'un son lointain, comme si quelqu'un avait prié devant des ruines à des milliers de kilomètres d'ici. Un vent chaud était en train de secouer l'établissement, un vent voluptueux, lui, robuste comme Godfried. Un géant mobile qui se serait amusé à faire une sorte de déménagement, à ramasser en bouquet les nuages et à les disperser aussitôt d'une manière assez prodigue, à claquer, partout, les portes, à renvoyer vers l'intérieur de la pièce le rideau en cretonne fleurie, une masse de fleurs multicolores ainsi jetée au visage.

Ils avaient décidé de faire une grande promenade sur l'immense plage où des tourbillons s'étaient formés, composés de grains de sable et de terre soulevée, elle aussi, dans la folle cavalcade créée par le vent. La mer, écumeuse, s'épanouissait en vagues profondes; celles-ci, dans leur joie hystérique, avaient arraché du fond, pêle-mêle, des monceaux de coquillages et des algues nouées en touffes.

« C'est une nature assez sauvage, avait dit Joëlle avec la curieuse impression d'avoir déjà connu ce genre de tempête. Pourtant, lorsqu'on passe ses vacances dans la Mayenne, les intempéries de cette sorte vous épargnent plutôt. Alors quand et où ? »

Godfried avait fait appeler un taxi et ils étaient repartis tous les deux pour Agadir — « ville reconstruite après un terrible tremblement de terre », lui avait expliqué Godfried; heureux de son excursion, il s'était transformé en un dépliant sonore, en un prospectus vivant.

Dans une des rues modernes et nues, un vieux Marocain les avait croisés. Godfried ne l'avait même pas vu; il était à la recherche d'une pharmacie. « La vitamine C à haute dose coupe le rhume; Jeanne m'a prédit que j'allais être malade; c'était forcé; j'ai dû rendre visite à sa mère, tu comprends; elle avait trente-huit et des poussières, et je l'ai embrassée. »

Joëlle avait la certitude d'avoir lu un message dans les yeux noirs du vieux Marocain. Un message codé dont il fallait trouver la clef, un message profondément personnel, intime même, un message qui l'avait remplie d'avance, elle, la frêle Joëlle, d'une particulière jubilation. Pour le moment, elle avait l'impression d'écouter l'énumération des secrets qui devaient forcément la concerner, de les écouter et de ne rien comprendre parce que tout avait été dit ou bien d'une manière qui rendrait les phrases inaudibles, ou bien dans une langue pour le moment étrangère.

« La voilà, notre pharmacie », s'était exclamé Godfried. Et il avait longuement exposé au pharmacien impassible les raisons de sa présence ici : « J'ai le nez qui coule, je pleure, réellement je pleure, je ne respire pas du tout par le nez et, parce que j'ai la bouche ouverte tout le temps, ma gorge se dessèche, elle est râpée et je commence à avoir de la difficulté à avaler. »

Une jeune laborantine avait passé la tête dans l'embrasure d'une porte qui séparait la pharmacie d'un laboratoire contigu. La jeune Marocaine avait plongé son regard dans celui de Joëlle, et elle y avait lu le même message codé, et vers son cœur montait de nouveau une joie dont le goût lui était inconnu... Emue à l'extrême de ce qui semblait l'attendre, elle s'était mise à sourire, très légèrement; ce n'était qu'une ride de l'âme qui se détendait sur son visage.

« Si tu trouves ça drôle, eh bien, merci... s'était exclamé Godfried; j'aimerais bien te voir dans cet état-là; rira bien qui rira le dernier... »

Le pharmacien avait le regard perdu dans ses pensées; il avait fait l'addition trois fois, parce que son esprit était ailleurs. La sonnerie du tiroir-caisse avait évoqué un carillon lointain, l'idée d'une cour de récréation, des enfants qui se déversaient sur un espace vert. Joëlle avait été traversée par un violent chagrin qui l'avait presque ébranlée sur ses pieds, une bouffée de tristesse à faire perdre le souffle à n'importe qui. « Aïe » — cette douleur qui l'avait traversée aussi péremptoirement qu'un bistouri, mais sans aucune anesthésie. « Aïe » — cette souffrance intime, familière, surgissant de l'âme comme du sang, mais ce n'était pas seulement une artère : un être humain tout entier était en cause.

« Tu as dit quelque chose ?

— Non. »

Le pharmacien avait levé le regard sur elle; c'était un regard vide, un regard d'Européen, presque rassurant avec son néant affiché en guise de défense.

C'est elle qui avait aperçu la publicité pour une excursion assez particulière. L'affiche vantait les mérites des oasis à voir, en suivant la vallée du Draa : « Avion, rase-mottes, les palmiers. » « Vous aurez l'impression de les toucher, madame; vous serez comme un oiseau; dans le petit avion vous ne volerez pas plus haut que les oiseaux eux-mêmes... Une seule petite journée... et des souvenirs pour une vie entière... »

« Je me méfie de ces coucous mal révisés, avait dit Godfried.

— Ce sont d'excellents bimoteurs, monsieur, avec des pilotes expérimentés; vous avez moins de risques, je vous assure, que dans un de ces bâtiments monstrueux, dans une de ces forteresses volantes... »

La semaine avait semblé longue à Godfried. A Paris, il ne manquait pas de sujets de conversation avec Joëlle parce qu'il lui racontait les événements de sa propre vie. Des événements qui concernaient sa famille, ses enfants. C'était aussi plus court : le repas, l'amour, et le départ à peine deux heures après. Ici, la journée s'étalait devant eux, commencée par l'interminable petit déjeuner, où elle reprenait et reprenait encore du café, où elle devenait rose et avait envie de parler, de lui expliquer des choses si insignifiantes; le destin de Joëlle était un destin aussi anodin que possible. Jamais elle ne serait la maîtresse exigeante. Son existence resterait cachée et sans importance. Son corps, à Joëlle, était beaucoup plus intéressant qu'elle-même; c'était un corps lisse et fin, avec de jolies jambes très minces, articulées minutieusement par la nature : on pouvait voir et compter presque les ligaments, les cartilages élégants des genoux; son dos était si fragile, si étroit, qu'on aurait pu imaginer que, dans un geste trop brusque, elle se déboîterait des omoplates. Son cou long et raffiné, parcouru de veines bleues, n'aurait pu survivre à aucun choc. Etrange constitution qui évoque à la fois l'idée qu'on se fait d'une fin de race ou d'une autre race.

Elle avait pu être merveilleuse, parfois, rarement. Lorsque Godfried l'avait rendue heureuse — mais oui, ça avait pu arriver une ou deux fois, peut-être trois, mais vraiment pas plus — alors, elle avait poussé un petit cri, venant du fond de la gorge, comme arraché des profondeurs. Il aimait bien la pénétrer. Souvent avec l'idée d'un interdit qu'il n'aurait pas respecté, mais lequel ? C'était idiot comme sentiment, c'était peut-être son côté allemand, romantique et fleur bleue, qui lui avait suggéré ces idées, plutôt ces impressions bizarres. Parfois, après l'amour, il avait tout simplement honte, comme lorsqu'il avait vu pour la première fois, à Hambourg, une femme possédée par un immense chien.

Il y avait eu aussi deux petits incidents, devant le portier, ou plutôt le concierge de l'hôtel. Godfried avait réclamé deux couvertures de plus pour les nuits qu'il trouvait trop fraîches, et Joëlle avait osé faire remarquer qu'elle n'en avait pas besoin. Pour ne pas se sentir diminué devant le Marocain, il avait dit :

« Tant mieux, je prendrai l'autre également pour moi. »

Il avait cru déceler dans le comportement de Joëlle une curieuse lueur d'indépendance. Ce qui lui avait plu à l'extrême dans cette femme, c'était sa vulnérabilité, la surface de douleur qu'elle offrait à chaque instant; il devait vaincre à chaque seconde l'envie de l'écorcher; à la fois, c'était un jeu et un besoin. Mais, ici, elle se déplaçait avec aise. Elle, timide à la limite du trouble psychique, elle bavardait avec les Marocains de tout et de rien. Par exemple, avec leur serveur dans la salle à manger. Ils avaient esquissé un élan, un mouvement d'approche. Eclairés par une lumière intérieure, le jeune Marocain et Joëlle se saluaient et se parlaient en vieilles connaissances fraternelles.

Ils n'en étaient qu'au mercredi. Il faudrait attendre jusqu'au dimanche soir pour rentrer à Paris. Il n'avait que faire de cette bizarre maîtresse plus attirée par les vents chauds que par ses bras à lui, sujet aux conjonctivites dès que le sable valse. Joëlle marchait dans le vent, portée par le vent presque; les bras légèrement repliés en arrière, elle laissait avancer le haut de son corps, comme une nageuse. Oui, peut-être donnait-elle l'impression de nager dans l'air.

Godfried avait retéléphoné au bureau d'excursion d'Agadir. « Mais oui, monsieur, si le temps le permet, vous pourrez partir demain pour voir la vallée du Draa. Je vous bloque les deux places. S'il y a des amateurs encore, vous serez six; sinon, vous deux avec le pilote, ça fait trois... »

L'autre incident s'était produit la veille du départ. Ils avaient fait une cinquantaine de kilomètres en taxi en direction de Taroudan, une ville-forteresse en argile roussie au soleil, une ville-beauté dont le silence intérieur vous happe, pauvre Européen !... Joëlle avait regardé les petites maisons dans la ville encerclée de remparts. Il fallait la tirer par la main. « Tu n'es pas venue ici pour examiner les toits de ces baraques; qu'est-ce que tu cherches donc à voir ? »

Elle n'avait pas osé avouer qu'elle avait une envie presque intolérable de compter les cheminées. C'était tellement bête, si irraisonné, qu'il valait mieux ne pas en parler. Qui n'a jamais eu, dans son enfance, l'envie de compter des pavés dans une très vieille rue ou les cases maladroitement dessinées du jeu de la marelle ?

Elle avait évolué parmi les marchands marocains

dans les souks de Taroudan avec une agilité extrême. « Tu ne te laisses même pas photographier », avait grommelé Godfried dont le rhume allait un peu mieux, peut-être parce qu'il émigrait dans le dos pour s'épanouir dans de belles courbatures.

Un âne chargé de feuilles de menthe était passé non loin d'eux. L'âne n'était que le support pittoresque d'une odeur de menthe puissante. Comme on était loin des arômes pauvres de certains bonbons à la menthe, et des utilités insipides de ce genre d'infusion ! Ici, la menthe agressait. « Se soûler d'une odeur », s'était dit Joëlle, et elle avait fait un bizarre petit mouvement avec ses bras; en soulevant légèrement les épaules, elle avait tourné les deux coudes vers l'extérieur, comme quelqu'un qui voudrait s'accouder; ce n'était qu'une esquisse de mouvement tendant à soulager un corps un peu engourdi. Et puis — mais pourrait-on raconter à quiconque une dérision pareille ? — elle avait eu envie de s'asseoir sur la botte de menthe, de s'enfouir la tête dedans, et de prendre une branchette dans sa bouche, sans, évidemment, la croquer. Juste pour le contact frais, et l'odeur de plus près.

« Pfatch, pfatch, pftach. »

Godfried était malade d'éternuements. La menthe lui avait raclé la gorge et lui avait empoigné, martelé la cloison nasale. Il fallait vite repartir. Elle avait juste eu le temps de jeter un coup d'œil dans un petit miroir au cadre lourdement ciselé. Elle avait aperçu le bout d'une cheminée un peu écorchée qui devait se trouver sur une maison juste derrière elle, et aussi elle avait retrouvé son propre visage avec ses yeux si grands — agrandis, allongés, étirés vers les tempes ? — et son sourire.

« Allons, allons, allons, on ne va pas moisir dans ce sale trou... »

Godfried avait arraché Joëlle à son miroir, et jusqu'au tournant de la rue le marchand les avait suivis du regard. Joëlle avait senti ce regard longtemps encore, ses omoplates, aurait-elle pu dire, en avaient été comme estampillées.

Sur la route du retour, le chauffeur leur avait montré un troupeau de chameaux.

« Oh ! »

Joëlle s'était presque envolée en sortant de la voiture. Elle courait dans la direction des chameaux.

« Quelle folle !... »

Mais Godfried avait quand même saisi son appareil de photo. « Un minimum de réglage, monsieur, presque rien; vous tournez là, juste ! »

Et dans le petit rectangle, il avait eu Joëlle penchée sur un bébé chameau, et aussi un petit Marocain au visage gai.

A l'approche de Godfried, les chameaux s'étaient élancés aussitôt dans un grand mouvement maladroit. Le bébé chameau s'était échappé de l'étreinte de Joëlle.

« Tu nous embêtes, avait-elle dit d'une manière assez sauvage et d'une voix métallique.

— Pardon d'être du voyage. Tu aurais mieux fait de venir seule... »

Elle n'avait pas protesté. Seul ? Qui était seul dans ce voyage, elle ou lui ?

Le lendemain, un jeune pilote peu bavard les avait invités à s'asseoir juste derrière lui, dans deux sièges assez confortables. Deux places encore restaient libres, et celle à côté du pilote taciturne.

« Je serai très content de voir les oasis, avait dit Godfried, et l'altitude, même minime, va peut-être me dégager le nez. »

Le pilote avait le regard fixé sur le tableau de bord. Les moteurs se mettaient à tourner. Et, après un décollage imperceptible, l'avion s'était mis à monter.

« Pourquoi montez-vous si haut ? s'était exclamé

Godfried... Pour un rase-mottes, c'est plutôt éloigné.
— Il faut bien traverser l'Atlas, avait dit le pilote. La vallée du Draa est de l'autre côté de l'Atlas. »

A cause de cette bonne femme lunatique, à cause de son gros rhume, il avait tout simplement oublié qu'il fallait survoler l'Atlas. Une peur instantanée l'avait fait transpirer :

« Ça va durer combien de temps ?

— Une heure et demie. Si on n'a pas d'orage ou un vent qui essaierait de nous dévier...

— On n'est même pas pressurisé, avait-il dit, affolé.

— Nous ne montons qu'à trois mille cinq cents », avait dit le pilote...

Ici et là, des masses brunâtres et grises émergeaient des profondeurs, comme de gigantesques fruits confits que les nuages auraient laissé, parfois, selon leur gré, apparaître.

« Tu n'as pas peur, toi ? »

Joëlle s'était tournée vers lui. Elle était nacrée par la lumière de cette haute altitude.

« Peur ? De quoi ? »

Il n'avait pas osé la traiter de tous les noms grossiers qu'il aurait pu retrouver dans sa mémoire; il avait bien trop peur de mourir, et, oh !...

« Si tu pouvais ne pas bouger tout le temps ! s'était-il écrié, pourtant, assez violemment.

— Je bouge ? Excuse-moi... Je ne m'en suis pas rendu compte. »

Elle ne cessait de faire un bizarre petit mouvement avec ses bras; elle éloignait ses coudes un peu de son corps, tout en soulevant très légèrement ses omoplates.

« Débarrasse-toi de ce tic », lui avait ordonné Godfried.

Elle avait fait très attention à ne plus bouger, mais le mouvement retenu démangeait ses bras, remontait comme une brûlure vers les épaules; encore une fois, une seule petite fois, peut-être Godfried ne s'en apercevrait pas.

« Veux-tu ne pas bouger !...

— Oh ! pardon. »

Même imperceptiblement, juste un peu, un soupçon, pour être sûre qu'elle pouvait, si elle le voulait...

« Ecoute, Joëlle, ne m'emmerde pas... Oh ! zut ! »

C'était brutal, c'était désagréable. Ils avaient même aperçu un quart du profil du pilote; celui-ci avait juste tendu l'oreille pour être sûr qu'il avait bien entendu cette grossièreté si terrestre.

Enfin, ils étaient arrivés de l'autre côté de l'Atlas. Le Draa bordé de palmiers était là, rivière étincelante, secrète. Parfois disparue dans les cavernes de son lit desséché, elle réapparaissait miraculeusement, portant sur son dos ondulant les fragments d'un arc-en-ciel.

L'avion frôlait le haut d'une superbe végétation qui s'étendait comme un bandeau de vie dans le désert. Le robuste soleil de midi avait teinté de jaune-ocre des fermes-forteresses, apparemment inhabitées. Comme des jouets d'enfants, éparpillés dans le sable, des bâtiments moyenâgeux se repliaient sur eux-mêmes pour ne pas laisser trop égratigner leur silence par le bruit de l'avion. Paysages vides pour les profanes, mais avec une multitude de vies profondes abritées dans l'ombre des pierres, dans de petites ruelles souterraines, plutôt en relief, comme gravées sur le sable ocre. Villes mortes pour Godfried, villes vivantes pour Joëlle. Ici et là, des gazelles s'étaient élancées dans un élan mesuré. Les bosses remplies de philosophie populaire et de bénédictions de toutes sortes, les chameaux s'étaient enfuis lorsque l'avion volait trop bas.

« Rien ne peut être plus beau, avait dit Joëlle, tremblante de fièvre.

— Tu dis ? » avait crié Godfried.

La notion de Dieu était apparue dans la conscience de Joëlle. Qui d'autre que Dieu aurait pu être responsable de cette beauté ?

De plus en plus près...

L'eau, la rivière Draa, envoyait ses étincelles qui se cognaient contre l'avion. Lumière choquée par la lumière. Avec des lambeaux de couleurs, mitrailler le métal. Le Draa, berceau liquide de poètes évanouis dans l'obscurité d'une grande pudeur; le Draa, immaculée conception de la nature; le Draa, chapelet fluide de prières occidentales et orientales; le Draa, flot épais parfois et brillant comme la sève jaillie de l'homme, qui donne la vie; le Draa, estuaire des larmes versées par tant de femmes voilées; le Draa, eau de la vie, issue réconfortante pour les réfugiés du progrès; le Draa, prière qui s'évapore lors des grandes chaleurs et qui devient nuage.

« Dieu.

— Qu'est-ce que tu dis ? Je n'entends plus rien, avait crié Godfried; j'ai les oreilles bouchées...

— Dieu... »

Et Joëlle avait refait le petit mouvement si particulier. Juste pour être sûre qu'elle ne l'avait pas oublié.

« Est-ce que l'hôtel vous a donné des sacs de pique-nique ? » avait demandé le pilote, et, soudain assez aimable, il avait ajouté : « Vous devez avoir faim... Normalement, nous aurions dû atterrir à Zagora, pour que vous voyiez le marché, la vieille ville et le début du désert.

— Et alors ? » avait dit Godfried, de nouveau sûr de lui-même.

Ce n'est pas au-dessus des palmiers qu'il aurait peur, lui ! Du tout. Et puis, avait-il eu vraiment peur ? Balivernes ! Dans les histoires qu'il racontera avec prudence — il était censé être en voyage d'affaires au Maroc — cette excursion deviendra une bricole, un détail pittoresque. « Survoler l'Atlas, quoi de plus naturel, mes amis ? »

« Et pourquoi nous n'allons pas à... comment vous l'appelez, votre bled ?

— Zagora. »

Le pilote était devenu encore plus doux, affable même.

« Peut-être le temps va-t-il changer. On est dans une période d'orages... Nous irons donc directement vers Ouarzazate. A l'aérodrome, un taxi vous amènera aux environs. Juste une petite excursion d'une heure et demie. Ce qui permettra la vérification de l'avion, son plein et un casse-croûte pour moi. »

Le silence de Joëlle avait énervé Godfried.

« Mais dis quelque chose !

— Je suis heureuse...

— On va où vous voulez », avait dit Godfried au pilote.

Le petit avion avait repris peu à peu de la hauteur. Et Godfried, qui luttait avec un certain courage contre l'agacement qui le gagnait dès qu'il s'agissait de Joëlle, s'était adressé à elle avec une cordialité épaisse :

« Peut-on savoir pourquoi tu es heureuse ? »

Elle n'avait pas osé hausser les épaules. Ce mouvement aurait été proche de l'autre mouvement, de celui qui irritait tellement Godfried.

« Je ne sais pas...

— Tu ne sais pas... On fait une excursion qui coûte à peu près mille francs pour nous deux, et tu ne le sais pas...

— Je suis heureuse depuis que nous sommes arrivés au Maroc, depuis que le douanier m'a regardée. »

C'était bête à pleurer. Godfried avait hoché la tête.

« Elle n'a même pas la politesse de dire qu'elle est heureuse parce qu'elle est enfin seule avec moi; non, cette oie radote de sottises; le regard d'un douanier, tu parles ! Trouver son bonheur dans le regard d'un douanier ! »

En effet, il s'était souvenu que lui, il avait dû ouvrir sa valise, même le sac qu'il portait en bandoulière, mais qu'elle, elle avait passé sans contrôle. « Rien à déclarer ? » lui avait dit le douanier et elle n'avait pas répondu; elle l'avait regardé seulement; apeurée peut-être ou même pas, elle avait regardé le douanier, dont les yeux noirs avaient mangé la moitié du visage; elle n'avait pas répondu, et le douanier s'était mis à sourire et avait dessiné un signe mystérieux sur la valise de Joëlle. Et, Dieu sait pourquoi, il s'était trouvé sur place une espèce de clochard, la peau rougie par une maladie ancienne dont il ne restait que des cicatrices indélébiles, et ce type avait pris la valise de Joëlle et l'avait portée vers un taxi, et, comble de dérision — on peut s'attendre à tout dans ces pays sous-développés ! — il avait disparu aussitôt sans avoir tendu ses mains crasseuses pour obtenir quelques dirhams.

« On trouve son bonheur comme on peut », avait dit Godfried, à la fois maussade et froissé.

Il allait rompre avec cette petite gourde; elle convenait pour Paris, mais, en déplacement, elle s'était révélée nulle ! Par bonheur, il n'avait pas fait la bêtise de l'amener à Hambourg. Deux mois auparavant, pourtant, il n'aurait pas dit non à l'idée de l'affranchir un peu, de la sortir de sa timide pudeur; une petite cure dans des boîtes de Grosse Freiheit, ç'aurait pu faire un effet sur cet être curieux, qui avait été, au début, bien apaisant pour lui. Godfried souffrait légèrement, depuis son mariage, du tempérament bruyant de sa femme, qui était, elle, une force de la nature; elle mangeait et buvait comme un homme; elle mettait leurs enfants au monde avec une désorientante facilité. A propos d'enfant, dans cette liaison avec Joëlle, il y avait eu un moment pénible; elle avait été enceinte et la sotte ne l'avait pas avoué tout de suite. Heureusement, l'intervention avait été sans problème, dans les meilleures conditions qu'on pût imaginer, dans une maison de santé privée en Allemagne, et Joëlle, tout à fait paisible, avait été plutôt reconnaissante pour cette prise en charge totale; elle avait juste demandé la permission à Godfried d'aller pendant quelques jours, le temps d'une convalescence, chez sa grand-mère, en Alsace, dans un village assez oublié par les routes de grande circulation, un village où elle avait passé une petite semaine, sans histoire.

« On monte encore ! » s'était-il écrié.

Le pilote avait répondu avec une exquise politesse :

« Pour arriver à Ouarzazate, on ne peut guère faire autrement, monsieur. »

A ce moment-là, Joëlle avait bougé les bras. Autant elle avait été apaisante, autant elle devenait agaçante. A Paris, il s'en débarrasserait. Au moins, avec Joëlle, la rupture allait être facile, presque un plaisir; sans avoir reçu de la nature un registre de subtilités, il était conscient que, s'il avait choisi cette fille taciturne comme maîtresse, ç'avait été aussi par précaution; elle allait être l'unique qui ne chercherait pas à se défendre.

L'aérodrome d'Ouarzazate était composé d'un bâtiment bas, de quelques hangars et d'une piste bien entretenue. Ils avaient atterri comme sur le velours. Ils étaient sortis de l'avion un peu engourdis, mais, aussitôt le sol sous les pieds, enhardis. Dans le petit bureau de l'aéroport, il y avait une vitrine avec des pierres curieuses, surtout des améthystes brutes, comme arrachées des rochers.

« Il y en a beaucoup par là, avait dit le pilote qui

les avait accompagnés. L'Atlas est une chaîne de montagnes composées de pierres précieuses.

— J'aimerais en acheter, avait dit Joëlle, et sa voix était assez sourde; elle devait avoir, comme Godfried, la gorge desséchée.

— Vous verrez des vendeurs sur la route de votre excursion, avait dit le pilote. D'ailleurs, le taxi doit être là, déjà... »

Tout cela avait été admirablement organisé. Godfried s'était éloigné pour se soulager. Il s'était ensuite longuement lavé les mains, et il avait constaté que la glace n'était même pas ébréchée, cette glace qui avait reflété, avec une objectivité paisible, son visage rubicond. « Un bel homme », disait-on de lui, il y a quelques années. A l'époque où il était plus mince, plus élancé donc, sans avoir cette couche de graisse sur les épaules qui l'isolait du froid. Il avait maintenant la peau ouatinée; il aurait dû maigrir, c'est vrai; mais c'était toujours « demain » qu'il devait renoncer à son whisky, et surtout au pain beurré dont il engloutissait une quantité considérable. « A propos de pain, on ne va rien bouffer aujourd'hui, s'était-il dit en se recoiffant. Monsieur est grisonnant avant terme. Ça dépend des natures, bien sûr ! J'ai une belle-sœur qui était blanche à trente ans », lui avait dit son coiffeur pour le consoler. « Bouffer ce pique-nique rassis, quelle dérision ! » Il aurait pu demander qu'on le conduise au Club qui possédait ici, à Ouarzazate, un hôtel somptueux, comme reflété dans un miroir; c'était la reconstitution d'une ancienne forteresse. Il y était venu, mais avec sa femme, en excursion depuis Marrakech. Y amener sa maîtresse, ça lui avait semblé soudain, et peut-être sans raison, risqué. Et puis, zut ! Au fond, tout simplement, il n'avait pas envie de la montrer, cette grande bringue silencieuse, cette chose à la fois frêle et solide, transformée par le Maroc.

Il avait rejoint Joëlle dans le taxi, dont le conducteur les avait reçus avec cordialité.

La voiture s'était élancée sur la route jaune, cahin-caha. Le pilote avait dit que le chauffeur savait pertinemment l'heure du retour à respecter. Joëlle venait d'entamer une pomme; elle avait planté ses belles petites dents dans la chair ferme d'une pomme rouge et croquante, tandis que Godfried avait englouti, en quatre bouchées, tout un sandwich fait de mie de pain et d'une viande quelconque.

Chacun avait dans son sac une bouteille d'eau avec un gobelet en carton; l'eau était devenue tiède; ils en avaient bu juste ce qu'il fallait pour apaiser une soif véhémente.

« Où on va ?

— Voir le paysage », avait dit le chauffeur.

Son français était parfait et rocailleux à la fois, comme celui de certains habitants de terroirs éloignés, mais toujours baignés dans le soleil.

« C'est beau, par ici ! » avait ajouté le chauffeur.

Et la route dégagée s'était élancée avec souplesse à travers un site vallonné. Légèrement, à peine ondulé, comme si la terre avait ri lors de sa création et que les spasmes gais de ce rire eussent créé de toutes petites collines douces et des creux arides.

Non loin de leur point de départ, des touffes de palmiers signalaient une oasis. Quelques chameaux agacés, avec sur leurs grandes faces l'expression d'un savant dérangé, s'étaient déplacés en troupeau. Les contours des remparts rouges d'une ville, qu'ils ne verraient jamais, étaient comme imprimés sur l'horizon dont le bleu virait vers un léger mauve, avec quelques touches de gris ici et là...

« Le temps va changer », avait dit Godfried d'une manière assez désagréable, comme s'il avait quelque chose à reprocher à Joëlle.

Joyeuse, émue de ce bonheur dont elle ne pouvait

connaître l'origine ni les aboutissements, elle continuait à se taire et à se camoufler derrière son rempart de silence.

Le soleil était apparu entre deux lambeaux de nuages. C'était un soleil emphatique, sûr de lui-même, le prince régnant de cette région. Sur la belle route en macadam brillant, la réverbération soudain était telle, et elle avait créé une si véhémente bousculade de feux sur le pare-brise qu'ils avaient cru que celui-ci venait d'éclater en une mosaïque de verre.

Tout cela n'était qu'un jeu de lumière. Le chauffeur s'était arrêté à leur demande devant un étalage de pierres précieuses au bord de la route. Un petit Marocain se tenait derrière son comptoir improvisé. Ce qui était sur la table coupait le souffle... Des topazes rugueuses, chauffées au soleil, d'un jaune virant au gris, étaient éparpillées. De grandes plaques d'amiante renvoyaient la lumière. Ce feu froid aurait brûlé n'importe quel curieux, venu ici sans respect. Des lames épaisses de mica avaient capté les reflets du crépuscule. Des couches superposées, irrégulières, comme mordues par la nature, se dégageaient toutes les nuances du rose et du mauve. Des morceaux de sulfate de cuivre fondaient presque sous la réverbération agressive. Il y avait aussi des améthystes avides, des cocons de pierres éventrées, des entrées de labyrinthes minuscules. Tout un monde de pierres précieuses dans leur état sauvage. Monde rugueux et étincelant, univers brillant, pointes fluorescentes, creux coupants si on y laisse promener un doigt sacrilège.

« C'est beau! avait dit Joëlle.

— C'est lourd ! avait répliqué Godfried. Pourtant, je vais en ramener aux gosses. Thierry collectionne ces trucs-là; à Paris, c'est une fortune, tandis qu'ici... »

Il avait quand même marchandé, le salaud ! « C'est

pour rien, et il marchande », s'était dit Joëlle désespérée.

« Pardon », avait lancé son regard vers le petit Marocain. Celui-ci était venu vers elle et lui avait mis dans la main un assemblage de topazes; on aurait dit un oiseau recroquevillé, se cachant la tête sous une aile.

« Merci. »

Un lointain grondement leur avait signalé l'approche d'un orage.

« Il passera peut-être plus loin », avait dit le chauffeur.

Ils avaient repris leur place dans le taxi.

« On va voir encore un ancien palais et, après, on revient vers l'avion », avait expliqué le conducteur.

Une forteresse mauve était comme dessinée sur l'horizon. Etait-elle en argile qu'un enfant géant aurait modelée, ou bien était-elle en terre cuite rouge, ou encore était-elle en pierre rose, en blocs de granit rose ?

« Entrez-y, avait dit le chauffeur; je vous attendrai... »

Il avait fallu d'abord traverser l'immense cour de la forteresse. Des meurtrières permettaient de surveiller la plaine. Non loin, se trouvait une oasis, avec quelques petites maisons en forme de cubes. Au fond de cette cour close, presque ramassé sur un seul côté, le petit palais se calfeutrait. Il y avait peut-être aussi, en haut de ce palais, une terrasse. Godfried avait été si occupé à photographier les chameaux de l'oasis qui apparaissaient sur l'écran des meurtrières, qu'il avait oublié Joëlle. Elle s'était éloignée et elle était entrée à l'intérieur du palais. La cage d'escalier taillé en pierre rude exhalait une odeur de crypte. Elle avait franchi les étages. Lentement. A chaque palier, elle avait pu embrasser du regard l'horizon.

Elle avait regardé parfois à l'intérieur des étages. Elle avait aperçu, couvertes du haut en bas de faïences bleues, de petites pièces à la fois intimes et désertes. Elle avait continué son ascension, comme un objet aimanté attiré vers le sommet inconnu. Elle avait été si fascinée que toute la beauté du monde n'aurait pas éveillé dans son âme le plus faible écho. Il lui fallait atteindre enfin ce qui pour elle était le Mystère.

Arrivée sur la terrasse qui dominait la forteresse, Joëlle avait aperçu, logés dans les donjons carrés et les murs découpés en dentelle, des nids où se tenaient des cigognes gracieuses.

Elle avait pris conscience du chagrin immense que lui avait causé l'arrachement de son enfant. Lors de sa convalescence, en Alsace, en regardant une cigogne donner à manger à son petit, elle avait pleuré. Elle avait pleuré pendant des jours et des jours, silencieusement, mouillant mouchoirs, chemises, pullover...

Et, ici, elle avait retrouvé la mère cigogne qui, avec une régularité presque mécanique, donnait la becquée à un petit avide dont on ne voyait que le grand bec, long et ocre. Peut-être ocre.

Comme il était indispensable de se dégourdir le dos en faisant le petit mouvement de détente qui avait tellement agacé Godfried ! De décoller un peu les omoplates, de soulever les coudes ! Répéter ce mouvement l'avait remplie d'un grand et paisible bonheur et, à la fois, d'une excitation, d'une sorte de frénésie.

La cigogne avait continué à donner à manger à son petit. Petite cigogne, bébé cigogne, enfant cigogne... Enfant... Enfant...

La cigogne mère, consciencieuse et grave, était apparue de plus en plus grande de taille, et c'était comme si le nid avait été ramené vers Joëlle, comme si quelqu'un l'avait déplacé... Quel jeu fabuleux que de changer de taille ainsi ! Jeu d'esprit, jeu d'imagination, jeu de muscles. Toute raideur disparaît de la nuque qui semble soudain presque fluide dans ses mouvements en avant et en arrière. Et puis il y a aussi l'ivresse de cette légèreté. Ne plus ramper, ni soulever les jambes, l'une après l'autre, mais les allonger au contraire. L'espace est proche et les distances s'amenuisent. Plus rien n'est pesant, même pas le chagrin, parce que l'enfant est là, et elle ouvre le bec... Mon enfant, ouvre le bec... Léger, étincelant, accueillant, aimable univers ! Palmiers, mes frères, étoiles à venir, bonheur d'exister... S'envoler, enfin... Naître ainsi... Merci, créateur ! La dernière pensée humaine était donc pour lui... Equilibre enfin... Et l'autre langage...

« Vous êtes un meurtrier, avait dit à Godfried le chef de la police.

— Je n'ai rien fait, avait-il répondu, blême et amaigri. Rien. Joëlle est entrée dans ce maudit palais et elle n'en est plus jamais ressortie. Je l'ai appelée, désespérément. J'ai couru jusqu'en haut. Rien. Personne.

— Qu'avez-vous fait avec le corps ?

— Rien. Je ne sais rien.

— Maîtresse encombrante, n'est-ce pas ? Il fallait s'en débarrasser ! Où est le corps ?

— Je ne sais pas », avait-il dit, et il s'était mis à pleurer. D'impuissance.

De fond en comble, les fouilles à la forteresse. Même avec les bulldozers tout autour. Rien.

Les gendarmes n'avaient pas trop dérangé les oiseaux dans leurs nids.

Il n'y avait que la vieille gardienne qui avait aperçu le changement.

Dans un des nids, il y avait une cigogne de plus.

Une belle cigogne, qui ne cessait de déplier légèrement ses ailes et de les replier après... C'était une cigogne heureuse de ses ailes. Et surtout de son petit, qui était là aussi. Depuis quelques jours... Depuis qu'on cherchait cette femme...

« L'avez-vous vue entrer ? » lui avait-on demandé, à la vieille gardienne.

Mais elle s'était contentée d'un sourire.

LES WEEK-ENDS DE MADAME F.

LORSQUE sa force destructrice se manifestait, son mari la fuyait. Qui pourrait résister à un cyclone ? Où dresser sa tente sur le chemin d'une tornade dévastatrice ? Patronne d'un salon de coiffure, Mme F. cristallisait sa haine sur l'être humain. Le contact avec la clientèle devenait pour elle un vrai martyre. Il est plus commode de haïr ses proches sur une île déserte; ou bien devenu ermite et retiré dans une forêt.

Dans le salon dont le chiffre d'affaires ne cessait d'augmenter, le visage sévère, Mme F. trônait derrière la caisse. En guise de protestation contre un endroit où l'on ne faisait que friser, onduler, boucler, mettre en plis, elle avait serré ses cheveux lisses, presque gominés, dans un chignon modeste. Elle ressemblait ainsi à une olive noire. Baignée dans l'huile.

Le salon, situé dans une petite rue d'un quartier populaire, était bordé d'un côté par un marchand de légumes qui avait souvent déplacé son étalage d'une manière assez habile et poussé celui-ci, pour des raisons obscures, vers la porte d'entrée du salon; alors, il fallait aller discuter avec lui, et mesurer l'espace grignoté centimètre par centimètre. L'autre voisin était un marchand de journaux; il gardait ses distances, mais, de son étalage, les nouvelles sensationnelles sautaient à la figure.

Les clientes entraient émoustillées par les mirages culinaires suscités par le marchand de légumes, tandis que, de l'autre côté, assassinats, attentats et tremblements de toutes sortes, projetés en plein visage, augmentaient leur tension nerveuse. Se faire jolie, tandis que le monde pète le feu à chaque seconde ! Passer une heure sous un séchoir, lorsque tant d'êtres humains viennent de mourir dans une inondation catastrophique !

Emoustillées par des désirs culinaires et devenues maussades à cause de leur mauvaise conscience politique, les clientes prononçaient chez Mme F. toujours la même phrase : « J'espère que je ne vais pas attendre. » Et, s'il fallait patienter quelques minutes, les plaintes fusaient : « Ça vaut vraiment pas le coup de prendre un rendez-vous, s'il faut de toute façon s'armer de patience... »

C'était le moment où Mme F. les imaginait, toutes, décapitées. Pendant qu'elles laissaient retomber leurs têtes en arrière, dans les cuvettes qui, par une découpe savante, épousaient la forme de leurs nuques, la lame de la guillotine, par-devant, tombait.

Sylvie et Marie-Anne faisaient des shampooings. Sylvie, cette grosse fille bavarde, avait toujours quelque chose à raconter à ces têtes renversées en arrière; et, lorsque l'une ou l'autre s'exclamait : « Aïe ! c'est froid », Sylvie précisait : « C'est le mélangeur, madame; dès que l'autre tire sur l'eau chaude, vous avez l'eau froide sur la tête. » Selon Mme F. il était inutile d'expliquer à ces bonnes femmes prétentieuses la raison de la douche soudain glacée sur leur cuir chevelu; elles n'avaient qu'à s'habituer au jet sibérien; c'était du bavardage pour rien, ou peut-être dans l'espoir d'un pourboire plus copieux.

Marie-Anne jouait en revanche son rôle de princesse de banlieue. Il suffisait de voir son visage dégoûté lorsqu'elle se mettait à shampouiner des cheveux trop gras. Heureusement, dès que les clientes renversaient la tête, elles fermaient les yeux. Il valait mieux ne pas voir les regards échangés au-dessus de leur tête, ce jeu muet d'humeur et de désespoir qui liait Marie-Anne la majestueuse et Sylvie la bavarde. Et après, c'était la course aux bigoudis. « Où avez-vous mis les rouges ? » « J'ai besoin des verts. » « Non, je ne tire pas, madame. » « Ah ! vous ai-je fait mal ? »

Ne parlons même pas de l'habitude de Sylvie d'introduire ses doigts, à travers la serviette c'est vrai, dans l'oreille des clientes, pour essuyer l'eau qui aurait pu y entrer... Et puis ces clientes sous le séchoir, qui racontaient l'histoire de leur vie à la manucure ! Elles hurlaient pour qu'elle les comprenne bien : « Ma fille prend la pilule, ça la fait grossir; je lui ai dit que... » Et une autre qui disait : « Qu'il me trompe, d'accord; c'est dans sa sale nature d'homme, mais quand même pas dans notre lit conjugal ! »

Lorsque cette cliente arrivait, Mme F. mettait toujours la radio en marche, pour couvrir l'histoire de l'adultère; elle ne voulait pas savoir comment cette dame était trompée chaque mercredi après-midi, tandis qu'elle devait sortir avec ses enfants pour les amener à la patinoire. Les séchoirs qui grésillaient d'une manière sauvage, la radio qui mélangeait sa musique et ses nouvelles, l'eau qui coulait, les klaxons de la rue créaient une cacophonie qui remplissait l'âme de Mme F. de désirs meurtriers.

« Qui me fait le shampooing ? »

Elle aurait aimé répondre : « Notre meilleur bourreau... »

« Pourrais-je avoir un rinçage, madame ? »

« Avec plaisir », répondait-elle tout en imaginant qu'elle demandait un flacon de vitriol pour peler la peau du crâne de la pimbêche.

« J'ai absolument besoin d'une manucure. » « Volontiers », et à sa réponse, elle ajoutait mentalement à l'adresse de la manucure : « Nadine, vous avez dix ongles de plus à arracher; faites-le lentement, mon trésor. »

Mais le comble de l'épouvante était, pour elle, la vision de la petite pièce, à côté du salon, la petite pièce étroite où son mari officiait. Il y avait juste la place de trois fauteuils pour trois hommes, étant entendu que le quatrième, le patron, ne devait plus grossir d'un kilo, ni s'élargir de quelques centimètres sous peine de ne plus pouvoir bouger dans l'ignoble enclos qui sentait le mâle, même à travers les lotions que l'époux dispensait généreusement sur les têtes tonsurées par l'âge, dénudées par des calvities précoces, ou bien à peine recouvertes de quelques cheveux étonnamment longs et vivaces qu'on rangeait méticuleusement un par un les uns à côté des autres. Et songer qu'il aspergeait ces crânes remplis de pensées obscènes, d'images dégoûtantes !

Depuis longtemps, Mme F. refusait le seul bien qui lui appartenait en propre, son maigre corps, à ce mari dont les mains horripilantes avaient eu jadis l'habitude de s'égarer entre ses jambes et de remonter vers l'intérieur de ses cuisses, comme s'il avait dû préparer un exposé, ce vieux type, sur le corps féminin pour quelque professeur de sciences naturelles. Ce gros luisant lui disait sans cesse :

« Mais tu n'as rien apporté à la communauté, rien. Le salon a été démarré avec mon argent.

— Et mon travail ? s'écriait Mme F.

— Ton travail ? Tout le monde travaille. D'ailleurs, encaisser n'est pas travailler. Encaisser, c'est s'enrichir... »

Et il riait de sa plaisanterie qu'il répétait le lendemain à l'un de ses clients. « Et j'ai dit à la patronne : encaisser c'est s'enrichir... Ha... ha... ha... »

Oh ! ce rire d'homme, ce rire détestable qui réveillait chez elle un irréductible besoin d'évasion ! Elle se voyait parfois éclater dans une grande crise, et mettre tout le monde dehors. Elle imaginait ses clientes éparpillées sur l'étroit trottoir. Elles auraient couru dans tous les sens avec les bigoudis multicolores piqués en forme de couronne sur la tête. Vêtues de peignoirs roses, elles auraient voltigé parmi les artichauts et les faits divers sanglants. Mme F. aurait flanqué dehors, aussi, son gros mari : « Va avec tes clients ! Tes compagnons de vice ! »

Mme F. souffrait de son aspect physique comme on souffre d'une maladie. Elle n'avait jamais été laide; non, elle était invisible. Elle faisait partie de ces femmes dont les autres oublient le visage, un visage passe-partout, aussi banal qu'un bol en faïence qu'on vend en grande série dans des magasins où le prix est bas et uniforme.

Depuis l'âge de vingt ans, cette petite dame anodine avait l'âme d'une héroïne de Racine. Elle aurait pu, à la rigueur, passer en vedette américaine chez Corneille. Elle se serait voulue une tragédienne, dont la naissante beauté aurait dû remplir de regrets, parce qu'il ne vivait pas avec elle, n'importe quel prince, qu'il fût charmant ou sanglant.

Mme F. aurait dû avoir une chevelure noire abondante qui lui aurait couvert les épaules et même la moitié du dos, lors des moments d'extrême tension où elle aurait rejeté la tête en arrière pour dire, en désignant quelqu'un d'une main : « C'est lui, messeigneurs ! C'est lui ! » Et elle aurait découvert son visage, inondé de larmes, de l'autre main, celle-ci chargée de bagues dont l'une, une chevalière, aurait été l'emblème des puissances mystiques personnifiées par deux serpents noués ensemble pour l'éternité, et louchant l'un sur l'autre avec des yeux de rubis. Alors, elle se serait voilé le visage et se serait exclamée : « Que le bourreau fasse son travail ! »

Elle aurait vécu son grand amour avec un jeune garçon, beau, blond ct — les tirades lui ayant été, à elle, réservées — silencieux, dans un château truffé de portes secrètes, de chausse-trapes inattendues, d'armes aux poignées faites de bijoux dont l'idée même de la possession aurait fait trembler de désir les principaux voleurs et comploteurs du monde. Elle se serait donnée à son amour blond et silencieux dans le déchirement. Et elle l'aurait quitté lors d'une révolution de palais, elle-même devant choisir entre son trône et son cœur. Mais, si elle avait choisi le trône, c'était évidemment pour une raison d'Etat.

« Elle n'a pas réussi ma couleur, la teinturière ! lui avait dit une cliente. Mes cheveux sont presque bleus ! Vous trouvez ça normal ? »

Mme F. avait levé sur elle son regard qu'elle aurait aimé chargé de reflets et de nuances de toutes sortes, ce grand regard noir dans ses yeux coupés un peu en amande comme ceux des sphinx; elle avait levé son regard gris lavasse enfermé dans l'orbite de petits yeux mal taillés, et avait dit :

« Les lumières artificielles déforment les couleurs, madame. »

La cliente, sortie sur le trottoir pour mieux se regarder dans une petite glace, s'était trouvée encerclée d'un côté par une montagne de feuilles de blettes, et, de l'autre, agressée par l'annonce d'une catastrophe de taille : un autocar dans un ravin, quarante-huit morts, ils étaient heureux, même éméchés, et soudain, boum, crac... oh !.. Elle était revenue au salon, maussade.

« Dehors, c'est encore plus bleu... »

Aussitôt, les filles avaient entouré la dame y compris la teinturière, même l'apprenti s'était joint à eux, et ils avaient dit en chœur : « Mais ce n'est pas bleu, madame, mais vraiment pas; il y a des reflets, c'est vrai; mais, c'est joli... i... i... »

M. F. était apparu à son tour — de quoi je me mêle ? — et il avait dit d'un ton rigolard : « Vous trouvez que c'est bleu ? » Encore un peu, et il allait donner raison à cette crétine, dont les cheveux étaient vraiment bleus, bleus, bleus. Bleu pervenche.

M. F., elle l'avait épousé parce qu'il avait insisté, vraiment. Même à l'époque, il paraissait tout rond. Un écolier l'aurait dessiné uniquement avec de petits cercles, un pour le ventre, un pour le cou, un pour la tête. Mais il valait mieux être mariée que non, ne fût-ce qu'à cause des voisins et aussi de l'entourage plus lointain qui ne cessait de répéter : « Ma petite Jocelyne, vous ne pouvez pas vous attendre à des miracles; regardez-vous dans la glace; vous êtes une gentille petite, mais vous ne cassez rien. » Leur gueule, elle aurait aimé la casser !

Il y avait également la vieille tante, une espèce de cousine au deuxième ou troisième degré dans un arbre généalogique dont il n'existait que les bas étages. Cette tante l'avait observée d'une manière assez particulière, et avait dit, pourquoi ? on ne le saurait jamais : « Je n'aimerais pas être dans la peau de ton mari »... Elle s'appelait Elsa, la tante; elle vivait quelque part à deux cents kilomètres de Paris; elle n'avait jamais invité Mme F. chez elle.

La sonnerie du tiroir-caisse avait ramené Mme F. à la vie quotidienne. Pendant que les pompiers tentaient de se frayer un passage dans le désordre tumultueux des voitures, et que leur pin-pon pin-pon s'acharnait sur les cerveaux, une radio avait commencé à gueuler : « Cinq mille morts près de... » De quoi ? Elle ne l'avait pas compris, parce que la clochette au-dessus de la porte venait de sonner. A la même seconde, une des filles avait ri aussi, et son ignoble porc de mari s'était exclamé de l'autre côté : « Pour un tiercé, c'est un... »

« Une lettre recommandée pour madame », avait

dit le facteur et, pendant que deux femmes se racontaient en hurlant sous les séchoirs l'histoire des oreillons d'un petit garçon qui avait contaminé toute la classe — « tant mieux si tous ces futurs porcs deviennent impuissants », avait pensé Mme F. — elle avait signé l'accusé de réception rouge comme une annonce officielle de scarlatine qu'il y a quelques années encore il fallait coller sur les portes d'entrée.

Elle avait été convoquée chez un notaire, où elle s'était rendue un peu inquiète — qu'allait-on lui réclamer ? Avec sa petite taille et son ossature fluette, elle était passée si inaperçue dans la salle d'attente que, lorsqu'elle avait été appelée, la secrétaire avait dit, comme se parlant à elle-même : « Elle n'est pas là.

— Mais si, je suis là ! »

Après les préliminaires d'usage, le notaire lui avait annoncé que sa tante Elsa lui avait laissé sa maison avec un hectare de jardin autour, et qu'elle avait pris soin de contracter une assurance-vie en faveur de Mme F. pour que celle-ci puisse payer les droits de succession.

« Selon la description, c'est une grande maison en dehors de la ville de... Les habitants l'appelaient « le château » parce que, à gauche... Vous voyez sur cette photo ? »

Elle l'avait vue.

« Il y a une petite tour pour héberger l'escalier qui monte au premier et au deuxième étage... Le château, c'est beaucoup dire, mais enfin, ce pavillon a sa petite allure bien à lui. »

Comment avait-il osé dire de ce ton nonchalant : « Ce pavillon » ?

Elle avait annoncé l'héritage à son mari, lors d'un dîner où celui-ci avait le bas du visage luisant d'huile, dû à quelques feuilles de salade avalées de bon appétit.

« C'est gras, ton menton », avait-elle dit en pensant

au jeune homme blond qui aurait consommé les calories nécessaires à sa survie dans un détachement total.

Avec un geste brusque et peut-être furieux, il s'était essuyé le menton.

« J'ai hérité d'un petit château...

— De quoi ? »

F. venait de s'étrangler presque et, pour pouvoir mieux respirer, bien que cela n'eût rien à voir avec l'œsophage, il avait brandi sa fourchette sur laquelle un morceau de pain était empalé. Il avait l'habitude de touiller la sauce dans son assiette; deux ou trois fois, il suçait le même morceau de pain, avec beaucoup de plaisir d'ailleurs, et il le remettait dans la sauce, pour le retrouver aussitôt. Il considérait son morceau de pain comme une tétine.

« Un château ! Alors, je vais t'appeler comtesse, avait-il dit d'une manière assez cruelle. Et où se trouve ce château ? »

Elle avait dit le nom de la petite ville, et il avait répondu :

« C'est un endroit moche... J'ai dû y passer il y a une quinzaine d'années. »

Le lundi suivant, qui était le jour de fermeture de leur salon, Mme F. avait pris le train et elle était arrivée à la petite ville vers dix heures trente du matin.

La gare était déserte. Un employé venait de passer, la tête baissée, auprès des rails, et le train avait redémarré dans un bizarre grincement un peu menaçant. Heureusement, il y avait un taxi devant la gare. Mme F. avait indiqué l'adresse au chauffeur. La ville s'étendait devant elle, une ville plate un peu maussade, endormie parce que oubliée par tout le monde. Une ville avec une population en majorité âgée. Ici et là, une dame aux cheveux grisonnants avec un cabas, un cabot qui lève la patte contre le décor saillant d'une porte cochère, un maigre marché, juste quatre étalages, même pas un marché, mais une rue un peu marchande. Une église en briques rouges, comme il se doit. Un square avec des arbres qui évoquaient le destin de condamnés en liberté conditionnelle. Là-bas, une femme avec un landau; il y avait quand même des enfants; mais non, le taxi venait de passer à côté, c'était une clocharde qui ramassait son butin, sorti des poubelles, dans ce vieux landau, plus facile à pousser qu'un chariot.

Le taxi avait atteint la banlieue. Les distances entre les maisons grandissaient. Et ils étaient arrivés enfin devant une haute grille rouillée; ce n'était même plus du fer, mais une pâte de fer et de rouille debout. « Si vous y touchez, tout s'écroule », aurait crié quelqu'un de sensé. Derrière cette grille, sur laquelle une folle végétation faite de ronces et de roses devenues sauvages s'entrecroisait, se trouvait un parc dans un état d'abandon total et qui avait pris l'allure d'une forêt vierge. Mme F. avait payé le taxi; elle avait dénoué la chaîne rouillée qui s'entrelaçait entre les deux vantaux de la grille, et elle avait franchi le seuil invisible, l'âme remplie d'une symphonie de Mahler. Elle ne la connaissait, cette musique, que dans son subconscient et sans pouvoir lui donner un nom. C'était une musique puissante qui évoquait à la fois ténèbres grises et ciel rose — de flammes, évidemment; actuellement, dans le monde, d'innombrables petits Néron jouent avec leurs allumettes meurtrières. Elle avançait ainsi aux sons de la Symphonie n° 9 de Mahler, dont les mélodies camouflent en marche triomphale l'arrivée de la Mort...

Parfois, il fallait se frayer un passage dans la végétation exubérante qui avait, d'un seul coup, anéanti toute idée préconçue quant au climat de cette région du Nord-Ouest. Sous quel soleil du diable aurait-il pu y avoir plus de lianes, de liserons devenus gigantesques, d'arbres étouffés sous une végétation rampant le long de l'écorce et montant jusqu'aux branches ? Une petite allée conduisait au perron, lui-même dévoré par les herbes sauvages. Une flopée d'oiseaux gris et marron clair comme le ciel de ce matin, s'envolait au fur et à mesure qu'elle avançait. Des « pic... pic... pic... » et des « cui, cui, cui » s'émoustillaient dans l'air. Pavillon ? Oh non ! Château... petit château... En briques...

En 1900, mesdames et messieurs, tout était permis... Balcons flanqués de ferrailles rouillées, pignons qui crèvent le toit pour sortir çà et là, d'une manière inattendue. La tour, oui, qui oserait dire le contraire ? C'était une tour, en briques elle aussi, étranglée dans les bras d'une gigantesque vigne vierge qui avait laissé grimper ses tentacules verts jusqu'à envahir les fenêtres.

Mahler fulminait dans son éternel malheur-bonheur. Dommage ! Madame F., vous ne savez donc pas quelle est la musique qui correspond à ces lieux ?... Avancez donc... Avancez...

La porte d'entrée ? Il avait fallu la pousser, le bois avait joué. Et ç'avait été le grand jeu, n'est-ce pas, messeigneurs ! Mme F. était entrée d'une manière à la fois dominante et méfiante. Oui, ç'avait été le moment magistral de la prise de pouvoir sur son médiocre destin. Enfin, elle possédait le cadre digne de ses rêves. A droite, un salon, petit et moite; mais qui se soucierait des taches d'humidité qui, à certains moments, avaient colorié en gris foncé le papier fleuri ? Un canapé recouvert de soie effilochée... Quelqu'un tape sur un gong, pour annoncer l'arrivée de celle qui va régner ! Non, c'est seulement son cœur à elle qui s'est mis à battre d'une manière plus espacée et plus lourde que d'habitude.

Les cloches qui s'entrechoquent pour annoncer à la population que celle qui...

Non, ce sont ses oreilles, la nervosité.

Il était assez fascinant de s'installer dans la vie d'un mort. Dans cette vie qui avait continué son chemin mystérieux à travers les objets, les interdits des toiles d'araignées qui bloquaient certains passages et, surtout, calfeutraient les coins. Le bruit des pas dans l'escalier et, au premier étage, la chambre de la tante. Un grand lit recouvert d'une vieille dentelle jaunie, les coussins, la soie qui craque dès qu'on y touche, la lampe de chevet, 1900 elle aussi, représentant une femme nue qui tient une corolle de fleurs, une corolle en pierre dure et jaune, une corolle qui devient transparente et veinée de gaieté dès qu'on envoie l'électricité dans l'ampoule anémique... Quelques croûtes sur les murs fatigués. Une forêt d'automne, une ruisselante abondance de verts qui virent au jaune, et à l'ocre, et au marron... Et, plus loin, une vieille paysanne qui allume une lampe à pétrole; la flamme de la mèche éclaire juste son visage... Avoir ça en face de son lit ? Bizarre idée... Et, plus loin, un petit bureau avec quelques livres moisis dans une vitrine dont la porte s'entrouvre dans un grincement. Et, de ce petit bureau, la vision du jardin sauvage, ce paradis autour de la forteresse qui allait être, un jour, assiégée, le silence et le réveil d'un passé qu'elle aurait aimé posséder.

« Tu ne viendras même pas voir la maison ? » avait dit Mme F. à son mari.

Simple constatation plutôt qu'une interrogation. Jamais il n'aurait quitté ses parties de billard, ni la compagnie d'une petite blonde, une ancienne shampouineuse qu'il était supposé revoir chaque lundi. Jamais, donc, il n'allait être rehaussé par l'éclat de la propriété; jamais il n'aurait l'allure de l'homme qu'elle aurait aimé voir dans sa vie; il continuerait à patauger dans sa médiocrité en s'affairant avec son rasoir autour des nuques rouges de ces monstrueux bouffis qui venaient se faire couper les cheveux chez lui.

Mme F. était partie à chaque fin de semaine. Elle avait pris l'habitude de prendre le train le samedi soir, et d'arriver vers dix heures, bien après la tombée de la nuit, au seul endroit où elle se sentait chez elle. Elle s'était mise à nettoyer. C'était un lent ouvrage pendant lequel le sentiment d'une attente avait pris racine dans son âme. Sans qu'elle l'eût voulu, sans que cela fût conscient, elle s'était mise à espérer la présence du jeune homme blond qui devait, un soir, apparaître dans l'allée. Cette allée qu'elle venait de faire dégager par un jardinier amateur, content d'avoir ces quelques heures qu'elle lui avait payées sans compter, ni discuter... D'un week-end à l'autre, l'attente s'était affirmée. Mais personne n'avait encore abordé le « château ». Personne.

Parfois, le dimanche soir, elle avait eu la curieuse impression d'être seule au monde. C'était un bonheur qui devenait peu à peu inquiétant. Elle s'était surprise ainsi, près d'une fenêtre, guettant la grille.

Entre l'horreur que représentait la vie quotidienne avec le monstre qu'était F., et les clientes de plus en plus exigeantes, entre cette grisaille dont chaque minute était chargée d'une électricité qui émanait d'elle-même, et les fins de semaine où elle plongeait dans un immense silence qui devait ressembler à celui de l'au-delà, Mme F. n'avait qu'un seul étonnement, c'est que les gens qui l'entouraient fussent aussi démunis d'instinct. Celui-ci, pourtant, aurait dû les mettre en garde contre une explosion venue d'elle.

Combien de fois elle regardait, ahurie, son mari qui semblait forcer et forcer encore sa sottise; il l'agaçait sciemment, avec un certain bonheur même dans la persévérance. « Ton château, je le verrai quand je serai le prince charmant. » « Tu es la belle au bois dormant; faut-il qu'il dorme, le bois, pour supporter ta présence ! » Lorsqu'elle suggérait son remplacement à la caisse parce qu'elle avait des courses à faire — il fallait bien quelques produits de nettoyage et, même, certains outils pour commencer à remettre en état la maison — alors, F. s'écriait dans le salon : « A qui le tour pour le prochain shampooing ? Anne-Marie ? Parfait. Sylvie remplacera à la caisse la châtelaine. » Les premiers temps, les filles n'avaient rien osé dire, mais ces plaisanteries répétées les avaient autorisées moralement à se mettre à pouffer de rire.

« L'hommes est une sale bête, avait pensé Mme F. une sorte d'animal que Dieu a démuni de tout instinct préservateur. »

Mais M. F. se portait comme un charme, et il se portait de mieux en mieux parce que ses week-ends devenaient, grâce au « château », paisibles, sans heurts et sans problème aucun. La petite blonde grassouillette manifestait une gentillesse extrême; les visites devenues régulières de M. F. lui avaient fait espérer un divorce. La petite blonde se voyait déjà derrière la caisse. Et, avant de faire marcher l'affaire, elle faisait marcher, galoper son homme.

Mme F. n'avait pas de voisin. Un hectare de broussailles sépare bien des autres. Elle apercevait tout juste, d'une petite pièce du deuxième étage, les contours gris d'une usine désaffectée.

C'est un lundi matin qu'elle avait entendu retentir, pour la première fois, la clochette rouillée de la grille. Mme F. avait regardé par une fenêtre du deuxième étage. La grille était assez loin, et elle, elle n'était pas myope, mais ses yeux n'avaient plus la vivacité de ses vingt ans; c'était des yeux de cinquante ans, à quoi bon le nier ? Elle s'était rendu compte qu'elle avait mis la chaîne, la veille, et elle avait bien fermé le petit cadenas. La clef était accrochée, avec les autres, sur un trousseau attaché à sa ceinture. Vieille habitude bourgeoise de jadis où l'on comptait encore les morceaux de sucre pour la cuisine et où l'on glissait des sachets de lavande entre les draps admirablement repassés et rangés sans que le bord de l'un dépasse l'autre d'un millimètre.

Elle avait descendu son escalier déjà bien ciré. De marche en marche, elle avait eu conscience qu'elle se tenait très droite et, parce qu'elle avait une attitude d'une extrême élégance, elle avait eu une pensée passagère pour le pauvre minable qu'était son mari. Dans l'entrée où les cuivres avaient déjà retrouvé leur éclat rouge — elle les avait frottés avec rage et ténacité, en préservant bien ses mains avec des gants — une horloge ancienne remplissait l'air d'un tic-tac sourd.

Elle avait ouvert la porte. Le perron, grâce aux puissants désherbants, était devenu propre et nu. Avec l'herbe sauvage, la montée était peut-être plus jolie...

Elle s'était engagée dans l'allée encore embroussaillée. Tandis qu'elle avançait dans cette allée bordée d'arbres, les feuilles semblaient rendre leur dernier soupir sous ses pas. C'étaient les feuilles mortes d'un automne précoce. Et ce tapis multicolore tissé de feuilles agonisantes virant du jaune au rouge, de l'ocre au marron, avait donné l'impression à Mme F. de marcher sur une poudre d'or que des valets fous de terreur auraient déversée devant elle. Pour l'amadouer !

Les yeux fermés une seconde, elle s'était imaginée plus jeune. Derrière la grille boursouflée de lianes et parcourue de liserons, c'était enfin le jeune homme blond qui s'impatientait, non point pour se jeter dans ses bras — oh ! non, c'était bien trop tard, c'en était fini avec l'amour; non, le jeune homme allait l'aborder en lui susurrant à l'oreille : « Madame, je désire vous connaître, vous parler. J'ai l'impression que nous avons des affinités indéniables; un échange d'idées nous ferait du bien. Dans ce monde matérialiste, une amitié intellectuelle n'a pas de prix. »

D'un buisson touffu un oiseau venait de s'élancer vers le ciel. Le jardin sauvage pullulait d'oiseaux. Toute une haie de gui abritait une famille de mésanges; elle les avait bien observées, Mme F., et jamais l'idée ne lui serait venue de s'approcher avec son sécateur de ce mur vert et luisant, et vivant jusqu'au dernier frémissement des branches. Il y habitait aussi, caché dans des arbustes aux branches entrecroisées, un gros bec de couleur rouille et marron. De temps à autre, il apparaissait en tournant la tête bien penchée à droite et à gauche, comme s'il avait écouté une musique venue de régions lointaines. Mme F. aimait tendrement ce gros bec méfiant et un peu arrogant, ne fût-ce que par la forme de sa petite tête qui lui donnait l'apparence d'un buté, d'un tenace, d'un « discutailleur », d'un ronchonneur. Il y avait aussi les noisetiers qu'elle allait soulager de l'étreinte meurtrière des liserons et de toutes sortes d'herbes folles qui remontaient des racines en grimpant sur l'écorce et en étranglant les jeunes branches; dans ces noisetiers dont certaines feuilles jaunissaient et se recourbaient, habitait une autre sorte de mésange. Etait-ce une mésange ? L'oiseau avait le crâne tout noir et, des deux côtés de la petite tête, ses duvets étaient blancs, comme s'il avait eu des favoris; il était tout le temps en mouvement; il apparaissait et disparaissait avec une extrême vivacité; c'était un petit éclair sombre, une joyeuse pensée fugitive bercée par des feuilles. Vivait-il seul, avait-il une famille? Mme F. n'en savait rien. Elle adorait les oiseaux, elle s'était souvent trouvée assise dans sa petite forêt bien à elle, pour les écouter, pour les regarder.

Soudain, un envol avait fendu l'air, et les « cui, cui, cui » avaient retenti; le cœur de Mme F. s'en était empli d'allégresse. Non loin de la grille qui la séparait encore de l'inconnu, se trouvaient, cachés de la rue déserte et comme encerclés dans une futaie, tout un groupement d'épines-vinettes et deux chênes. Elle avait vu beaucoup d'épines-vinettes dans son enfance; elle n'avait jamais touché à ces arbrisseaux dont les fruits rouge vif étaient considérés, à tort ou à raison, comme porteurs de poison. Derrière le territoire des épines-vinettes, vivaient donc deux chênes, l'écorce recouverte de lierre. Et Mme F. aurait juré, sans en avoir pourtant la certitude absolue, que, sur une de leurs branches épaisses à l'écorce rugueuse, elle avait aperçu, un jour, une masse, couleur d'écorce aussi, une masse légèrement tachée, qui devait être un hibou.

Elle avait passé des heures sous cet arbre pour apercevoir un mouvement, un soupçon de battement d'ailes, un signe qui lui aurait été adressé. « Je suis une alliée », avait-elle répété en direction de la présence supposée du hibou, « n'aie pas peur, mon frère; je n'aime que les animaux; je n'adore que les oiseaux; montre-toi ! » A un moment donné, elle avait cru apercevoir l'éclat couleur topaze des yeux mystérieux, aussitôt évanouis derrière le feuillage épais.

Elle était arrivée auprès de la grille.

Un gros bonhomme chargé de paquets, de brosses de toutes les tailles, se tenait devant celle-ci.

« Vous en mettez du temps pour arriver à votre grille... avait-il dit. Je vends des produits de nettoyage. »

Elle aurait voulu le chasser, se débarrasser de lui. Mais, d'un seul coup, elle s'était rendu compte, dans un sentiment de dégoût, presque délectable, que le commis voyageur ressemblait à son mari. Comme une goutte d'eau ressemble à une autre.

A la seconde même où toute la gamme des hésitations, des haines, des obscures colères l'avait traversée, elle avait été profondément étonnée de l'absence d'intuition des hommes.

« Vous désirez quoi ? avait-elle dit, exquise et calme.

— Je venais, il y a quelques années, dans cette vieille baraque... Après, j'ai changé de région... Me voilà revenu avec tout ce qui nettoie, polit, astique, fait briller; je décape les fours; je peux ramener à la vie de vieux cuivres noircis; j'ai même la brosse miracle — avec réduction ! Si je pouvais entrer pour vous montrer tout cela... La vieille avait très peur de moi au début. « Et si on m'agressait » a-t-elle dit... Et j'ai répondu : « Vous n'avez rien à craindre que pour « votre sac à main! Et vous ne le prenez pas quand « vous venez ouvrir ! »

Il avait ri. Mme F. l'avait observé avec un intérêt croissant. Son mari n'était pas un monstre solitaire; c'était donc un type d'homme. Lorsque le Créateur avait décidé de déverser sur cette terre sa corbeille pleine de déchets, il avait fait féconder quelques femmes identiques d'aspect par quelques hommes qui devaient, eux aussi, se ressembler. Et, de ces fœtus identiques, s'étaient échappés de gros bébés, la tête dodelinant de sottise. On les avait nourris de toutes sortes de bouillies dégoûtantes pour qu'ils deviennent ces adultes si proches des porcs, pouah !

« Vous avez un gentil sourire, avait dit le commis voyageur. Je m'appelle Jean. »

Il s'était hissé sur la pointe des pieds et il avait annoncé à travers les barreaux rouillés :

« Je suis célibataire... et si vous me laissiez entrer, je vous montrerais mes produits ! Uniques ! »

Et il avait ajouté, accompagnant la phrase de son rire gras :

« Il y a à nettoyer là-dedans, n'est-ce pas ? »

Il venait de désigner, du menton, la maison.

« Entrez donc, avait-elle dit avec douceur. Cette « vieille baraque » comme vous dites, est remplie d'objets anciens... d'objets d'art... »

La chaîne était presque tombée; il fallait encore

ouvrir la grille davantage pour que le gros ventre puisse passer à l'aise.

« Dans ce métier, on grossit, avait-il dit, jovial. On vous offre partout des verres, des casse-croûte... « Un « peu de café chaud et bien sucré, monsieur Jean ! » Et ainsi de suite. A la fin de la journée, vous récoltez cinq ou six cents grammes comme un rien.

— N'avez-vous pas de voiture? avait-elle demandé en s'avançant elle-même sur le trottoir abandonné pour vérifier la réponse.

— Je l'ai laissée devant le café du Commerce... avait-il dit, heureux. Parfois, il faut marcher un peu, et je n'étais pas sûr qu'il y avait quelqu'un dans la maison. Je passe à l'improviste. A cinq cents mètres de là, j'ai des commandes d'une blanchisserie; là-bas, je vends de la poudre en gros... J'ai bavardé un peu avec eux... et puis...

— Et puis vous avez demandé si la maison ici était habitée ou non ?

— Rien de tel... Moi, madame, je dois apparaître comme quelqu'un qui est sûr de sa clientèle... De leur présence, de leur adresse... Si je posais une question, on me prendrait d'ailleurs pour un bavard, pour un indiscret, et ce serait la mort du petit cheval... »

Et il avait ri. Encore.

Mme F. l'avait regardé avec une sorte de tendresse. Un curieux rêve était en train de prendre corps dans son esprit.

Tandis qu'ils avançaient dans l'allée, les oiseaux, indignés de cette présence que représentait l'homme, s'envolaient çà et là en poussant de petits cris rauques et aigus parfois, mais courts.

« Vous avez acheté cette chose ? avait demandé Jean en désignant de la tête la maison.

— Non. J'en ai hérité.

— Eh bien, on vous a pas gâtée... C'est une région

finie. Vous n'aurez pas de plus-value. L'industrie du coton qui faisait vivre la ville est morte. »

Soudain, il avait eu peur qu'elle ne le renvoie, et il avait ajouté :

« Il vaut mieux quand même un intérieur propre... et avec mes produits... »

Il s'était arrêté une seconde.

« Dites donc, votre toit, ce n'est pas du gâteau... Vous n'avez pas encore de petits lacs intérieurs dans votre grenier ?... Pour faire du bateau à voiles ?...

— Non, avait-elle dit avec un sourire délicieux. Vous n'allez pas me croire, mais la pluie ne tombe pas dans la maison.

— Ça c'est un miracle ! Vous pourriez avoir cette maison à Lourdes.

— Parce qu'il pleut moins là-bas ? » avait-elle répondu, secouée de dégoût.

M. Jean avait haussé les épaules. « Elle n'a pas d'humour. »

Et l'autre avait pensé :

« Il ne faut pas qu'il m'excite trop... Trop tôt ! »

Elle ne le savait pas très bien, ce qu'elle allait faire avec lui. Peut-être allait-elle l'abreuver de toutes les vieilles boissons sucrées restées de la tante Elsa. Il y avait aussi encore quelques bouteilles de bière. Flanquer un kilo de plus sur le dos de cet intrus!

« Mais, dites donc, dites donc, dites donc, avait-il répété dans l'entrée, c'est que ça a changé d'allure... Ça devient propre ici, parbleu ! »

Il s'était déchargé de ses brosses. « Regardez-les donc; ça vient de l'usine; vous n'avez plus un chiendent pareil dans le commerce normal. Touchez, mais touchez-le donc; ça vous pique la paume de la main; il y a de quoi... Comme si vous vouliez caresser un hérisson, vous m'en direz des nouvelles après... »

Il était allé au salon aussi. Un grand microbe se serait promené ainsi sur une lamelle de verre, suivi par l'œil attentif d'un savant.

« Eh ! dites donc ! Vous avez décrassé pas mal... Mais faut encore utiliser des produits... Et surtout, c'est les environs qui resteront toujours dégueulasses; vous ne pouvez pas nettoyer toute la région... Et puis alors, votre terrain presque enfoui dans les orties... Je connais un jardinier; il habite à trente kilomètres d'ici, il débute; il viendrait, je crois. Voulez-vous que je lui en touche un mot ? Votre terrain vague est tellement noyé dans la merde... »

C'est juste en prononçant ce mot qu'il avait reçu sur la tête, par-derrière, un coup avec la bassinoire. En cuivre. En cuivre jaune. Brillant. Attachée au bout d'un long manche bien solide que Mme F. avait saisi à la seconde même où l'intrus avait osé qualifier son jardin magique de « terrain vague ».

M. Jean, déjà à moitié affaissé, avait eu la force de se retourner. La dernière vision que cette terre lui avait offerte avait été celle d'une sorte de démon, cheveux dénoués et tombant sur les épaules, yeux convulsés, brandissant un objet bizarre. Il n'avait plus assez de vie, ni de vivacité d'esprit ni de conscience pour reconnaître l'objet, qui, une deuxième fois, arrivait vers son visage, comme un petit soleil accroché sur un manche à balai. Il y avait un dessin sur ce jaune soleil de cuivre, un visage assez grossier dessiné dans le cuivre même; c'était une pièce de musée. Il avait pu enregistrer le contact glacé qui venait de réduire son visage en bouillie. Couché par terre, avec un minuscule lambeau de conscience qui l'attachait encore à la vie, il aurait voulu lutter contre ce petit soleil meurtrier que manipulait le démon. Le petit soleil en métal virevoltait au-dessus de lui. Était-ce un petit soleil, ou bien un immense insecte jaune à la carapace décorée de motifs barbares? Etait-ce un instrument destiné à faire retentir un gong sinistre, lequel sonnait déjà son arrivée dans l'au-delà ?

Avec deux coups de plus, Mme F. avait exécuté le visiteur. Ce n'avait pas été une belle mort. Mais une bien vilaine mort.

« Votre terrain vague », avait-elle grommelé, en gardant son sang-froid. Elle avait l'impression de jouir d'une impunité assurée, de vivre dorénavant dans un no man's land qui lui aurait permis toutes les vengeances.

Elle avait utilisé une matinée entière pour camoufler le corps de M. Jean et pour faire disparaître, avec ses produits dont l'efficacité venait d'être pleinement démontrée, jusqu'aux dernières taches de sang.

« Terrain vague, s'était-elle exclamée, seule. Terrain vague »... Elle avait eu quelques difficultés pour tirer le corps du commis voyageur vers le coin à la fois le plus isolé et le plus séduisant du parc. A l'endroit des arbustes dont les fruit rouges — étaient-ils empoisonnés ou non ? — avaient, par leur lourdeur juteuse, fait pencher des branches jusqu'au sol.

Elle avait enterré le corps. Elle était heureuse de découvrir sa propre force. Elle avait creusé un beau grand trou. Tout allait bien, extrêmement bien.

Mme F. était revenue de ce week-end détendue, souriante et comme absente à la sottise humaine qui continuait à l'environner avec une vigueur renouvelée. Elle n'avait plus eu du tout de crises de colère et, parfois, elle avait posé un regard intéressé sur son mari, surtout sur la tête de celui-ci. Comme si elle avait voulu jauger la résistance de ce crâne.

La bassinoire admirablement astiquée était suspendue sur un clou en cuivre dans l'entrée de la grande maison dont l'intérieur devenait, d'un week-end à l'autre, plus propre.

C'est au mois de septembre de l'année suivante que M. F. avait décidé de venir en visite dans le pavillon.

« Qu'est-ce qu'il y aurait ici comme oiseaux à abattre ! » avait-il dit, le pauvre, démuni de tout instinct qui lui aurait permis d'assurer sa survie dans un monde de plus en plus brutal...

Accompagné de Mme F. il s'était promené dans le parc; il était excité à l'extrême par la présence heureuse des oiseaux.

« Qu'est-ce que c'est que cette saloperie de plantes ? » s'était-il exclamé dans un enclos naturel, et délicieux, du jardin... Et il avait continué :

« J'ai marché sur un de ces faux fruits, ça a giclé, un jus rouge, on dirait du sang... »

Mme F. avait souri. Dans la toute petite clairière, il y avait encore une place. C'était indiscutable.

HIBOU

L'AMBIANCE de ce cocktail dînatoire était pesante : « Prenez donc une assiette, cher ami, et servez-vous ! » Ici et là quelques phrases utilitaires fusaient : « Mais si, il y a des fourchettes, là-bas, à droite... » « Un champagne-orange, s'il vous plaît. » « Et pour moi, ce sera un champagne tout court, voilà, merci... »

Alain savait pertinemment pourquoi il était devant ce buffet, essayant d'attraper délicatement un canapé de saumon fumé; heureusement, il n'était pas loin des serviettes en papier; il a pu en prendre une de la pile et s'essuyer les doigts méticuleusement. Il était là pour être sûr de son avancement. Le patron tenait à sa présence. La chemise blanche d'Alain, sa cravate impeccable, sa silhouette à la fois sportive et gracile faisaient merveille dans les prunelles avides de certaines dames.

Il a été happé par la maîtresse de maison qui l'a traîné presque vers un petit groupe.

« Connaissez-vous Alain D ?... » Le reste de son nom a été escamoté par le bruit de fond. « Le bras droit de mon mari. » Puis elle a corrigé : « Le futur bras droit de mon mari. » Il s'est penché sur des mains; elles avaient l'air toutes grassouillettes, comme boudinées par des bagues serrées et lourdes à la fois.

Cette religion mondaine le faisait donc s'incliner Des courbettes, toujours des courbettes. « Quel jeune homme délicieux ! » a marmonné une dame.

La définition était exacte. Alain avait toutes les qualités d'un jeune homme délicieux. Il se savait précieux, il prenait soin de son corps, et il pansait son âme à coups de sermons qu'il s'adressait à lui-même, comme certains fauves qui se soignent en léchant leurs blessures avec leur langue chaude et râpeuse. Alain, tourmenté par des problèmes de toutes sortes, camouflait ses faiblesses derrière une attitude de brillante nonchalance. « Le monstre sûr de soi-même... » C'était plus qu'une devise, c'était une profession de défi. Dans un monde de chômage et de talonnements — ceux qui sortaient des grandes écoles avaient les dents longues — il fallait être aussi vigilant que souple.

« Pardon ! »

Alain s'est effacé devant une jeune femme. Il a jeté juste un coup d'œil sur elle et il a été aussitôt rempli d'un curiosité dévorante, d'un appétit insatiable de la regarder. Elle devait ressembler à quelqu'un, ou bien évoquer un spectre, ou peut-être, tout simplement, plaire.

« Un jus d'orange, s'il vous plaît », a dit l'apparition à un vieux maître d'hôtel qui se tenait derrière le buffet. Il était aussi rassis que les petits canapés que le traiteur avait préparés à l'avance.

La jeune femme s'est retournée vers Alain.

« Je vous laisse le passage ? »

Hypnotisé, il la dévorait du regard.

« On se connaît ? » continuait-elle, un peu désorientée.

Un monsieur, avec une barbichette jaunie par le tabac, venait de passer entre eux deux. Petit et agressif, il voulait atteindre l'une des dernières tranches de pain de mie recouvertes d'une pellicule de saumon fumé.

« Vous ne parlez pas français ? » continuait-elle, de plus en plus étonnée. Peut-être le jeune homme était-il sourd...

« Si. »

Alain s'est mis à sourire, d'un sourire nerveux et amer, factice :

« J'étais juste un peu surpris. »

Ils se parlaient au-dessus de la tête de l'homme à la barbichette qui, comme oublié du monde extérieur, dévorait maintenant des triangles de pain de seigle, doublés de fromage blanc assorti de petites fines herbes au goût exotique.

« Surpris ?

— Vous ressemblez à un hibou », a dit Alain, un peu gêné comme jadis au confessionnal.

Les yeux jaune doré de la jeune femme se sont remplis aussitôt d'une lumière comme allumée en télécommande. Les pupilles noires traversaient l'espace éclairé de ce regard.

« Pardonnez-moi, a ajouté Alain. Je suis très mal élevé. Je n'aurais pas dû dire cela...

— Ce n'est pas injurieux de ressembler à un hibou... »

Elle s'est mise à sourire. Un sourire doublé de tristesse, un sourire qui serrait le cœur.

Alain en a eu comme une nausée.

Il a tenté de se dégager de la foule. L'homme à la barbichette se léchait le bout des doigts de sa main gauche. Un à un, méticuleusement.

L'univers d'Alain s'était comme recouvert des yeux jaunes. Dans la forêt des invités — dans la foule, a-t-il corrigé mentalement pour se dégager d'un pénible souvenir — la jeune femme semblait aussi fine et vulnérable qu'une image projetée sur l'écran de la mémoire. S'en libérant, canalisé par la maîtresse de maison, il s'est retrouvé presque sur les genoux d'une femme aux cheveux noirs et au profil dur.

« Pardon, pardon...

— Il y a juste un tabouret de libre, a dit la femme aux cheveux noirs... Vous, monsieur Deschamps, vous êtes charmant et, paraît-il, mélomane. Moi, comme toute âme sensible, je vis dans la musique. Mon préféré actuellement est Mahler, peut-être à cause du film de Ken Russel. Savez-vous qu'il s'est attaqué, ce génie ténébreux, à Liszt ? »

C'était un des atouts de Deschamps, la musique. Ecouter des symphonies interminables en présence du patron et de Madame, dans la maison solognote. Battre même le rythme d'une manière innée, juste quelques épanchements avec la main droite. Et s'arrêter aussitôt sous le regard bienveillant de l'industriel qui a considéré ces gestes comme des signes inéluctables d'une culture musicale.

« J'ai beaucoup joué du piano dans ma jeunesse, a dit la femme au profil agressif... Il paraît que vous avez un bel avenir, monsieur Deschamps... Je ne veux pas être indiscrète, mais une amie me l'a dit... »

Envahi d'un bonheur amer, il a acquiescé.

La dame aux cheveux noirs a ajouté :

« Je vous donne ma carte. J'ai laissé le nom de mon mari. Je suis divorcée. » Et puis, comme pour rendre l'appât plus savoureux : « J'ai une fille ravissante. » Et avec une délectation morose : « Elle a vingt ans. Nous passons nos week-ends près de Chartres, à peine une heure par l'autoroute. »

Il a plus senti que vu le passage de la jeune fille vêtue de noir, avec un bizarre petit foulard de soie autour du cou, comme un collier glissant.

Il a levé lentement la tête pour rencontrer les yeux jaunes, tendres et, aussi, presque indifférents.

« Chérie ! s'est exclamée la mélomane. Venez, chérie... »

Et tournée vers Alain :

« Vous connaissez Mlle Smow?

— Smow ?

— Oui. Son père était anglais, sa mère française...

— Mon prénom est Nicole », a dit la jeune femme vêtue de noir.

Une chaise venait de se libérer près d'eux.

« Asseyez-vous ! »

D'un mouvement extrêmement délicat, elle s'est assise au bord d'une chaise au dossier doré. Elle a levé son regard sur Alain. Et elle a dit — mais pourquoi ?

« En classe, on m'appelait Hibou... »

Peut-être parce qu'elle l'a bousculé, Alain a déversé un peu de champagne sur le pantalon de son costume tout neuf.

« Ça ne laisse pas de taches », a dit Nicole.

Alain était maintenant presque malade d'angoisse. Le champagne ne laisse pas de trace, mais d'autres choses, d'autres éléments d'un passé camouflé laissaient-ils une trace indélébile ?

« Et vous vivez en France ? a-t-il interrogé.

— Je suis française...

— C'est vrai, c'est vrai, a-t-il dit. Votre père anglais... »

Elle l'a interrompu :

« Quel intérêt ?

— Quoi, quel intérêt ?

— D'avoir eu ou non un père anglais... Du moins, quel intérêt pour vous ?

— C'est vrai. »

Il a repris :

« Vous savez, les Français sont bizarres; dès qu'un élément venu de l'étranger se manifeste quelque part, ils se cramponnent à leur région et à leurs habitudes pour se rassurer.

— Je crois que vous êtes en train d'aggraver votre cas, a-t-elle dit, amusée. Je ne suis pas un élément venu de l'étranger.

— Ce n'est pas ce que j'ai voulu dire.

— C'est ce que vous avez dit.

— Je suis troublé, a-t-il reconnu, gêné. Vous me troublez... »

Un maître d'hôtel — visiblement, il aurait aimé être ailleurs, un passionné de la pêche — leur a présenté de petites pizzas chaudes. Alain en a pris deux et, énervé, il les a avalées coup sur coup. Elle a grignoté la sienne; ses yeux étaient jaunes maintenant comme des topazes.

La mère d'Alain avait eu un jour une bague en topaze. C'était pratiquement son seul bijou.

« Pour vous rassurer définitivement, je vous signale un fait dont l'importance est capitale : je suis née en Alsace. Dans une région de forêts. Mon père était là-bas, en stage. Vous voyez qu'on peut naître d'un père anglais et d'une mère vendéenne, en Alsace.

« Dans une région de forêts. » Alain a été saisi par le mot : forêt. Il a eu un battement de cœur, qui s'est manifesté surtout au niveau des oreilles. Quelqu'un de violent se mettait à tambouriner sur ses tympans et gonflait même d'un afflux de sang redoutable certaines veines proches des tempes.

La maîtresse de maison est venue près d'eux.

« Notre cher Deschamps a fait une conquête ? » a-t-elle dit et demandé à la fois.

Deschamps était un peu sa propriété. Le succès et l'avenir de ce jeune homme brillant ne dépendaient-ils pas uniquement de son mari, à elle ? Deschamps était le célibataire sous la main, celui qu'on peut inviter à la dernière minute lorsque quelqu'un renonce à un dîner et que l'illustre compagnie à réunir autour d'une nappe à la mode risque de se réduire ainsi, se réduit ainsi au chiffre treize...

Pour donner sa bénédiction à ce flirt innocent entre le poulain-maison et l'invitée décorative, elle a ajouté :

« Nous avons connu Mlle Smow à une panne de sa voiture... En Sologne...

— Je suis une amoureuse des forêts, a dit la jeune

femme vêtue de noir. Et il est plus facile d'aller en Sologne que de faire un tour en Alsace...

— Quel est votre prénom, darling ? a demandé la maîtresse de maison.

— Nicole.

— C'est un prénom bien de chez nous... a répondu Deschamps, étranglé d'angoisse.

— N'avez-vous jamais voyagé, monsieur ? »

Nicole l'a interrogé apparemment sans malice.

« Si. Pourquoi ?

— Vous êtes tellement enfermé dans ce « chez nous » comme une vieille paysanne qui ne regarde que la télévision régionale.

— Vous auriez pu dire : comme un vieux paysan...

— Non. Les femmes sont souvent davantage bornées. Elles croient plus, aussi, à des sorcelleries de toutes sortes... Dans les campagnes... »

Heureusement, le maître d'hôtel est revenu. Alain a saisi une coupe de champagne et l'a vidée.

Il aurait été si facile de se lever, de marmonner quelques mots d'adieu, de débiter des banalités, de se faufiler dans la foule jusqu'au vestiaire, de récupérer son manteau et son foulard blanc. N'avait-il pas eu souvent des velléités de se comparer à une sorte de Rocambole, élégant, ténébreux, circulant, depuis qu'il existait, dans des zones obscures. C'était le moment de s'arracher au rayonnement particulier de Mlle Smow, de s'enfuir, de se cacher même en voilant jusqu'au souvenir de ce regard jaune.

« Que faites-vous dans la vie, mademoiselle ?

— Appelez-moi Nicole...

— Une familiarité qui ne me semble pas justifiée.

— Tout le monde m'appelle Nicole... Je suis mannequin volant. »

Le mot : volant l'a touché d'une telle manière qu'il a été obligé d'ouvrir la bouche, juste une seconde, pour ne pas s'étrangler...

« Je vole au secours des couturiers, des confectionneurs, lorsqu'un de leurs mannequins tombe malade. »

De là vient donc cette manière d'être dégingandée, cette élégance un peu abstraite, cette ossature fine avec des omoplates qui se dessinent à chaque mouvement sur le tissu léger de la robe noire... Ce cou créé par la nature d'une telle manière que le port hautain de la petite tête aux cheveux courts reste assuré... De là, ces mains dont la finesse et la gracilité excluent tout travail manuel. De là, cette attitude d'extrême légèreté qui la fait s'asseoir, Nicole, au bord d'une chaise au dossier doré, de telle sorte qu'on la dirait perchée sur une branche.

« Aïe !...

— Vous avez mal ? a demandé Nicole.

— Non. Du tout... Vous fumez ?

— Non. Pourtant j'avais l'impression que vous aviez eu mal...

— Vous êtes aimable, mais c'est faux.

— Tant mieux », a-t-elle dit, bienveillante.

Malgré lui, il s'est aventuré sur un terrain marécageux.

« Et pourquoi aimez-vous les forêts ?

— Tout le monde aime les forêts, non ?

— Je ne sais pas, a-t-il dit.

— Moi... »

Elle s'est redressée presque, et son visage illuminé par une ferveur intérieure semblait être en opaline.

« Moi, je suis une amoureuse des forêts... J'aime les arbres, d'amour. Je peux m'arrêter à côté d'un arbre et en caresser l'écorce. Même l'embrasser. Ou bien entourer l'arbre de mes deux bras. Me serrer contre le tronc rude qui prend presque le rythme de ma respiration. Je respire avec l'arbre. Je crois que j'ai hérité cet amour de ma mère. Elle a failli accoucher de moi dans une forêt. Elle a juste eu le temps de rentrer et de se précipiter à l'hôpital.

— Pourquoi votre mère a-t-elle aimé à ce degré les forêts?

— Mon grand-père était garde forestier... Vous voyez, a-t-elle continué, passer une nuit dans une forêt, ça m'est complètement égal. Ça m'est arrivé, d'ailleurs, par hasard.

— Pourquoi me racontez-vous tout cela ? a-t-il demandé et il a dû faire un très grand effort de volonté pour ne pas claquer des dents. Pourquoi ? »

Nicole était d'un naturel désorientant.

« Parce que ça vous intéresse.

— Et alors, cette nuit, dehors... »

Elle a souri.

« Je me suis éloignée de mes amis, peut-être pour me faire oublier. Justement. Les arbres se mettaient à dresser entre moi et les autres un mur protecteur. Savez-vous que dans une forêt l'obscurité est vert foncé d'abord et que, lentement, elle vire au noir ? »

Pourquoi n'avait-elle pas un bijou sur sa robe noire ? Elle aurait dû l'égayer un peu, cette robe noire.

Le maître d'hôtel livide leur a proposé de petites saucisses chaudes piquées sur des bâtonnets.

« D'un monde vert vous entrez dans un monde noir. Le noir n'est qu'une transition entre le crépuscule définitif qui fait fuir les intrus et la nuit, toujours animée...

— Vous étiez une intruse, vous aussi ? »

C'était peut-être la dernière tentative pour l'arrêter dans son récit.

« Non, a-t-elle dit, presque joyeuse. Non.

— Vous n'aviez pas froid ? Il fait froid dans une forêt, la nuit...

— Qu'en savez-vous ? »

Les yeux jaunes l'ont fixé soudain avec intensité.

« Je sais... j'ai été... »

Alain bégayait.

« Je... »

Les pupilles noires de Nicole devenaient deux fentes sur la surface jaune de ses yeux coupés en amande.

« Alors, a-t-elle continué, j'ai été heureuse comme jamais. L'odeur même de la forêt changeait. Il y a eu soudain comme un dégagement violent de toutes les essences nées de l'humidité, de l'humus, des mousses, des veinules qui traversent les feuilles épaisses, engorgées de sève. Voilà, je crois que c'est le secret, la forêt devient ivre de la sève qui se met à monter et à soûler d'abord les branches, ensuite les tiges, pour arriver, enfin, en torrents minuscules mais puissants, vers les feuilles qui se gonflent comme les sexes, femmes et hommes à l'unisson, jusqu'à communier dans l'amour. La nuit, c'est l'acte d'amour pour la forêt. Les étoiles filantes s'engouffrent dans les broussailles; les animaux hardis se faufilent en se cognant — plaisir douloureux — contre les racines apparentes; le renard devient argenté dans le clair de lune : l'oiseau s'abandonne dans la tiédeur de son nid; les pépiements s'atténuent. C'est à la fois le silence d'un monde et l'éveil d'un autre. Dans certaines régions, des loups hardis osent encore interpeller la lune de leurs longs cris crispants; le sanglier abandonne sa fureur habituelle et se découvre auréolé de rosée nocturne, comme scintillant...

— Vous devriez écrire des poèmes », a-t-il dit, la gorge si sèche que le son de sa voix en a été atténué.

Elle s'est mise à rire.

« Oh ! non ! Mon Dieu ! Alors, tous ceux qui parlent de la vie devraient être des poètes... Non... Tout simplement un être humain... Il paraît que l'être humain est créé à l'image de Dieu... Alors... Pour en être digne...

— Un jour, j'ai tué un hibou », a-t-il dit en tremblant.

Nicole a fermé les yeux une seconde.

« J'ai été traversée par une grande douleur, dans cette forêt, a-t-elle murmuré.

— Vous plaisantez ? a-t-il lancé d'un ton morne.

— Non. On m'a trouvée évanouie, le lendemain. Je n'ai jamais su pourquoi... J'ai été examinée par trois médecins... »

Et soudain, pleine de douleur, elle s'est exclamée :

« Vous avez tué un hibou... Pourquoi ? On ne chasse pas les hiboux ! Et puis, si j'avais su que vous chassiez, je ne vous aurais pas parlé de la forêt... Je ne vous aurais pas parlé du tout ! Je hais les chasseurs... Je les maudis... Maudit soit le doigt qui appuie sur la détente pour tuer un animal...

— N'êtes-vous pas un peu hystérique, mademoiselle Smow ? »

La question était d'une perfidie calculée; il fallait qu'elle blesse.

Elle a dominé un frisson qui a parcouru tout son corps.

« Non, cher monsieur... Je me porte très bien. Je ne suis malade parfois que de dégoût. Mais ça passe... Vous voyez vous-même, n'est-ce pas ? que cela passe. »

Elle aurait aimé s'en aller, se lever paisiblement et, simultanément, arranger le petit foulard qui venait de glisser de son cou. Ce geste lui aurait permis de ne pas tendre la main à cet homme. Mais elle a été soudain aveuglée, pendant une seconde, par un éclat métallique venant d'une source de lumière imprévue.

« Oh ! pardonnez-moi ! » s'est exclamée la maîtresse de maison, et aussitôt elle a baissé la tige flexible d'une lampe moderne. « Je suis maladroite, je vous ai envoyé un jet de lumière dans le visage.

— Ce n'est rien, a lancé Nicole, à peine énervée. Ce n'est rien. »

Il aurait dû partir aussi. Il avait fait son devoir,

il avait été le jeune homme disponible, le mondain réputé, le quatrième à un bridge éventuel et la cinquième roue d'un carrosse. D'où venaient cette paralysie passagère, ce sournois malaise qui le gagnait, cette fascination morbide dont il avait connu le goût néfaste lors d'un séjour aux Etats-Unis où il avait dû assister à un enterrement et où, la veille, aussi bien par politesse que par une fatigante curiosité, il avait dû défiler devant le cercueil ouvert dans lequel se trouvait une dame maquillée, les faux cils balayant le haut de ses pommettes ? D'où venait actuellement sa certitude que la soirée n'était pas finie, du moins pas finie pour lui, qu'il avait une tâche à remplir encore, un devoir à accomplir, une mission à finir ? Pourquoi lui semblait-il soudain que la soirée ne faisait que commencer ? Quelle était donc l'origine de cette exaltation malsaine qui lui faisait dire :

« Ça fait partie de l'écologie hystériforme, le culte antichasse ! »

Elle est restée immobile, assez raide, hautaine aussi, sûre d'elle-même, comme un... un...

Il a voulu aller jusqu'au bout de la bassesse qu'il aimait dans ces moments-là et dont il usait avec une certaine volupté, tels ceux qui trouvent une satisfaction épidermique dans leur saleté, dans le reniflement de leurs odeurs...

« Un hibou... »

Les yeux jaunes se sont réfugiés sous les paupières qui venaient de se fermer. Mais elle a aussitôt rouvert les yeux.

Il a ajouté :

« Les êtres humains ressemblent souvent à des animaux... Il faut avoir la chance de ressembler à un animal sympathique.

— Parce que tous les animaux ne vous sont pas « sympathiques ».

Voilà la faille dans l'amour de l'écologie.

Il a essayé de rire.
« Que serais-je comme animal à vos yeux ? »
Il s'est penché un peu en avant. Au fond, peut-être — et pourquoi pas ? — il pourrait coucher avec cette gonzesse prétentieuse, avec cette lectrice de publications dites « souterraines ». Balivernes, ma belle ! Tu as la poitrine plate, une poitrine de mannequin : on y touche et rien dans les mains... En se penchant vers elle, il a été sûr de lui-même et de ce que les autres appelaient « sa séduction » : dents blanches, lèvres bien dessinées, épiderme lisse, petites oreilles bien collées au crâne, chevelure abondante et couvrant très, très légèrement la nuque, pour faire de lui...., de profil, un archange au rabais. Un beau garçon, vraiment.
« Alors, à quoi je ressemble ?
— A un âne buté doublé d'un cobra... » a-t-elle dit.
C'était une déclaration de guerre. Bien au-delà des convenances à respecter lors d'une réunion mondaine, au cours de laquelle il faut gainer les animosités, les faire glisser dans des étuis d'un savoir-vivre qui n'est plus guère qu'un savoir survivre.
Elle respirait maintenant assez rapidement, par à-coups; il y avait comme une palpitation dans le haut de sa cage thoracique. Elle respirait comme si elle avait couru sur une petite distance, mais particulièrement périlleuse.
Il n'y avait aucune raison de supporter plus longtemps cette bonne femme abominable, cette garce, cette... cette...
« Alors, tout va bien ? »
La maîtresse de maison s'est penchée sur Alain; le parfum sucré du début de soirée était recouvert maintenant de l'odeur aigre de ses aisselles.
« Je vais partir, a dit Alain.
— Oh ! non, s'est exclamée la femme du patron. Oh ! non, pas maintenant... Ils sont tous assis enfin...

La soirée ne fait que commencer... Je vous en voudrais si vous donniez un signal de départ... Il suffit qu'un seul se lève, et tout le monde part aussitôt. »

C'était un ordre.

Comme à l'époque où on l'avait fait marcher des heures et des heures à la recherche d'un gibier hypothétique, chez eux, en Sologne.

« L'année prochaine je vais les faire engraisser, ces salauds de faisans; ils tomberont de paresse... Mais cette saison est foutue... Quand vous ne les élevez pas pour les chasser, vous n'avez plus rien sous la dent... Evidemment, n'importe quel péquenot a un bon fusil à notre époque. Et on respecte à peine les chasses réservées. »

Il avait mal aux pieds. Les bottes achetées à la hâte le serraient. Pas beaucoup. Juste un peu. Il fallait avancer avec une rage meurtrière dans l'âme. On bouffe, on chasse, on marche, on parle, on est présent, toujours et partout, par avance...

« Avancez donc, mon vieux ! »

Plaire, merde !... Il faut plaire à ce sale con.

« Oui, monsieur; c'est fantastique, la forêt au crépuscule.

— Il faut aimer la nature, mon cher.

— Au nom du père, et du fric, ainsi soit-il.

— Vous dites ?

— Je n'ai rien dit, monsieur... Je suis émerveillé...

— Connaissez-vous les animaux de la nuit ?

— Non, monsieur.

— Et si vous m'appeliez tout simplement : Lucien.

— Oui, Lucien... »

Fantastique bonheur, il l'appellera Lucien. Tant pis pour les bottes qui serrent, tant pis pour la sueur qui se refroidit de plus en plus sur ses omoplates, tant pis pour l'amour-propre... C'est quoi, l'amour-propre, pauvre con ?

« Il y a par exemple l'interdiction totale de tirer

sur un hibou, ou sur n'importe quelle chouette. Ce sont des animaux protégés...

« Qui me protège contre mes effervescences d'arriviste ? Qui me protège contre les attouchements de la femme de Lucien ? Un amas de cellulite et de rides de toutes sortes.

— Oui, monsieur.

— Je vous ai dit de m'appeler Lucien. »

Et puis il y a eu la séparation momentanée d'avec Lucien, à un croisement de chemins. Il s'est cogné contre un arbre. L'arbre était gigantesque. L'arbre avait un diamètre assez fantastique. Ses branches retombaient en corolles; c'était presque un arbre exotique; il paraît, selon les cartes postales que certains huppés lui ont envoyées, que ces arbres existent quelque part en Caroline du Sud... Et nous sommes en Sologne. Une lumière jaune. Un clignotement jaune. Une présence. Comme une respiration qui remplit l'univers. Une respiration d'oiseau qui martèle les bords bleu marine d'un ciel qui bascule dans le néant. Une bosse sur une branche. Une excroissance collée, soudée à la branche. Quelque chose qui regarde. L'excroissance regarde. Un hibou. En finir. Tirer. Et l'oiseau tombe en arrière. Et disparaît comme s'il n'avait jamais existé...

« Au revoir, ma chérie.

— Au revoir, mon trésor.

— Au revoir dear friend.

— Au revoir, Alain.

— Vous aussi, ma chère Nicole ?... Vous ramenez chez elle Mlle Smow ?

— Je ne voudrais pas que vous me rameniez chez moi », a-t-elle dit. Et elle a fait des signes impatients aux taxis qui sont passés dans cette rue où l'hôtel particulier, éclairé du haut en bas, ressemblait à un monstrueux bijou.

Alain a garé sa voiture presque devant l'hôtel particulier de son patron. Ce n'est pas étonnant. Il a été un des premiers à arriver. Il s'est assis dans sa voiture basse, et, rageur, il a regardé dans le rétroviseur dont toute la largeur est occupée par le haut du visage de Nicole.

« Hibou ! »

« Taxi », a-t-elle presque répondu. « Taxi. »

« Hibou ! » a-t-il répété.

Il fallait déguerpir. Enervé, le pied sur l'accélérateur, il a actionné le démarreur. Et la voiture est partie en arrière. Il l'avait laissée en marche arrière. A peine trois mètres, mais quel choc !

Hibou, Nicole, Mlle Smow. Née d'un père anglais. Le saviez-vous ? Pourtant, on s'en fout, n'est-ce pas ? Pas forcément, ma chère...

Elle est tombée en arrière. Comme le hibou. Dans la nuit. Dans la forêt.

« Elle a dû s'évanouir, a dit quelqu'un.

— Elle est morte », a proclamé le médecin mondain qui sortait lui aussi de ce cocktail sélect.

Tuer une femme ? Accident ? Accident. La nuque brisée contre le trottoir. Lucien est intervenu. Il n'a pas été condamné du tout ! Même pas avec sursis. Chance ou malchance, mon vieux... C'est la vie... C'est la mort, vous voulez dire ? Moi, vouloir dire quelque chose ? Je ne veux rien dire.

Ah ! oui, saviez-vous qu'Alain de quelque chose, Deschamps. Le pôvre... Ah ! oui... Une bizarre maladie... Ses mains qui se sont mises à trembler... Pouvait plus tenir une fourchette... Encore moins un fusil... A la fin tout son corps... quoi ! Mais il tremblait... Eh oui... Comment ? Comment il est mort ?

En tremblant.

OVERDOSE

« MONSIEUR DUFOUR ? »

L'accent américain a traîné en longueur sur le « four » et il a englouti le « Du ».

« C'est moi. Bonjour, monsieur. »

L'Américain l'a attendu avec un panneau sur lequel le nom français a été écrit en grosses lettres; il n'y avait aucune erreur possible, ni d'un côté ni de l'autre. Août n'était guère un mois pour touristes. La chaleur de New York décourageait les amateurs; et les arrivées se faisaient rares à Kennedy Airport.

« Veuillez me suivre... »

Le ton était à la fois poli et impératif. L'homme, un grand rouquin, a désigné une limousine noire qui attendait derrière la file des taxis.

« Notre voiture est là... »

Une épaisse chaleur humide a enveloppé Patrick Dufour. Ses vêtements de Paris lui ont semblé dérisoires; le tissu anglais foncé absorbait l'humidité et se transformait peu à peu en une loque triste; la chemise blanche préparée par sa femme pour le voyage — « tu dois être élégant, tu représentes une firme prestigieuse » — collait à son dos, et sa cravate avait perdu toute la gaieté qu'elle avait encore à Paris.

Pour impressionner Patrick Dufour, le rouquin lui a ouvert la portière de la limousine. L'intérieur de la voiture était aussi accueillant qu'un corbillard; les banquettes — il y en avait deux, face à face, recouvertes de velours vieilli par l'usage et saturées de fumée de cigares — exhalaient une odeur rance.

Le porteur volubile a posé les bagages de Patrick dans l'immense coffre du véhicule, et il est parti en grommelant des mots italiens; le pourboire du rouquin n'a pas dû être généreux.

« Fatigué ? »

Patrick s'est lancé dans des explications qui laissaient son interlocuteur indifférent. Il a raconté ses malaises provoqués par des trous d'air : « Lorsqu'un avion semble être en déséquilibre... on se sent vulnérable. N'est-ce pas ? », le film qu'il a vu : « C'était *Jaws*. Pour vous couper toute envie de mettre le pied dans une mer bleue... Est-ce vrai que c'est un plus grand succès que *Le Parrain* ?... Et vous savez, vraiment, le requin semble tout à fait véridique : quand on voit sa mâchoire, on frémit. C'était une très bonne idée de donner comme titre : *Mâchoire... Jaws...*

— Vous prononcez mal. Très mal, a dit le rouquin.

— Je viens chez vous pour apprendre l'anglais... Si je prononçais bien, je ne serais pas là...

— Profitez-en, a dit le rouquin. Profitez-en.

— De quoi...

— Vous dites vos dernières phrases en français... Dès qu'on arrive à l'école, c'est fini. Le travail commence, et ça va être l'anglais que vous parlerez. Uniquement l'anglais. »

La limousine roulait sur un fantastique pont suspendu dans un ciel rose. Patrick a découvert avec joie les premières silhouettes des gratte-ciel.

« Là-bas, c'est Manhattan... Et là, vous voyez ? L'immense tour... »

Pour Patrick, en tout cas, tout était sidérant.

« C'est l'Empire State Building », a expliqué le rouquin. Et il s'est tu.

Cette arrivée à New York était le sommet de l'ascension de Patrick. Il y a quelques années, l'entreprise multinationale l'avait cueilli à sa sortie d'une grande école. Pour la bête à concours, c'était la récompense. On lui avait offert des conditions matérielles exceptionnelles, un avancement assuré, et la rotation bien huilée des honneurs. Il a eu aussi l'appartement acheté avec l'aide des parents et grâce à un crédit sur trente ans, soixante-quinze mètres carrés dans une des petites rues chic du XVIe arrondissement, au dernier étage d'un immeuble neuf, le seul appartement qui disposait de quarante mètres carrés de terrasse, une vraie folie ! « La terrasse, ma chère, la terrasse leur remplace une maison de campagne; ils y installeront des arbres, deux ou trois même. De vrais arbustes. Non, pas en plastique ! Pensez-vous ! Le jeune couple a opté pour un mobilier ultra-moderne couronné par la présence d'une commode ancienne dans leur salon et d'un chiffonnier Louis XV dans la chambre à coucher. »

La jeune femme, Agathe, travaillait elle aussi. Dans une agence de publicité. « Vous comprenez, au début, avec deux salaires... Et puis, ils voyageront beaucoup. Alors, pas d'enfant tout de suite... Il faut qu'un couple vive ! Vivre... c'est si important de vivre avant de se ranger. »

Le seul défaut de Patrick, son seul défaut physique et moral, était l'absence d'oreille « musicale ». Pour les langues, il n'était pas doué. De ses séjours en Angleterre, à l'époque du lycée, il revenait ayant grossi de plusieurs kilos, tant il avait mangé de petits gâteaux, mais son vocabulaire et sa prononciation restaient désespérément maigres. Agathe gazouillait mieux; elle n'avait pas d'autre besoin que de faire un peu de charme à certains agents de publicité de produits anglais, toujours amusés par la petite Française.

En revanche, l'aisance linguistique de Patrick devenait urgentc. Un autre jeune technocrate le talonnait dans l'entreprise; le salaud avait une mère anglaise. « Concurrence déloyale, mes amis. Mais que faire ?

— Nous avons trouvé pour vous, mon cher ami, avait dit le directeur général, une école très particulière à New York. Et ce qui est le plus beau dans l'affaire, c'est que nous vous paierons les frais de votre plongée...

— Plongée ? » avait-il répété, rêveur.

Scaphandre, combinaison d'homme-grenouille, mers profondes, projecteurs sous l'eau. Etre aveuglé par quelque chose. Par la lampe amphibie du compagnon...

« Comme dans l'eau... avait dit le directeur. Dans un bain américain. »

Il avait eu une impression de malaise comme si quelqu'un lui avait tenu la tête dans l'eau trouble, sous les vagues successives.

« Combien de temps ?

— Le délai d'apprentissage, pour quelqu'un qui ne parle pas un mot d'anglais, est de six semaines. Au bout de ce mois et demi vous parlerez comme un Américain. Pour le moment, nous avons pris pour vous un engagement de quatre semaines. En cas de besoin, nous le prolongerons de quinze jours. Cadeau royal. Nous vous offrons des études qui nous coûteront plusieurs millions. Anciens... En contrepartie, vous, vous nous offrez vos vacances... N'est-ce pas équitable ? »

Il avait songé à ses vacances à Arcachon. Aux ascensions sur les dunes de sable avec des neveux, aux petits déjeuners qu'Agathe lui apportait au lit, les toasts grillés par la belle-mère, matinale et fraîche, et redoutable parce que femme encore.

« Ma femme, je crois, va être très contente de venir à New York... malgré la chaleur... »

Le directeur général avait pris un air finaud; ses narines palpitaient et le sourcil droit remontait en forme du croissant de lune.

« Non, mon cher ami, non. Vous ne parlerez plus aucune autre langue que l'américain. Des professeurs vous accompagneront partout. Pas question de se déplacer en famille. Les quatre semaines seront liées, d'une manière très intime et très exclusive, à un autre pays, à une autre langue. »

Patrick s'était vu soudain baissant son pantalon pendant qu'un type lui répéterait : « You baisse your culotte. » Comment dit-on baisser en anglais, to chose, to quoi ?...

« Seul dans mon lit ? »

Le directeur général lui avait jeté un clin d'œil du style « entre hommes, mon vieux »... Mais, par prudence, moins loquace que son regard, il avait ajouté :

« Vous serez si fatigué, le soir, mon cher, que vous ne demanderez que le repos... Et le silence. Mme Dufour peut dormir sur ses deux oreilles. Et même, même si tout cela n'était pas aussi épuisant que prévu, je suis sûr que vous êtes un homme fidèle. D'une moralité impeccable. »

Pourquoi en était-il aussi sûr ? Pourquoi ?

Agathe avait maugréé un peu. Peut-être seulement pour la forme.

« Quant à moi, depuis mon adolescence, je rêve d'aller en Irlande, avait dit Agathe. Je vais y aller avec une amie. « En filles », toutes les deux. Peut-être Jeanne viendra. Tu comprends... les châteaux hantés et la mer sauvage. C'est un endroit tentant. Pas pollué. On va louer une voiture à cheval. Tu peux partir tranquille. Je t'aime, chéri. » Elle avait dit cela comme une caissière : « Ça fait tant. »

« Vous connaissez les principes de notre établissement ? a demandé le rouquin.

— A peu près. »

New York se dessinait à ses yeux. Timide, Patrick déguisait son émotion. Comment expliquer à ce type, et pourquoi lui expliquer, qu'il aurait eu presque envie de pleurer tant tout était beau et surtout insolite ? Rien à voir avec le romantisme fade de Londres.

« Vous y entrez comme dans un couvent, l'esprit offert à la langue anglaise. Nous lutterons de toute notre force contre les pensées en français qui vous tourmenteront l'esprit au début. Votre collaboration mentale va être capitale. C'est plus tard, le processus engagé et bien ancré, que vos pensées seront par le travail de votre cerveau traduites d'abord et interprétées ensuite en américain. Au bout de trois semaines vous devriez bégayer lorsque vous voudrez exprimer une pensée en français. Chez nous c'est comme à l'hôtel. Nous ne sommes pas loin de la Ve Avenue dont les étrangers sont si friands. Mais dans notre hôtel vous ne serez jamais seul. Vous mangerez toujours avec un professeur, et, en cas de sortie en ville aussi, vous serez accompagné. Vous ne verrez aucun autre client de l'établissement. C'est-à-dire vous les verrez peut-être. Mais vous n'aurez pas la possibilité de communiquer. Nous vous empêcherons de prononcer ne fût-ce qu'un mot dans votre langue maternelle. D'ailleurs, nous avons actuellement très peu de Français, nous nous contentons de quelques Italiens — il a ajouté : riches — et d'un Grec. Un seul. L'établissement se videra vers la mi-août, vous serez pratiquement seul dans l'Institut. Nous prendrons soin de vous. Particulièrement. Evidemment, vous n'avez pas le droit d'écrire autrement qu'en anglais. Pour être sûr que le règlement ne sera pas enfreint, vous accepterez que nous ouvrions vos lettres. Pas seulement vous l'accepterez, mais vous nous les donnerez ouvertes. Les lettres éventuelles.

— Pourquoi éventuelles ?

— Parce que tout ce que vous aimeriez dire semblerait insipide dans votre langue nouvelle. Vous écrirez dans le style : Vas-tu bien ? Je vais bien. Il fait beau. J'espère que tu as beau temps.

— Ce n'est pas très amusant, a dit Patrick.

— Mais infiniment efficace. »

La limousine noire coulait dans la circuation encore assez fluide.

« Ça pue, a dit l'homme; vous voyez pourquoi ?

— Non, a dit Patrick.

— Les poubelles. Nous avons une grève des éboueurs. La ville pue. »

En effet, dans ce quartier élégant — il a aperçu, une seconde, une plaque avec un nom : « Sutton place » — des montagnes de détritus encombraient les trottoirs.

« Les gens qui habitent haut sont moins incommodés que ceux des premiers étages... Mais l'odeur continue à monter... Toujours de plus en plus haut... Notre établissement est ouvert depuis peu de temps », a-t-il ajouté.

Et il s'est tourné vers Patrick.

« Nous avons obtenu des résultats très satisfaisants... Très... Un industriel allemand par exemple... »

Les yeux vert clair du rouquin se posaient sur le visage de Patrick. C'était assez gênant de parler à quelqu'un ou d'écouter quelqu'un qui vous regarde le menton.

« Que s'est-il passé avec l'industriel allemand ?

— Il n'a presque plus voulu repartir.... Vous savez, on prend l'habitude d'être pris en charge. Et de ne pas réfléchir... Nous sommes dans Lexington Avenue, monsieur.

— Ne pas réfléchir ! s'était-il écrié... En apprenant une langue !

— Lorsque vous découvrirez notre méthode, vous comprendrez... Voilà, on arrive. »

En décrivant des cercles dans les panneaux de sens uniques, la limousine a pu s'arrêter, juste le temps qu'on enlève les bagages du coffre, devant une assez grande maison étroite, enduite de suie et de toutes les autres poussières de la grande ville.

— C'est un ancien hôtel transformé en appartements de deux pièces », a dit le monsieur aux cheveux roux, et tout sourire avait disparu de son visage lorsqu'il a ajouté : « Vous serez très bien ici.

— Est-ce que je paie le trajet ?

— L'accueil et l'accompagnement sont compris dans le prix d'ensemble... Alors, monsieur Dufour, je vous demande d'oublier ou du moins d'essayer d'oublier qui vous êtes... Si vous avez la bonté d'accepter la règle du jeu — Un jeu ? Ce serait un jeu bien cher... — vous sortirez d'ici, transformé. »

Dufour a répliqué sur un ton badin :

« Vous ne laissez pas sortir vos élèves... Une vraie prison !

— Tout le monde sort, monsieur Dufour, mais accompagné. L'important, c'est qu'on vous parle ! Sans cesse. Allons-y... »

Ils ont franchi le seuil. Ils ont été juste un peu gênés par la porte tournante, et puis ç'a été le hall, avec une réception, les clefs sur des clous en bronze, et un jeune homme en bras de chemise qui présente un carton, et pointe son index pour montrer qu'il faut remplir le document.

Patrick Dufour, nationalité française, né en 1947. Profession ? Il a mis la définition savante de sa profession : expert en balance monétaire.

« Allons-y », a lancé le rouquin, et il a pris la clef que le portier lui a tendue.

Cet « allons-y » a déjà été prononcé en anglais. « Tout

cela est facile, s'est dit Patrick; avec la base que j'ai, je n'aurai aucun problème. »

L'ascenseur étroit les a montés au douzième étage. Le couloir gris de poussière et hanté par quelques vieilles femmes de chambre ne semblait pas être très bien entretenu. Le rouquin a amené Patrick jusqu'au bout du couloir. Il lui a ouvert la porte qui donnait sur une petite entrée obscure dans laquelle il y avait juste la place de deux portes. Les deux portes desservaient deux chambres, chacune avec salle de bain, deux petites chambres dont les fenêtres, fixées pour l'éternité, ne dévoilaient aucun secret; en face, un mur très gris barrait toute possibilité à une évasion mentale — dans ce genre d'immeuble, c'est ainsi, on passe son temps à contempler les murs des autres immeubles !

« Dans une demi-heure, votre premier professeur arrive, et moi, je vous dis au revoir et bonne chance.

— Où est le bouton de l'appareil d'air conditionné ? »

Il ne savait pas dire « bouton »; il a dit : « Comment le mettre en marche ? » Et ce n'était pas très bien dit, parce que le type a répondu qu'en cas de difficultés il fallait appeler l'ingénieur.

L'air était épais dans les deux chambres. Une grosse mouche, une sorte de rentière de la crasse, se promenait lentement sur une des vitres. La mouche a soudain émis des zzz assez violents; se fâchait-elle parce qu'elle n'avançait que lentement dans le désert de poussière de la vitre ?

Le mois à passer ici apparaissait, pour la première fois, devoir être long.

Patrick a décroché le téléphone et a dit :

« La réception. »

Il parlait en anglais.

« Quoi ?

— La réception ?

— C'est quoi, la réception ? »

Il s'est fâché.
« L'endroit où l'on donne les clefs ! »
La standardiste a raccroché.
Patrick a fait une nouvelle tentative et a éclaté avec une violence rare.
« Qu'est-ce que c'est que cet établissement de merde où on ne sait pas ce qu'est la réception ? Bande de cons !
— Parlez seulement l'anglais, monsieur, a dit la voix. Et expliquez-vous clairement. »
« Merde », il le savait à peu près en anglais. Mais l'épeler ? « Bande de cons », c'était plus difficile. Le décalage horaire n'arrangeait pas les possibilités mentales. Cinq heures à New York, c'était dix heures du soir à Paris. Agathe venait de s'asperger d'un désodorisant. « Je transpire même avec les aisselles épilées à mort »...
« J'aimerais un peu d'eau, s'il vous plaît, a-t-il dit très gentiment. Et, si vous pouviez avoir la bonté de m'aider, vous m'enverriez quelqu'un qui répare l'air conditionné... »
En guise de réponse, une sonnerie. La standardiste a dû le brancher sur un autre poste.
« Que voulez-vous ? a demandé une voix de femme.
— La réception.
— Je ne sais pas ce que c'est.
— Quand je suis arrivé, dans le hall, un homme en bras de chemise, les clefs... »
Patrick suait à grosses gouttes.
« Oh ! you want the main-desk ? »
Ça s'appelait donc « Main-desk », ce bordel de merde de trou avec ce con qui avait les clefs...
« Oui, s'il vous plaît.
— Main-desk, a dit une voix.
— Monsieur, s'est-il exclamé, aidez-moi ! »
« Comment dire : je vous en supplie. Je vous le demande. Je n'ai pas d'air conditionné et je... » ?

Comment dit : « J'étouffe...
...Je n'ai pas d'air, quoi !... »
« Je vous enverrai l'engineer... » a dit la voix.
Patrick s'est apaisé : l'engineer, donc l'ingénieur, allait venir. « C'est un pays fantastique; pour trouver un putain de bouton, pas pour le tourner, mais pour le trouver, on vous envoie un ingénieur; ça c'est du confort... Bravo, le nouveau monde !... »
Il a ouvert la télévision. « C'est pas comme chez nous, lui avait dit un habitué du Nouveau Monde; treize chaînes, mon vieux, treize chaînes. »
Le visage d'une femme, rayé verticalement, est apparu sur l'écran; elle mimait, devenue lentement mauve et verte, des paroles. A cause d'un déséquilibre technique de l'appareil, son visage ressemblait à un dessin de Picasso, les yeux d'un côté, et le nez ailleurs.
Il a décroché encore le téléphone et a prononcé d'une voix morne.
« Main-desk, please.
— Oui, a dit le main-desk.
— La télévision est en... »
« Comment on dit : panne ?... »
...Ne marche pas...
« Evidemment, elle n'a pas de pieds. Dire en anglais que la télévision « ne marche pas », c'est plus con que nature. »
— Pas bien... la télévision...
— C'est nos programmes d'été », a dit le main-desk.
Comment expliquer qu'il ne parlait pas de la qualité du programme, mais de l'image.
Alors, il a dit « Kaputt ». Ce n'était pas glorieux, ce « Kaputt ». C'était grâce à Malaparte.
« What ? »
Et soudain, le bonheur ! Il a pu dire :
« J'ai besoin de l'engineeeer... pour la télévision. »
Il tirait sur les e... Prononcez *i* en anglais.
« Il va venir », a dit simplement le portier lointain.

Il était si fatigué qu'au lieu de « When ? Quand ? », il a dit « Why ? Pourquoi ? » Et tout était à recommencer.

Epuisé, il est allé à la salle de bain pour se rafraîchir le visage et boire un peu d'eau, parce qu'il avait vraiment soif. L'eau jaunâtre a surgi avec un gargouillement hargneux. « Au moins, ça désinfecte, a-t-il pensé. C'est tellement plein de chlore... »

On a frappé à la porte. Il s'est précipité. Un homme immense se tenait dans l'embrasure de la porte.

« Vous êtes l'ingénieur ? s'est-il exclamé dans une grande joie... Venez, rien ne marche. La T.V. est crevée, l'air conditionné est mort, l'eau stagne...

— Je ne vous comprends pas », a dit l'immense bonhomme, et lorsque Patrick dégoulinant de sueur lui a tout expliqué, l'homme a répondu :

« Ce n'est pas mon affaire. Je m'appelle Black et je suis votre professeur. L'entraînement commence, monsieur... Monsieur comment ?

— Dufour », a-t-il répondu comme s'il avait dit : Pitié...

« Asseyez-vous, Mister Dufour... Comment vous vous sentez ?... Répondez : je me sens bien. I am fine. I am fine... Répondez lorsque je vous interroge : Avez-vous fait bon voyage ? Le vol était agréable, oui ou non ? Répondez, parlez, expliquez !... Qu'avez-vous mangé dans l'avion ? Qu'avez-vous ma...ngé... mangé-mangé mangé... répétez vite... et asseyez-vous, je vous l'ai dit, merci. Allons, allons, allons, indiquez-moi la couleur de vos yeux. Verts ? Gris ? Verts ou bien gris ? Vous devez savoir au moins la couleur de vos yeux, Mister D. »

Il a dit : Di.

« En anglais, a-t-il continué — toujours, évidemment, en anglais — le D = Di. Donc, vous êtes Monsieur Di. Epelez donc votre nom, vite...

— Je voudrais avoir un cahier; j'ai une mémoire visuelle...

— Pas de cahier... Oreilles. Cerveau. DUFOUR... Vous êtes Mister DI, IOU, EF, O, IOU, AR. Et votre premier nom ?

— Patrick.

— Donc, a continué l'homme, PI, E, TI, AR, AIE, CI, KE. »

Les phrases martelaient la tête de Patrick.

« Je vous appellerai PI, E, TI, DI... C'est plus court. Et, lorsque nous allons être plus familiers, vous deviendrez PAT. PI, E, TI... D'accord ? Votre nom, répétez, votre nom...

— Est-ce que vous pourriez m'aider à avoir l'ingénieur ? » a dit Pat avec son anglais, lent, rocailleux; la fatigue creusait encore les mots; sa prononciation était vraiment si mauvaise qu'il en avait honte. — « Je suis un peu fatigué, a-t-il ajouté. Le... »

Il ne savait pas dire « décalage horaire »; comment se défendre lorsqu'on ne sait pas s'exprimer ?...

« La couleur de vos yeux, PI, E, TI... »

« Je vais foutre dehors ce con, ce pédé caché; il me torture avec la couleur de mes yeux. »

Et puis l'intervention d'un autre mot... eyebrow... ou quelque chose comme ça. Il a cru qu'on parlait d'un arc-en-ciel (rainbow) mais il a découvert plus tard qu'il s'agissait du sourcil (eyebrow).

« Je veux prendre un bain et dormir.

— Je ne vous comprends pas. »

Il a répété en anglais :

« Je veux prendre un bain. »

Mais le mot « dormir » lui échappait; ce mot court, qu'il connaissait si bien, virevoltait, tournoyait et s'enfuyait comme un papillon intelligent dès qu'il aurait voulu l'attraper.

« Je veux, et soudain, il a hurlé : SLEEP... Bravo ! — to sleep, dormir... »

Le géant a hoché la tête.

« Pas encore, PI, E, TI, pas encore ! Il n'est que 6 P.M.

— 11 heures à Paris ! »

Comment faire comprendre à cette sombre brute le « décalage horaire » ?

« Prononcez avec moi : j'ai des oreilles jolies... nice ears... »

Prononcer « oreille » c'était quelque chose ! Il fallait resserrer le gosier, aplatir la glotte pour mouiller cet R américain; la glotte, une grotte, une grotte avec un R mouillé, et soudain, ce sadique se fait comprendre... Ce n'est pas seulement un R, mais il y a un soupçon d'A dans l'affaire... Comme si on disait : « ecouter : to hia... »

La chambre grise s'est mise à tourner autour de PI, E, TI. La dame sur l'écran avait maintenant un menton fuyant jaune clair, et, en imaginant le réajustement du visage d'un homme dont les traits étaient déplacés par la panne vicieuse, Pat a cru reconnaître un feuilleton télévisé qu'il avait vu à Paris. Il n'y avait plus aucune raison que tout cela cesse. Le géant insistait sur le « hia ». L'ingénieur ne venait pas. Un doux, un libérateur vertige montait dans les veines de Patrick; l'asphyxie sournoise le gagnait; c'était presque un délice. Et lorsqu'on a frappé à la porte, et lorsqu'il est allé ouvrir et lorsqu'il a aperçu un jeune homme fluet au regard dur, qui lui a dit : « Je suis votre professeur; nous allons passer l'heure à venir ensemble; nous dînerons même ensemble », Patrick a compris que, plus que le fait de savoir l'anglais, c'était peut-être sa propre existence qui venait d'être mise en cause.

Son existence, effectivement, était en question. Non, pas celle de Paris. Celle d'ici... Le rythme s'annonçait diabolique. Le refus obstiné d'écouter même ses doléances en français, le mur contre lequel il se cognait dès qu'il aurait voulu dire un mot dans sa langue maternelle, l'avait déjà usé sur le plan nerveux. Avec son malheureux anglais du lycée, il avait réussi à faire comprendre au nouveau professeur qu'il avait faim, qu'il avait soif et, surtout, qu'il en avait assez de ce cirque. Le petit type avait accepté l'idée du dîner; ils étaient descendus ensemble vers le portier. Patrick avait failli rougir au souvenir de la bordée d'injures qu'il avait proférée à l'égard de l'établissement et, ayant retrouvé un « broken english » assez explicite, il avait déclaré, en bas, que, si on ne rétablissait pas son air conditionné, il quitterait l'école. D'un œil impavide et sans émotion aucune, le portier lui avait promis de nouveau la visite de l'ingénieur.

Le petit professeur avait conduit Patrick dans un snack-bar, où, le long d'un comptoir entouré de petites chaises rondes et hautes, vissées au sol même, quelques hommes livides, assis et à moitié effondrés, sirotaient différentes boissons. Derrière le comptoir, deux filles s'affairaient. Elles avaient la peau mate et leur visage était baigné dans une sorte d'indifférence qui aurait pu les faire taxer d'impertinence, en cas de mauvaise interprétation de leur attitude; c'était le genre de filles épuisées, aux mouvements au ralenti; on avait beau leur parler, c'était inutile, elles faisaient semblant d'être sourdes, ou elles évitaient de regarder celui qui réclamait une bière ou un « coke » de plus.

Ils avaient avalé chacun un pain rond flanqué de viande hachée et d'un œuf; ils avaient mangé vite et mal, et dans une curieuse posture; inclinés sur le comptoir, le visage près de l'assiette, ils avaient soudain ressemblé à des prisonniers qui dîneraient sous l'œil de leurs gardiens.

A travers l'épaisse fatigue qui le recouvrait, Patrick avait entendu des mots. Chaque objet qu'il avait pris en main avait été désigné par son nom anglais, et il avait fallu qu'il répète « fourchette », « couteau »,

« petite cuiller ». Oui, il fallait répéter; c'était obligatoire. Jusqu'au moment où la fatigue, littéralement, l'avait terrassé. Il s'était senti écrasé sous une telle pesanteur qu'il avait choisi la fuite dans le mutisme. Aucune promesse, aucune menace n'aurait pu l'atteindre. L'autre verre de bière que la serveuse avait posé devant lui n'était qu'une image, une image mentale. A quoi bon y toucher ? La bière était factice, n'est-ce pas ? Un guet-apens. Il suffisait de vouloir y toucher et on vous taperait sur les doigts. « A sleeping man »... Il avait souri. Dormir debout ?

Une violente douleur l'avait ramené de force dans la vie réelle. Il s'était cogné contre la porte vitrée du bar. Ce qui était le plus désorientant, presque le plus tragique dans l'affaire, c'est que personne n'avait ri.

Toujours accompagné par le petit homme, il était arrivé jusqu'à l'entrée de l'hôtel-école avec la démarche un peu raide de ceux qui veulent, à n'importe quel prix, déguiser une faiblesse physique ou mentale. Une fois dans sa chambre, il n'avait plus eu la force de se soucier de l'air conditionné; il s'était endormi nu entre deux draps qui sentaient le désinfectant.

Réveillé par le téléphone, il s'était demandé où il était.

« Votre professeur arrive dans trente minutes; réveillez-vous... »

Il était allé en titubant vers la salle de bain. Il s'était regardé. « Quelle sale gueule » s'était-il dit et il avait été traversé par l'idée, rapide comme un éclair : « Ça se dit comment « sale gueule » ? Ça se dit comment en anglais ? »

Vite rasé, vite lavé, les deux valises à peine déballées, l'installation dans une saleté approximative et dans un désordre apparemment organisé l'avait gêné. Un minuscule filet d'air avait semblé s'introduire dans la pièce par la bouche métallique de l'air conditionné placée au-dessus de la porte; était-ce une idée ou est-ce que vraiment l'air venait ?

Il s'était rendu compte aussi, avec un agacement profond, qu'il avait oublié, à Paris, la petite trousse contenant les instruments précieux pour nettoyer et pour entretenir ses ongles. Ses mains étaient pour lui une source de coquetterie et, parfois même, il s'était laissé aller dans l'aventure jusqu'à utiliser les services d'une manucure. Une aventure qui le culpabilisait toujours d'ailleurs; ce n'était pas l'habitude dans sa famille. Il avait aperçu une minuscule trace noire sous un des ongles; il en avait été malade. Hier, une bordée d'injures incroyables dans sa bouche et aujourd'hui l'ongle inquiétant...

On avait frappé à la porte.

« Je suis votre professeur de ce matin », lui avait dit une femme sévère.

« De la race blanche et de celle des emmerdeuses », s'était-il dit en l'apercevant.

« Je vous ai apporté votre plateau. »

Evidemment tout était prononcé en anglais.

« Buvez votre café et répondez-moi vite, sans réfléchir même : de quoi avez-vous rêvé ? »

Le café... le café ? Ç'aurait pu être un thé un peu foncé. Le goût du métal de la cafetière. Et, ô comble de raffinement, un petit pain avec une minuscule plaquette de beurre.

« To dream », évidemment, c'est rêver. Si vous me laissiez le temps de prendre mon café. « Take my coffee »... Martèlement incessant. La vieille fille — elle ne pouvait être qu'une vieille fille — était en train de s'introduire dans son cerveau; miniaturisée, elle se mettait à courir dans le labyrinthe de ses cellules grises; cette folle frappait sur les portes de la mémoire. « Votre premier jouet ? » « Quel était votre premier jouet ? » « Toy — jouet. »

« Ne prononcez aucun mot en français, monsieur

Dufour, aucun mot. Savez-vous quel était le premier jouet de votre vie ? « Vie — life »... Vie, votre vie... »

Quelle vie ? Le premier jouet, madame, c'était moi-même. J'étais le jouet vivant de mes parents; je n'aurais jamais voulu m'occuper de balance monétaire; j'aurais voulu être pianiste...

« Répondez, monsieur Dufour; votre jouet, l'enfance, les mots anglais de la vie, la première année, monsieur Dufour. »

Alors, soudain, une abondance de mots anglais, un pauvre savoir en vrac, les détritus des souvenirs, mal prononcés. « Répétez, monsieur Dufour, vous devez devenir un magnétophone vivant; donc, premiers mots anglais; d'ailleurs il n'y a aucune autre langue que l'anglais. »

Jouer du piano ! « Ce n'est pas un métier », avait dit son père. Tu es aussi doué pour les chiffres. Les mathématiciens sont toujours de bons musiciens. Virtuose ? Tu plaisantes ? Virtuose des chiffres, oui. » Plaisanterie — Joke. To make a joke...

« Je ne vous comprends pas, monsieur Dufour... Essayez de vous expliquer plus clairement. Encore du café ?... More coffee ?... »

Une phrase en anglais qui sort de lui-même avec une évidence assez redoutable.

« Je voudrais sortir d'ici, dit-il. Et changer un traveller-check. J'ai besoin de dollars.

— DALLARS » répète la dame.

La notion du O et du A. Dollar, ça s'écrit avec un O; elle l'avait élargi, la dame, cet O; il était devenu un O profond, ouaté, plein de mystère. Le O n'était plus qu'un tunnel où disparaissaient les crapules.

« J'ai besoin de dollars... » avait-il dit.

Il avait rougi. La prononciation imitée à l'extrême — non pas par ambition, mais par une sorte d'obéissance — l'avait inondé d'un sentiment de gêne, comme si, devenu soudain exhibitionniste, il avait ouvert pour

la première fois son manteau et affiché son sexe nu.
Il était parti déjeuner avec un professeur noir, un homme né à Atlanta. Les connaissances de Patrick étaient limitées à l'extrême quant à la géographie du sud des Etats-Unis. Il aurait aimé parler longuement de champs de coton et d'esclaves, mais il s'était bien gardé de se lancer dans n'importe, quelle boutade.

Devenu donc exhibitionniste — les O devenus A pullulaient — il se mettait à souffrir de nouveau. Le professeur noir avait un accent du Sud, et Patrick avait dû répéter cinq fois le nom d'une ville qu'il ne connaîtrait peut-être jamais : Savannah. Lorsqu'il disait, en bon Français, Savannah, le professeur noir se refermait comme une palourde, et lorsque Patrick s'était lancé dans un SaVAnnah, avec un accent tonique violent comme un obus sur la deuxième syllabe, il comprenait, le professeur noir, aussitôt.

Au bout d'une semaine de tentatives successives, il avait renoncé à téléphoner à sa femme. La demande lancée pour appeler la France n'avait pas abouti. Il avait juste écrit à Agathe une carte postale avec le « I love you » d'usage.

Est-ce qu'il l'avait vraiment aimée, Agathe ? Ce mariage n'avait-il pas été arrangé, ouaté, huilé, par les parents des deux côtés ? Agathe ou quelqu'un d'autre... Au fond, il n'y avait pas une très grande différence. Lorsqu'il avait renoncé au piano, il avait simultanément délaissé les rêves d'aventures. Dépouillé de toute autre ambition que de celle d'être le premier partout, il avait compris, à dix-sept ans, qu'il ne parcourrait jamais seul l'Amérique, que le bonheur de la découverte d'une ville étrangère lui serait interdit; il vivrait désormais selon le désir d'Agathe et des deux familles. Etait-ce abnégation ou paresse ?

Le chapelet des professeurs semblait sans fin. Il ne savait jamais qui allait frapper à sa porte, avec qui il allait manger un de ces repas insipides, pourtant

tant désirés à cause de l'idée même qu'il se faisait dc ces sorties, qui étaient de petites libertés provisoires.

L'ingénieur avait dû venir, parce que la télévision marchait cahin-caha, et un filet d'air frais traversait parfois la chambre; l'appareil soufflait comme un asthmatique.

Il avait pris goût au café matinal; le relent du récipient métallique lui aurait presque manqué; et l'insipidité de la plaquette de beurre s'était transformée peu à peu en un dessert succulent qu'il attendait avec impatience. Au bout de quinze jours d'entraînement, l'image d'Agathe s'était estompée; elle n'était pas liée par les conversations à la réalité américaine; il avait répété plusieurs fois qu'il était marié, mais ce renseignement avait semblé suffire à tout le monde.

Une transformation lente de son cerveau avait mis en veilleuse toute volonté de contact avec le monde antérieur. Une carte postale aux beaux-parents, signée « Yours sincerely »... Avait-il été une seule fois sincère aussi bien avec eux qu'avec lui-même ? « Yours sincerely » ? Sans blague... Et si on redonnait aux mots leur vraie valeur...

« I have a headache », avait-il dit avec naturel à un de ses innombrables professeurs. Et, plus tard, il s'était dit en français : « J'ai mal à la tête. » Le vertige d'une dualité non souhaitée l'avait saisi. C'était le grand moment du chassé-croisé, anglais-français, anglais-anglais. Quel était donc le mot français ? Changement de personnalité ? Tu parles ! En quinze jours. Ça n'existe pas... Lavage du cerveau, lui avait dit un de ses collègues avant le départ, parce qu'il était malade de jalousie. Rien à voir avec le « lavage du cerveau », rien à voir, c'était une transfusion de savoir.

Et puis il y avait eu aussi un jeune professeur, genre hippie qui aurait eu besoin d'argent; il avait les ongles complètement noirs; ses longs cheveux lui étaient tombés si bas dans le dos que, parfois, comme il l'avait expliqué, il avait dû les tresser en une queue de cheval. C'était un enfant de la Californie; il traînait derrière lui les clichés habituels : « Striking » — « Si tu veux courir nu, mon vieux, avait-il dit à Patrick, tu peux. » Pourquoi ne pas être nu ? Et « Marijuana », évidemment. « Si tu as un jardin, tu la cultives toi-même »... Fumer le premier « joint » et oser parler de lui-même !

Une bouffée. Curieuse antisensation. On ne sait rien. Juste, une seconde, les yeux en larmes. Ça passe. Et un peu de picotement sur la cloison nasale. La gorge reste intacte. Ce n'est rien, ta camelote ! Et on fait un cas de ça ?...

Deuxième bouffée. Bien sûr, si on ne veut pas tousser, il faut une certaine habitude... On verra demain. Et demain ? Patrick Dufour, ça ne va pas du tout, votre contrôle personnel... Vous lui racontez tout ? Vos malheurs... Et vous dites maintenant avec aise : DALLARS au lieu de dollars... Quel progrès...

Et puis était venu un professeur d'origine texane. Lui, il était le spécialiste du vocabulaire économique. Comment le comprendre ? Les mots se nouaient, se tordaient et s'emmitouflaient dans la gorge du Texan. « Au secours, il parle la bouche fermée — s'était dit Patrick... Au secours ! »

De nouveau, c'était le brouillard épais avec, parfois, quelques éclaircies, des déchirements qu'on aurait appelés : savoir. En anglais, Patrick Dufour avait maintenant une conscience simplifiée et toute limpide, exempte de mensonges nuancés. Il naviguait sur une mer dont les vagues lui devenaient de plus en plus familières. Il arrivait même qu'il retrouve un professeur de ses débuts; et chacun lui avait dit — était-ce vrai ? ou s'étaient-ils donné le mot ? — : « Vous avez fait énormément de progrès, monsieur Dufour. »

La pellicule de non-violence qui l'avait recouvert depuis qu'il avait enregistré les désirs de ses parents quant à son avenir, comme le carcan du contrôle poli étaient en train de se fissurer.

Imaginez donc : il avait fait peur, lui — il faut le faire, mes amis ! — à un Noir bourré de kif en plein Broadway, vers minuit. Parce qu'il circulait maintenant, même après minuit, seul. Et en se parlant, parfois, à lui-même. Question d'habitude !

Il s'était trouvé dans la foule avec une volupté froide et en gardant — du moins, il l'avait imaginé ainsi — une distance entre lui et les êtres. Mais ce n'était pas vrai. Il cherchait à diminuer la distance. Il était devenu assez provocant; il interpellait; il critiquait. Il disait maintenant : « Va donc te faire voir ailleurs, enculé ! » avec un fantastique accent fraîchement acquis et si coûteux.

Il s'était aventuré, un jour, vers la 7e Avenue, à la hauteur de la 37e ou 38e Rue, où les trottoirs sont toujours encombrés : des poubelles dont le contenu déversé puait; des putes somptueuses aux jambes fines et lisses. Ce soir-là, il était monté avec une beauté noire dans une espèce d'immonde taudis, un quatrième étage sans ascenseur. Mais si, pauvres ignares que nous sommes tous lorsqu'il s'agit des vrais secrets de New York, mais si, il y a de petits immeubles. Même beaucoup. Il était entré dans une chambre sentant la sueur et l'eau de toilette à quatre sous. Beauté noire, peau soyeuse, jambes-lianes écartées, elle était froide en diable. Faut pas croire que, parce qu'elles sont noires, elles éclatent dans vos bras, du tout. Une pute bon marché, quelle que soit sa couleur, regardera toujours le plafond, avec haine, pendant que le sexe du passant au rabais se fendra presque dans l'explosion. Une morveuse, quatre ou cinq ans elle avait, était entrée dans la pièce pendant le va-et-vient de Pat. Pl. E. Tl... n'est-ce pas ?...

Le fait d'avoir eu son délirant plaisir sous les yeux d'une gosse l'avait rendu mauvais. La jolie Noire impassible avait chassé la gosse. Patrick avait promis de la payer une seconde fois, évidemment avec les DALLARS. La fille avait consenti. Mais elle lui avait dit aussi, juste après : « Dirty boy »... « Sale garçon »... Avait-il été vraiment sale ou bien n'avait-elle pas aimé sa tentative de la sodomiser ?

Jusqu'à l'âge de dix-neuf ans, il n'avait pas touché à une fille. Son père inquiet l'avait interrogé sur ses tendances éventuelles. L'homosexualité sous-entendue avait fait frissonner tout le monde. On l'avait jeté presque dans les bras d'Agathe.

A genoux, devant les fesses en marbre noir. Et s'il était un jeune garçon noir avec un corps d'ébène, la ou le chevaucher, her or him... S'agripper dans les deux rondeurs glacées...

Une bordée d'injures, en argot américain. « Tu t'y connais déjà, mon petit père, non ? Alors, fous le camp... Si, alors, va-t'en... Sale Blanc ! »

Il avait cru d'abord que le pistolet dans la vitrine était un objet pour « joke ». Farces et attrapes. Gun... comme dans un western. Il était une fois dans la 42e Rue... Qui ? Un cow-boy français. Qui ?... Pas de cow-boy en France. Non. « Mais suis-je français ? » s'était-il demandé en anglais, cette nuit-là, dans la 42e Rue.

La nuit était chaude, tropicale, dégoulinante de sueurs. Quelques Blancs affadis, jaunis par le climat, étaient en proie à leurs terreurs nocturnes. Ils avaient hélé des taxis et étaient repartis, affolés.

Clochards jaunâtres, camelots portoricains, Noirs placides avec photos cochonnes, molosses armés, policemen — bien baraqués, les gars, de vraies armoires à glace — déambulaient ce soir-là. Sur les écrans géants — à l'intérieur des cinémas où l'air conditionné marchait — des films pornographiques déversaient leurs images de fesses, de seins, d'accouplements de toutes sortes.

Les êtres humains en chaleur, la langue tirée de désir malade, regardaient pendant que l'air réfrigéré s'insinuait doucement sous leur peau et promettait la crève pour le lendemain.

La veille de son départ pour Paris, « bilingue en quatre semaines, ma chère », Patrick Dufour s'était assis à un coin de table et il s'était mis à observer les gens. Ce mec noir avec sa tête rasée de près, des filles avec leur minuscule jupe, cache-sexe à peine, deux métèques déguisés en bonnes, et ça pleure, et ça fait hystérique, et soudain des jérémiades, on psalmodie, odeur d'encens dans une odeur de détritus. « La 42e Rue après minuit, mon pote... »

Il avait juste voulu dégager une fille des bras d'un type d'une race indéfinissable. La fille se débattait. Le type qui voulait l'embrasser devait avoir une haleine bien mauvaise, parce que la fille avait détourné la tête aussi loin que ses vertèbres le lui avaient permis. Un juke-box avait hurlé, déchaîné, la sonorisation détraquée, donc deux fois plus fort, la vieille chanson : *Chantons sous la pluie. Singin' in the rain*, pour les initiés, et pour les rats de cinémathèque. « Singin' in the rain, I am happy again »...

Et, sur ce mot-là, ç'avait été la libération, le retour vers l'inconnu enfin connu, la source de vie qui aurait changé de goût. « Je ne partirai jamais plus d'ici », s'était dit PI. E. TI. Et il avait juste sorti son revolver, même pas chargé, pour menacer le puant. Le puant avait lâché la fille et il avait tiré sur PI. E. TI... Le oao, oao, oao des voitures de police. Et PI. E. TI avait tiré aussi. Quelle blague ! Son revolver lui avait donc été vendu chargé ?... C'est normal...

Pendant qu'il sentait la bonne chaleur de son sang se déverser sur ses mains — transpercé, il saignait de partout — il ne cessait de parler.

Dans l'ambulance, le jeune interne avait dit à l'infirmier :

« S'il ne crève pas avant qu'on arrive à l'hôpital, il faudrait le nettoyer aussi. Regarde cette barbe, ces ongles noirs, ces vêtements crasseux... »

L'infirmier avait hoché la tête et il avait prononcé à son tour :

« Il faudrait surtout le faire taire... Pauvre enculé de hippie de Californie... Vraiment, crever comme ça... »

Et au snack-bar, la serveuse noire avait dit à l'inspecteur :

« Je ne sais rien de lui. Il n'y a qu'une certitude: Ce n'est pas un étranger. C'est un Américain. »

TABLE

ŒUVRES DE CHRISTINE ARNOTHY

Autobiographie

J'ai quinze ans et je ne veux pas mourir (Grand Prix Vérité 1954).
Il n'est pas si facile de vivre.

Romans

Dieu est en retard.
Le Cardinal prisonnier.
Le Jardin noir.
Jouer a l'été.
Aviva.
Chiche!
Un type merveilleux.
J'aime la vie.
La Saison des Américains.

Nouvelles

Le Cavalier mongol (Grand Prix de la Nouvelle de l'Académie française).

Lettre ouverte

Lettre ouverte aux Rois nus.

IMPRIMÉ EN FRANCE PAR BRODARD ET TAUPIN
7, bd Romain-Rolland - Montrouge - Usine de La Flèche.
LE LIVRE DE POCHE - 12, rue François 1er - Paris.

ISBN : 2 - 253 - 01856 - 2 30/5062/2